さくさんしゅう
翻訳について語るとき僕の語ることその他
当我谈翻译时我谈些什么及其他

施小炜 著

燋爨集

zhuó
cuàn
jí

武汉大学出版社

图书在版编目（CIP）数据

燋爨集：当我谈翻译时我谈些什么及其他/施小炜著.—武汉：武汉大学出版社，2020.11
ISBN 978-7-307-21756-0

Ⅰ.燋… Ⅱ.施… Ⅲ.随笔—作品集—中国—当代 Ⅳ.I267.1

中国版本图书馆 CIP 数据核字（2020）第 165349 号

特约编辑：陆求实
责任编辑：周　昀　黄建树
装帧设计：鹿书工作室

出版发行：武汉大学出版社（430072 武昌 珞珈山）
（电子邮箱：cbs22@whu.edu.cn 网址：www.wdp.com.cn）
印刷：武汉中科兴业印务有限公司
开本：889×1194　1/32　印张：9.25　字数：256 千字
版次：2020 年 11 月第 1 版　2020 年 11 月第 1 次印刷
ISBN 978-7-307-21756-0　　定价：49.00 元

版权所有，不得翻印；凡购我社的图书，如有质量问题，请与当地图书销售部门联系调换

目 录

译论篇

闲话翻译 / 3
村上春树的翻译观与被翻译观 / 11
有一种时尚叫"非译" / 30
信息大爆炸时代的日本文学翻译 / 36
论全息翻译 / 55
论以小令译和歌 / 64
"山寨"村上春树 / 79
且说"投胎转世" / 89

月旦篇

文学奖项知多少 / 109
文学奖幕前幕后 / 112
"他人就是暴力" / 115
"一个出人意料的结局" / 124
一个人的文学奖 / 133
唐突西施 / 135
一部别具一格的双体小说 / 138
跨越国境的双聚焦小说 / 142

奇遇 / 145

阴错阳差《杨家将》/ 148

单骑走千里 / 150

汉方小说 / 152

关于分一杯羹的公理 / 155

"9·11"后的现代骑士 / 158

杂说《寝室》/ 160

网虫的恋爱小说 / 162

斯多葛小说家 / 164

《源氏物语》的容受：在世界，在中国 / 167

《源氏物语》在日本 / 170

他山篇

汹涌的"携带小说" / 175

携带着小说出行 / 177

文坛"双打冠军"？ / 179

目标：文化"发信国" / 182

因为感激 / 184

吟哦在时代的阴影里 / 187

"女流文学" / 191

文海新潮：主妇争做侦探小说家 / 195

购书闲谈 / 197

唐诗万古 / 200

文坛英雄出少年？ / 202

林京子笔下的复旦大学 / 204

堀田善卫所见到的抗战胜利时的上海 / 208

大江健三郎店长 / 212

敝帚篇

《日人访华游记丛书》序言 / 217

芥川龙之介《中国游记》译后记 / 230

《老师的提包》译后记 / 232

《阴阳师·飞天卷》译序 / 237

《阴阳师·凤凰卷》译序 / 240

《阴阳师》导读 / 243

雌黄篇

也说汉语西渐 / 249

知识的欺诈 / 251

说"一个字" / 255

关于历史教科书问题 / 258

十五岁的思想 / 262

"俗"的隔膜 / 265

战争神社 / 267

鲜花都到哪里去了? / 271

歌手与学运 / 275

说"称谓" / 277

金屋藏娇 / 280

"文武两道" / 282

译　　论　　篇

闲话翻译

（一）

篇幅所限，只得开门见山。斗胆直言一句：笔者以为，文学，乃是不可翻译的东西。

都说"众人拾柴火焰高"，故，且容笔者先拉来几位"外援"，亦即日人所说的"助っ人"（suketto）来"助太刀"（sukedachi）。

想必读者诸贤亦有所知，在西洋有一本"钦定本"（authorized version）英译《圣经》煞是著名，自打问世之后，在长达三个多世纪的时间里始终被奉为圭臬，它就是由英王詹姆斯一世（James I，1566—1625）钦定、于1611年正式推出的 Holy Bible 的标准版本——无独有偶，在我们中国的历史上，翻译作品的首次大规模登场，好像也是出现在宗教的地平线之上的，其契机便是佛经的汉译。东西方不谋而合，相映成趣——在这个钦定本标准英译《圣经》的"译者寄言读者"（"The Translators to the Reader"）中，它的译者们将这样的溢美之词奉献给了翻译，道是：

> Translation it is that openeth the window, to let in the light; that breacketh the shell, that we may eat the kernel; that putteth aside the curtain, that we may look into the most holy place; that removeth the cover of the well, that we may come by the water.

翻译，它就是那样一种东西：它开启窗户，让光明进来；它打破硬壳，于是我们可以吃到果仁；它拉开帘幕，于是我们可以窥见至为神圣的场所；它揭开井盖，于是我们可以亲近井水。

从这种对翻译的功能功效高度肯定与夸赞之中，我们看到的是功成名就的翻译家们的轩昂与自负，甚至还会有人从中嗅出一种近乎自卖自夸的王婆气味来，亦未可知。

然而对于这个钦定标准版英译本《圣经》，其实自打其问世以来就一直有人不以为然，比如说那位做过都柏林大主教（archbishop）的英国人惠特利（Richard Whately, 1787—1863），这位哲学家兼神学家（theologian）就很不买账，曾经手举着这本钦定《圣经》厉声高唤道：

Never forget, gentlemen, never forget that this is not the *Bible*. This, gentlemen, is only the translation of the *Bible*.

切莫忘记，诸位，切莫忘记这并不是《圣经》。这，诸位，只不过是《圣经》的翻译而已。

这位主教大人的一番话所传达出来的信息非常重要，他敦促我们意识到：一旦经过了翻译这道工序，那《圣经》便再也不是《圣经》了；翻译过来的《圣经》，归根结蒂，无非只是《圣经》的翻译罢了，没有更多。同理，或许我们也可以效仿他说一句：一旦经过了翻译这道工序，一部文学作品便再也不是原来的那部文学作品了，无非只是它的翻译罢了，没有更多。

然而这个问题大概不宜过分深究。因为惠特利所否定的，固然是《圣经》的英文译本；而他所努力捍卫的，显而易见，就是这个英译本所依据的拉丁文版本。可是他似乎忘记了，这个他信为根本、断定一经翻译便会走样的拉丁文本《圣经》，其本身实际上也不过是个经过了翻译这道工序的文本——In fact, it is only the translation of the *Bible* too——而已，而且它还是一个经过了重重转译的翻译本。现在我们已经知道,《旧约》(Old Testament)是走过了一个漫长的历程,方才抵达拉丁文本的,在此之前,它原本用希伯来文(Hebrew)和阿拉姆文(Aramaic)写成,又经过了希腊文(Greek)的翻译;至于《新约》(New Testament),则经过了更多语种的翻译,从希腊文及阿拉姆文、科普特文(Coptic)、埃塞俄比亚文(Ethiopic)、再到哥特文(Gothic),一直要等到公元406年,才有了圣哲罗姆(St. Jerome,约347—约420)的通俗拉丁文本《圣经》问世,此后被用作标准文本长达千年。可见,尽管有人,譬如惠特利一流,挑头反对,可翻译还是大行其道,在基督教的传播——不妨把它也当作一种文化传播——上是承担了重大使命、完成了不可替代的作用的。当然,这,却也只能说明翻译的作用不容否定,并不能用来证明翻译就等同于原本。伴随着翻译这一手段的文本传播或者文化传播,说不定就是一个充满了由误解与误译所造成的"原义耗损"的过程。当然,它同时也可能是一个由相同原因所造成的"新义增生"的过程。

英国著名诗人蒲柏(Alexander Pope,1688—1744)独力完成了荷马(Hómēros,约前9世纪—前8世纪)史诗《伊利亚特》(Iliad)的翻译,颇为自得,要求大学者本特利(Richard Bentley,1662—1742)对"我的荷马"(my Homer)予以评论,而本特利的回答却是相当富有哲理,发人深思:

It is a pretty poem, Mr. Pope, but you must not call it Homer.
那是相当好的诗,蒲柏先生,不过你不可以称它为荷马。

如同圣经一样,一旦经过了翻译,荷马便不再是荷马了。

(二)

惠特利是在宗教经典里,本特利则是在文学作品——笔者非基督徒,其实大抵是将《圣经》也当作文学阅读的，失敬了——里发现了同样的问题，那便是：教典与诗歌——其实恐怕不独教典与诗歌，只怕文学全般、文化全般尽皆如此——是不可翻译、不可转换为另外一种语言的。能够转换，或曰翻译的，只有"事实"，比如文学文本中传达的"事实"，而已；而"事实"本身并不直接等于"文学"，或者说"事实"往往并不天然地具备"文学性"；在翻译中，原著所传达的事实可以转达，而原著自身的文学性每每是与某种语言特有的色彩感，音乐感，美感，（从时间纵轴来看则有）由历史积淀带来的、难为外人所理解的重层意义，（从空间横轴去看又有）由地域、族群文化特色造成的疏离感或亲近感等诸多为那种语言文字所独有、无法转换为别种语言的要素，密不可分的，因而不可转达。其实，翻译往往就是一个寻找语言"替代品"的过程，而替代品说到底无非是替代品而已，不可能做到与原物一模一样、一般无二。有时替代品甚至是找不到的，这时我们就只能尝试着说明、解释，这样一来，就更加不是原物了。非但不是原物，甚至连原物的对应物都不是。

实际上，就连"事实"是否可以准确地转换、翻译，都令人生疑。仅举一例。知者自知之，日语中有一个名词：いとこ。它可写作好几种形式的汉字组合：従兄弟／従姉妹／従兄妹／従姉弟／従兄／従弟／従姉／従妹。意思译成中文，可以是"堂兄／堂弟／堂姐／堂妹"，也可以是"表兄／表弟／表姐／表妹"，是男是女不分，堂亲表亲不分，长幼差异也不分，甚至还不分单数复数，必须对应原作文本的具体语境，选择相应的"替代品"才行；而且译成中文之后，还注定要比日语原文更加精确、更加具体。但是我们必须清醒地认识到：任凭我们选择哪一个中文词汇与之对应，我们都面临着必须舍弃原文所特有的"模糊性"的尴尬。日文"いとこ"一词原有的模糊性，是无法用某个中文语词来转达的，也就是说，此词具有不可翻译性。而模糊性，应当说也是构成文学性的诸多要素之一。

关于"不可翻译性"，还有一个大概更加广为人知的著名论断，是由美国诗人罗伯特・弗罗斯特（Robert Frost，1874—1963）所下的。他以谈诗论词的形式言及了这一点。诗是什么（What is poetry）？他自问自答，给出定义：

> Poetry is what is lost in translation. It is also what is lost in interpretation.
> 诗就是在翻译（包括笔译与口译）中失去的东西。

诗不可翻译，不论是用文字去翻译，还是用声音去翻译。其实又何独诗是如此呢，即使以小说为例，小说中非陈述性事实、文学性较强的部分，换言之，亦即诗性较强或曰接近诗的部分，恰因其近诗，同理，按照弗氏的见解，也应当是不可翻译的。

进而言之，岂独诗与外文，纵使是在同一种语言之内，而且是对散文乃至日常口语表达进行"翻译"，语义的损害只怕也在所难免。试举一例。将中文里的"俺娘"一词在中文语境之内翻译成语义内涵基本对应的"我妈"或者"家母"，我们立刻便可发现意义外延上的落差。"俺娘"所传达的地域性信息，在后两者中便是"失去的东西"（what is lost）了，而"家母"所张扬的文化教养色彩，又是其余两者所无的。于是乎结论便只能是："俺娘"只可能是"俺娘"，它并不可以为"我妈"抑或"家母"所替代，也就是说，不可翻译。

笔者曾在不同的场合多次说过同样的一句话：如果有一百位译者，便会有一百种译文——当然，这一百种之中不应包括误译百出的译本——而原作却只有一个。试看紫式部（むらさきしきぶ、Murasaki Shikibu，约973—?）的《源氏物语》，它的中文译本迄今为止就已有了5种，而一部太宰治（だざいおさむ、Dazai Osamu，1909—1948）的《不复为人》（『人間失格』）更是有多达23种（当然，离100种还很远）中译本，而且还保不定今后就不会再涌现出新的译本来。这，就是笔者所主张的"翻译的不确定性"。

毋庸置疑，不确定性隐含着直接威胁翻译这一行为之正当性的危险。

产生这种不确定性的理由之一，或许可以从风格文体的角度去考虑：每一位译家大抵都会拥有他/她自己的文体风格——即便称不上"风格"，至少也是不同于别人的表达习惯；要求译家完全彻底地抛却自己的文体风格或表达习惯，百分之百地去再现原著的风格，固然十分理想化，然而实际上这个理想却根本没有实现的可能。笔者以为，译家至多只能做到努力无限地接近原著风格，却永远不可能与原著的风格融合为一。而任何一部译著，无非都是译家自身风格与原著风格之间斗争、妥协的结果。

尽管不可能要求译家杀死自己以适应原著，但是译家却也不应该无谓地过分张扬自己。借用闻一多（1899—1946）那个出了名的比喻，不妨说翻译就必须是"戴着镣铐跳舞"——当然，和弗罗斯特一样，闻氏原来也是说的诗。

（三）

基于上述两大理由，笔者以为，欣赏外国文学最为理想的方式，应该是所有读者都去直接阅读原著。然而同上所述，所谓最理想状态，其实便意味着不可能存在、不可能实现的状态，每一位读者都能够阅读外文的这种理想状态，绝无实现的可能；而且一个读者也不可能读懂世界上所有的语言文字，哪怕他是"五百年出一个"的语言天才，能够读懂一百种外文，可当他面对第一百零一种外文时，恐怕也只能仰仗翻译了。因此，文学翻译虽属不可能，却无疑拥有市场需求。大量无法阅读原文的读者，只能借助翻译去欣赏、接受外国文学，也就是说，文学翻译在社会生活、文化生活中必不可缺，具有稳定的必需性。

明知翻译之不可为，却因为读者需要、市场需求而不得不为之，这就是文学翻译行为不同于其他行为的特性：翻译其实是不得已而为之的物事。

译家倘使能够意识到文学翻译的这种与生俱来的局限，起码可以激发起对原著者的必需的尊重。而依笔者一孔之见，一位译者必须拥有一颗谦逊的心。要尊重原著者、尊重原作、尊重原文，万万不可妄自尊大、自以为是。这不仅仅是一种译家美德，其实更应当是作为一个译者必须满足的前提条件。译家必须清醒地认识到，即便是再好的译文，也应当是超越不了原作的。假定有人说：我的译文比原文漂亮得多啦！甚至声称作品的风行全在于译者的功劳，那么在笔者看来，这种说法就十分可疑了。翻译说到底应当就是翻译，不能够、也不应该是什么"再创作"。而倘使是在对原文误解基础之上进行的"再创作"——这样的事情倒好像时有发生呢——不言而喻，那就更加危险了。

记不清楚此话是谁说的了，不过笔者时有听闻，相信读者诸贤中想必也有人曾听说过：翻译是一门遗憾的艺术。比照前面讨论过的文学自身的因素——不可翻译性——来考虑，看来我们只得承认此言有理，承认"翻译"果然就是"遗憾的艺术"了。

夸张的意大利人则说得更凶更狠，更黑色幽默。他们有一句著名的谚语，叫作"Traduttore è traditore"，即"翻译就是背叛"！专以讽刺所谓的"翻译家"——也许当称"误译家"才对。似乎在他们看来，翻译岂但是"遗憾的艺术"，简直就是"背叛的艺术"！足见他们对于翻译是何等不予信任。

不过这种不信任，想来也可谓"良有以也"。不论是作为译者，抑或是作为读者，笔者觉得，都应当保持清醒的认识，即：一旦译成了中文，一位外国作家，比如说村上春树（むらかみはるき、Murakami Haruki，1949— ）——之所以用了村上春树的名字，纯系偶然，自然，换作任何一位作家都无甚大碍，因为其理一也——就已然不再是"むらかみはるき"了，而仅仅是"cūn shàng chūn shù"罢了。

也就是说，我们或许有必要学一学那位英国人惠特利大主教，不时地告诫读者，也告诫自己："切莫忘记，诸位，切莫忘记这并非村上春树。这，诸位，只不过是村上春树的翻译而已。"

还须再加上一个注：此处的"村上春树"四字，当然也不妨更换为"外国文学"——其理一也。

村上春树的翻译观与被翻译观

（一）翻译家村上春树

在当今之世可谓名满天下的日本小说家村上春树，众所周知，作为一位美国文学的"翻译家"——尽管其本人大约是出于谦虚之美德，好像不大乐意接受"翻译家"这个头衔——其实也算是名传遐迩的存在。自从出道以来，此公便持之以恒，与创作活动并行不悖，始终坚持文学翻译活动，迄今业已推出了大量的优秀译作。除去斯科特·菲茨杰拉德（Francis Scott Key Fitzgerald，1896—1940）的多部作品和雷蒙德·卡佛（Raymond Carver，1938—1988）全集之外，还包括被目为硬汉派推理小说鼻祖之一的雷蒙德·钱德勒（Raymond Thornton Chandler，1888—1959）的多部长篇小说，粗略算算，其数目已远超六十种，几乎堪与其本人的创作相匹敌了。

然而，这里还有一桩事实似乎不太为人所知。这个事实便是：村上氏作为"翻译家"的资历，甚至还要长过其作为创作家的资历。

例如下面这个提问，就雄辩地证实了非独世间一般人众，甚至连出版界人士、研究界学者，也大都并不知晓这一事实。发问者是曾任新潮社发行的综合季刊《思想人》（『考える人』，现已停刊）杂志主编的松家仁之（まついえまさし，Matsuie Masashi，1958— ）氏，他曾于2010年5月间连续3天对村上春树氏进行过一次长时间的采访，下面这段引文，便是他在第3天脱口而出，提出来的一个问题：

> 松家　村上さんはデビューされて間もなく、スコット・フィッツジェラルドの短編とエッセイの翻訳を中央公論の文芸誌「海」に発表なさって（1981、『マイ・ロスト・シティー』所収）、翻訳の仕事をスタートさせまして。小説を書くことと翻訳の仕事を並行してやっていこうというのは、最初から計画されていたのでしょうか。（『考える人』No.33、2010年夏号、p.82、新潮社）

> 松家：村上先生您在刚刚出道不久时，曾经在中央公论社的文艺杂志《海》上发表过斯科特·菲茨杰拉德的短篇和随笔译作（1981，收录于《My Lost City》），<u>就此开始了您的翻译生涯</u>。写小说与搞翻译两样工作齐头并进，您是打一开始就这么规划的吗？（《思想人》No.33，2010年夏季号，p.82，新潮社。下线为引者所加，下同）

从松家氏的提问中我们可以发现，他虽然身为业内人士，却显然认为村上氏是在作为小说家出道之后的1981年，才开始发表翻译作品、染指翻译工作的。然而实际上，他的这一判断与实情并不相符，其间存在着一个对事实的小小误认。

村上氏正式公开发表译作，固然是出道之后的事情，然而，其开始染指文学翻译，就不能说是在出道之后了。其实早在出道之前，村上氏就已经着手"试译"菲茨杰拉德的短篇小说了。针对松家氏的这一提问，村上氏自己如此回答道：

> 村上　十代のころから英語の本を読みはじめて、なかでもフィッツジェラルドは何度も繰り返し読んでいました。ところが1980年代当時は、『グレート・ギャツビー』を除くとフィッツジェラルドの翻訳はほとんど書店に並んでいない状況でした。僕は小説を書く前から、暇を見つけては大学ノートにチョコチョコと翻訳のまねごとのようなものを書きつけていて、はっきりとは覚えていない

んだけど、たぶんフィッツジェラルドの短編の試訳みたいなものだったと思う。もちろん発表しようなんて考えずに、趣味みたいにやっていただけなんですが。(同上)

村上：我从十几岁时开始阅读英文小说，尤其是菲茨杰拉德，我曾经反复阅读好多遍。不过在1980年代，当时的情况却是：除了一本《了不起的盖茨比》，书店里就几乎没有摆放菲茨杰拉德的译本。我从写小说之前开始，便一得空儿就比葫芦画瓢似的做点翻译，时不时地在大本子上写上个几句。已经有点儿记忆模糊了，不过好像就是菲茨杰拉德短篇的试译之类。当然，我并没有想过要发表啥的，仅仅是凭兴趣罢了。(同上)

在这里，村上氏将真实情形亲口告诉了我们。在他而言，事情的前后顺序是：先做的翻译，后写的小说。在做小说学徒之前，他先做了翻译学徒。

尽管其本人没有具体明言是从何时开始试译菲茨杰拉德的，但是我们都知道村上氏曾经多次提及，他是在1978年4月1日于明治神宫球场观看东京养乐多燕子（ヤクルトスワローズ）对战广岛鲤鱼（広島カープ）的棒球比赛时，陡然心血来潮，决意要写它一本小说出来，当天回家途中便买来了稿纸和钢笔，从此开启了其作为职业小说家的辉煌生涯。由此推算，可知他的翻译活动，最晚，也应当开始于1978年4月之前。

而翻译，其实就是对文本的细读过程。可想而知，通过翻译（即细读）菲茨杰拉德的短篇小说，村上氏一定学到了一些有关创作的东西。对此，他本人也坦承不讳。

(二) "对我而言就好比学校"——作为写作学习训练的翻译

村上氏曾经不止一次地坦诚告白其文学翻译活动与其文学创作活动

之间的关系。简而言之，对于从未就文学写作拜过师、求过学的村上氏而言，翻译名家名著，就是他学习文学创作的一个便捷有效的方法。

他曾这样亲口告诉采访者：

> 僕はプロの翻訳家じゃありません。作家であって、翻訳という仕事から何かを学びたいんです。人はある地点に達すると、他人の作品から学ぶのは難しくなってきます。このごろは古典から学びたいという気持ちの方が強いですね。『グレート・ギャツビー』とか、『キャッチャー・イン・ザ・ライ』とか。(「サリンジャー、『グレート・ギャツビー』、なぜアメリカの読者は時としてピントを見逃すか」、A Public Space、2006年春号／アメリカ、『夢を見るために 毎朝僕は目覚めるのです 村上春樹インタビュー集1997－2009』p.387、文藝春秋、2010年9月30日)

> 我并非职业翻译家，而是一个作家，意在通过翻译这项工作学到点什么东西。人，一旦抵达了某一地点，再想从别人的作品中学到点东西就会变得艰难起来。近来想从经典名著中学来点什么的心情更为强烈。像 The Great Gatsby（《了不起的盖茨比》）呀，The Catcher in the Rye（《麦田里的守望者》）等等。(《塞林格，〈了不起的盖茨比〉，为什么美国读者有时会误失焦点》，《公众空间》2006年春季号，美国。《为了做梦，我每天早晨睁开眼睛——村上春树采访集1997—2009》p.387，文艺春秋，2010年9月30日)

他还曾这样亲笔写道：

> もうひとつは、翻訳作業を通して文章について多くを学べることだ。外国語で（僕の場合は英語）書かれた作品を読んで「素晴らしい」と思う。そしてその作品を翻訳してみる。するとその文章のどこがそんなに素晴らしかったのかという仕組みのようなものが、より明確に見えてくる。実際に手を

動かしてひとつの言語から別の言語に移し替えていると、その文章をただ目で読んでいる時より、見えてくるものが遥かに多くなり、また立体的になってくる。そしてそういう作業を長年にわたって続けていると、「良い文章がなぜ良いのか」という原理のようなものが自然にわかってくる。

　そんなわけで小説家の僕にとって、翻訳という作業はいつも変わらず大事な文章の師であったし、それと同時に気の置けない文学仲間でもあった。僕には実際には師と呼ぶべき人もいないし、文学仲間と言えるような個人的な友だちもいない。もう三十年近くずっと一人で小説を書いてきた。それは長く孤独な道のりだった……というとずいぶん月並みな表現になるが、まあなんというか、多くの局面において実際にそのとおりだった。もし翻訳という『趣味』がなかったら、小説家としての僕の人生はときとして耐え難いものになっていたかもしれない。(「翻訳の神様」『雑文集』pp.297－298、新潮社、2011年1月30日)

　还有一点就是：通过翻译操作，能够学到很多东西。阅读用外文（对我来说就是英语）写成的作品，会觉得"好棒"。于是便试着翻译。如此一来，"人家的文章究竟棒在哪里"这种类似情节结构的东西，就会更为明确地显现出来。实际动手将一种语言转换为另一种语言，与单单用眼睛去阅读时相比，浮现出来的东西要多得多，并且还是立体的。而如果持之以恒，长年从事这样一种操作，自然而然地就会明晓"好文章为什么好"的原理。

　于是乎，对于身为小说家的我来说，翻译这一操作一定不易，乃是弥足珍贵的文章之师，同时也是推心置腹的文学侪辈。实际上，我既没有可以呼之为师的人，也没有可以称之为文学侪辈的人。将近三十年来，始终孤家寡人一个，写着小说。这是一条漫长而孤独的道路……这么一说，未免是老生常谈平淡无趣，呃，该怎么说呢，在许多情况下实际情况的确如此。倘若我没有"翻译"这个兴趣爱好的话，作为小说家的我的人生，有时可能会变得难以忍耐。(《翻译之神》,《杂文集》pp.297—298,

新潮社,2011年1月30日)

村上还具体地开列名单,交代自己通过翻译其文字而获益匪浅的作家姓甚名谁,并逐一列举自己从他们的文字里学到了什么。首先举出的是约翰·欧文(John Irving,1942—)的名字。

アーヴィングからは長編の書き方について教わるところがありましたね。ああいうパワフルなストーリーテリングの声を。翻訳から何かを学んだと僕が言うのは、小さな、現実的なことじゃないんです。大きなことです。作者の息づかいとか、パースペクティヴ、知覚とか。翻訳すると、そういうものが感じられるんです。(「サリンジャー、『グレート・ギャツビー』、なぜアメリカの読者は時としてピントを見逃すか」、*A Public Space*、2006年春号/アメリカ、『夢を見るために 毎朝僕は目覚めるのです 村上春樹インタビュー集1997－2009』p.384、文藝春秋,2010年9月30日)

我从欧文那里学到了一些长篇的写法,那种讲述故事的洪亮声音。我所说的从翻译中学到了东西,并不是指微小的、现实的东西。而是宏大的东西。像作者的呼吸、洞察、感知之类。做翻译,就可以感受到这些东西。(《塞林格,〈了不起的盖茨比〉,为什么美国读者有时会误失焦点》,《公众空间》2006年春季号,美国。《为了做梦,我每天早晨睁开眼睛——村上春树采访集1997—2009》p.384,文艺春秋社,2010年9月30日)

继而与欧文并列,又给出了卡佛和奥布莱恩(Tim O'Brien,1946—)两个名字:

これまでは、ジョン・アーヴィングにしても、レイモンド・カーヴァーにしても、ティム・オブライエンにしても、それぞれの翻訳をすることが小説家としての僕の滋養になってきました。たとえばアーヴィングの物語世界とか、カーヴァーのリアルな文体とか、ティム・オブライエンの自由なイマジネーションの食い込み方というのは、あ、そうか、こういうふうにも書くことができるんだ、という発見につながってきた。(『考える人』No.33、2010年夏号、p.84)

迄今为止，不管是约翰・欧文、雷蒙德・卡佛，还是蒂姆・奥布莱恩，翻译他们的作品一直都是我作为小说家的养分。比如说欧文的故事世界，卡佛栩栩如生的文体，蒂姆・奥布莱恩的自由想象切入方式，如此等等都与这样的发现一脉相连：啊哈，原来如此，还可以这样去写的嘛！(《思想人》No.33，2010年夏季号，p.84，新潮社)

如是，村上氏一而再再而三，在不同的场合强调对于一位小说家而言，文学翻译活动作为文学写作培训学校的意义。从中可以明显地看出其不同于职业翻译家的意识。首先，是热爱翻译的理由不同。看来对于村上而言，翻译的过程就是一个研究创作技法、学习行文谋篇的过程，好处多多，令他爱不忍释。

翻訳だと、(中略) 言語を移し変える作業に専念していればいいわけです。しかもたいへん文章の勉強になるし、頭の体操にもなるし、いいことずくめで、大好きですね。(「るつぼのような小説を書きたい」モンキービジネス 2009年春号／日本、『夢を見るために 毎朝僕は目覚めるのです 村上春樹インタビュー集1997－2009』p.504、文藝春秋、2010年9月30日)

翻译的话，(中略) 只要专注于语言的转换操作就行了。而且还是学习写作的好方法，是大脑体操，尽是好事，我非常喜欢。(《我想写大杂烩式的小说》，《Monkey Business》 2009年春季号，日本。《为了做梦，我每天早晨睁开眼睛——村上春树采访集1997—2009》p.504，文艺春秋社，2010年9月30日)

其次，有意识地选择翻译对象，只译自己喜欢的作家，只译对于自己的小说创作有营养的经典。倘是靠译述谋生的职业翻译家，恐怕就没有村上氏这般自由了。

僕は翻訳者ではなくあくまで創作者だから、翻訳をするなら、創作の滋養になるものをやりたいです。(同上)
我毕竟不是翻译者，而是一个创作者。因此，既然要做翻译，<u>就想译些能够成为创作养分的东西</u>。(同上)

再次，正因为村上氏将翻译对象当作了写作训练用的教材，面对文本，其审视的目光、关心的角度势必也不同。村上氏似乎更关注文章的起承转合，作者的写作技巧，一词一句的用法、其内涵与外延。身为小说家，在翻译（同时等同于研究？）同行的杰作名篇时，他自然会更加注重准确地把握、理解对象作品，细密地梳理字里行间的含义，吃透表层表达与深层内涵。而要做到这些，前提就是必须精细地理解每一个单词、每一个句子。

翻訳することによって、作家としての勉強をするんだということ。昔の人が写本写経するみたいに、英語を一語一語日本語に移しかえて、言葉の使いかた、文章のリズムのとりかた、どんなふうに小説を書くかということを、そこから学びとる。僕にはとくに文章の先生もいないし、ものを書く仲間もいないし、小説の書きかたもろくに知らなかった。そのかわりに、翻訳することで、小説の構造を細かく実地に学んできたところが多いです。僕にとっての学校みたいなものです。(『考える人』No.33、2010年夏号、p.83)
<u>就是说，要通过搞翻译，来践行作家修炼</u>。就好像从前的人们抄写经文那样，一字一字地将英语转化为日语，从中学取词语的用法、文章节奏的掌控、如何写小说的窍门。我既没有文章写作上的师承，也没有

创作上的学伴，对于小说的写法也知之甚少。但在另一方面，通过翻译，我倒是实地在小说结构上具体细致地学到了很多东西。于我而言，就好像是一所学校。(《思想人》No.33，2010年夏季号，p.83，新潮社)

看来对于村上春树来说，翻译他国前辈小说家的经典作品，非他，就是与巨匠大师们实现精神的邂逅、灵魂的沟通，神交心通，聆教承诲。他是把文学翻译直接当作名师云集的"我的大学"了。

（三）"总之要准确地翻译文章"

作为小说家，村上氏不愧是自学成才的典型——不过在日本，作家们大抵人人都得靠自学成才，不足为奇，他们那里是没有类似"鲁迅文学院"这般存在的。而作为翻译家，村上氏也同样堪谓自学成才的典型，只不过到了后来，他却跟上了一位"翻译上的师父"，这位"师父"就是东京大学的美国文学教授柴田元幸（しばたもとゆき、Shibata Motoyuki，1954— 。已于2014年致仕退官）。

1986年，村上氏翻译约翰·欧文的成名作《放熊归山》(『熊を放つ』，*Setting Free the Bears*)时，出版方中央公论社为他组织了一个由五位美国文学专家组成的支援小组，柴田元幸正是该小组的核心人物，类似组长般的存在。而从1987年开始，村上译文的审阅，更是由柴田氏一人独自承担了。

柴田元幸还与村上春树合著了《翻译夜话》(2000)、《翻译夜话2：塞林格战记》(2003)这两本以翻译为主题的书。最近二人又联名推出了新的合著《谈谈真正的翻译》(2019)，主题仍然是翻译。

邂逅柴田元幸，无疑是村上翻译生涯中的一大事件，对此，村上氏直言深感庆幸。

柴田（元幸）さんとは二十何年いっしょに仕事をしているんだけど、翻訳の師匠として柴田さんにめぐりあえたのは、僕にとって実に幸運なことでした。翻訳の基本的なラインを僕は柴田さんから教わってきたんです。(『考える人』No.33、2010年夏号、p.82)

我与柴田（元幸）兄共事了二十多年。能够遇到柴田兄来做我的翻译师父，我实在是三生有幸。<u>翻译的基本线，我是从柴田兄那里学到手的。</u>(《思想人》No.33，2010年夏季号，p.82)

从柴田这位师父身上，村上学到的最重要的原则，应当就是翻译必须忠实于原著吧，村上氏使用的表达是"正确地翻译文章"。要达此目的，毋庸赘言，前提当然是必须妥妥地打牢语言基础。

柴田さんから学んだことは、とにかく正確に文章を訳すということですね。基礎をきちんとかためる。どんな細かいことも見逃してはいけない。普通の人だとついうっかり見逃してしまうような本当に細かいことで、文章の空気は微妙にさっと変わってしまう。(『考える人』No.33、2010年夏号、p.83)

从柴田兄身上学到的，<u>总而言之就是要准确地翻译文章</u>。<u>要牢牢地夯实基础。任何细微之处都不可放过</u>。一般人不知不觉就会稀里糊涂漏掉的一些细枝末节，能够令文章的气氛为之一变。(《思想人》No.33，2010年夏季号，p.83，新潮社)

僕が小説のなかで何かをパラフレーズする、つまり置き換えることをどのようにやっているかは一日目にもお話ししましたけれど、翻訳は言語対言語でその置き換えをやっているわけです。(中略)この英語を日本語に置き換えたらどうなるか、というのは頭のなかでパズルをやっているのにも近くて、だからいくらやってもあきないし、その置き換えはひとつひとつできるだけ正確にやらなくちゃならない。(『考える人』No.33、2010年夏号、p.83)

> 我在小说里如何进行 paraphrase（演绎），亦即置换，这一点在第一天我也曾说到过。而翻译就是以"语言对语言"的方式进行这种置换。(中略）把这句英语置换成日语的话将会如何？这，近似于在心里玩拼图，所以不管玩多久都不会觉得腻味。<u>这种置换必须尽可能准确地一一做好。</u>（《思想人》No.33，2010年夏季号，p.83）

由是可知，作为一名翻译家，村上氏一贯把"准确地翻译（置换）"——换言之，就是忠实于原著、忠实于原作者——当作翻译的第一原则。这大约是将心比心吧，脚踏双船，既是小说家、同时又是翻译家的村上氏，对于原著者们希望的是何种翻译，想必是了然于心的。然而好像也有令人瞠目的意外之处，且待后文分解。

（四）并不需要所谓的"名译"

对于自己"翻译的师父"柴田元幸，村上氏似乎是心悦诚服，不吝赞词。而他之所以高度评价柴田氏，其所依据的评判标准，还是在于译文是否准确可信。村上氏还从文学翻译史的高度着眼，强调柴田氏的"准确翻译说"改变了日本文学翻译史的潮流。即，以柴田元幸为代表的新一代翻译家，成功地将"忠实准确的翻译才是好的翻译"这一理念，植入了日本读者的脑袋之中。这一点毋庸置疑，的确可以说是对日本文学翻译史的一大贡献：

> 僕が思うに、柴田さんの仕事は、日本の翻訳界におけるひとつの大きな転換でした。それまでの翻訳は、ある程度、恣意的に翻訳者が解釈するものだった。ここ要らないと思うとどんどん切り捨ててしまう。あるいはつくりかえたりね。そういうものが多かったし、また「名訳」みたいに思われていた。柴田さんはそういう流れを変えたんじゃないかな。とにかく文章を正確に移し

かえる。まずそこから始まる。このことをはっきり打ち出した。だから柴田さんが、というか彼の世代が翻訳家として登場して以降、日本の翻訳の精度やテクニックが格段に上がったと思います。(『考える人』No.33、2010年夏号、p.83)

在我想来，柴田兄的工作是日本翻译界的一大转换。此前的翻译，在某种程度上是翻译者在随心所欲地恣意阐释。只要心想"此处没必要"，便大刀阔斧地统统砍去，要不就下手改窜。像这种东西为数颇众，还被认为是"名译"。正是柴田兄改变了这种趋势吧。总而言之，要正确地将文章移译过来。首先由此开始。他明确地提出了这一点。所以我觉得柴田兄，或者说他们那一代人作为翻译家登台以降，日本的翻译精度与技巧明显地得到了提升。(《思想人》No.33，2010年夏季号，p.83)

明治以来，所谓"翻译文学"（翻訳文学、ほんやくぶんがく）对日本社会的发展与进步做出了任如何估量亦不为过的巨大贡献，也为"翻译"自己赢得了声誉与尊敬。这已是尽人皆知的事实。然而从起步伊始，日本的"翻译文学"就表现出了时而显著时而隐晦的"恣意性"，其典型代表就是"翻案小说"（翻案小説、ほんあんしょうせつ）与"豪杰译"（豪傑訳、ごうけつやく）。前者实际上就是一种改写或编译，不过是拿原著做个"由头"而已，"译者"（毋宁说是"编者""作者"）借题发挥，将自己的主张主义随意添加进"译文"里去，甚至将人名地名统统改作日本的；后者便是村上氏批判的"随心所欲地恣意阐释"，想删便删、想添便添，如若认定原作有所不足，甚至还会自说自话地重写一段、改写一节，倘无英雄豪杰一般的胆量，断然做不了这种翻译，故此被称作"豪杰译"。大概是翻译理念不同于今吧，"豪杰"们似乎相信：翻译文学作品，不单单是翻译文本的外延（即文字）即可，更应当翻译文本的内涵即精神才行，而传递精神、传递思想内涵才是第一要义，只消把握住了精神思想便可也，而作为外延的文字往往受到轻视。如今看来，此种"豪杰译"，至多只能算是

"追求神似",至于"形似"嘛,则基本放弃,而所谓忠实所谓精准,更是根本就无从谈起——不少"译者"原来就另有所图,其志原本就不在翻译;而所谓精神所谓思想,也更多是"译者"们夹带的"私货",未必真正就是文本原有的内涵。这种译法或多或少成了一种传统,根据村上氏的说法,他们的译文往往还被目为"名译",影响了好几代人。

而打破这种传统的,按照村上春树的观点,就是以柴田元幸为代表的新一代翻译家。是他们,将日本的文学翻译领回了正轨,不再迷信所谓的"名译",走上了尊重原著、忠于文本、准确翻译的正道。

如前所引,村上氏自己也谨守师传,对此种所谓"名译"清晰地表明了否定态度,强调要追求"正确翻译"。

(五)虎颈系铃——重译经典

出自村上春树之手的新译,像菲茨杰拉德的《了不起的盖茨比》(1925)也好,抑或塞林格(Jerome David Salinger, 1919—2010)的《麦田里的守望者》(1951)也好,都是问世业已多年的名著,理所当然地,早已有先行译本出版,占领了阅读市场,拥有了固定的拥趸。而且先行译本可能还远不止一种,足见原著的人气之高。比如说 The Great Gatsby 迄今为止就共有9种日译本,其中7种早于村上译本(2006)。如著名翻译家野崎孝(のざきたかし、Nozaki Takashi, 1917—1995)就反复推敲,先后出版过3个译本,书名也一改再改,初版译作『華麗なるギャツビー』(1957),改版收入新潮文库后改成了音译『グレート・ギャツビー』(1989),由集英社二度推出文库本时,又改题为『偉大なるギャツビー』(1994)。

而 The Catcher in the Rye 也有4种先行日译本,最早的一个是美国文学研究家兼翻译家桥本福夫(はしもとふくお、Hashimoto Fukuo, 1906—1987)的译本『危険な年齢』(1952);前述翻译家野崎孝也先后推出过2个译本『ライ麦畑で捕まえて』(1964,1984),翻译家繁尾久(しげおひさし、Shigeo Hisashi，1925—1993）的译本则将书名译作了『ライ麦畑の捕手』（1967）。而村上春树似乎对音译情有独钟，将两本书名分别译作了『グレート・ギャツビー』（2006）和『キャッチャー・イン・ザ・ライ』（2003，2006）。

不过，即便是像村上春树这样站在知名度排行榜巅峰的名家巨匠，要想让读者们接受全新的译本，似乎也不是一桩易事。毕竟老版本占尽了天时地利，新译欲与旧译对决，按照村上氏的说法，就好比一只老鼠试图将铃铛系在猫咪的脖颈上——也就是我们中国人说的"虎颈下系金铃"，难上加难。

ここ数年、僕なりの訳し直しを始めたクラシックな作品、（中略）どの作品についても、これまで慣れ親しんできた訳がそれぞれの読者に染み付いているはずで、そこに新しい語彙や新しい人称で食い込んでいくのは至難の業です。とくにその作品を若い頃に読んで、感動して、なにがしかの影響を受けて育ってきた人は、新しい翻訳が出ると自分のなかにあるイメージが傷つけられたり汚されたりするように感じる場合が多いですね。違和感や居心地の悪さを感じてしまう。たとえ新しい訳が原典により近い、正確さを持ったものであったとしても。それは避けられないことです。僕にもその気持ちはよくわかります。ですから、クラシック作品の新しい訳を出すというのは、鼠が猫の首に鈴をつけるようなものでもあるんです。（『考える人』No.33、2010年夏号，p.84）

这几年，我自行其是开始重译的经典作品，（中略）每一部作品，读者们想必已为亲习至今的各各译本所熏染，对此，要凭借新的语汇新的人称杀将进去，至艰至难。尤其是年轻时读过那部作品、受到感动受到影响而长大成人的读者，新译本的问世，在很多场合下会让他们感到自己心目中的形象受到损伤、受到污染，有违和感，心情不畅，哪怕新译本更接近原典、更为准确。这是无法避免的事情。我也非常理解这种心情。所以说，推出经典新译，就好比是一只老鼠要给猫咪的脖子系上个铃铛。(《思想人》No.33，2010年夏季号，p.84)

然而明知困难重重，村上氏却仍旧坚定不移地坚持重译经典。他的基本观点是：语言是有生命的，它不是一成不变的东西，而是在不断地成长、更生；一代人有一代人自己的语言，不同于他们的前辈，因此译家需要运用适应时代的新语汇，向新一代读者提供新的译本。他似乎还认定这种语言更新的周期是五十年，每隔五十年，就应当有新的译本问世。至于为何是五十年，村上氏并未提出科学的或其他的论据。好像翻译理论研究者们也同样，至今尚无人提出类似的具体"赏味期限"（保质期），此说当系村上氏的独家理论。

　　ただ、新しい世代のために、だれかがそれをやらなくちゃいけない。僕がクラシック作品の訳し直しをしているのは、これから始めてそんな作品を読む若い人たちのために、ここらで新しい訳をつくらなくちゃいけないと痛感したということもあります。言葉というのは生き物ですから、訳の善し悪しとはべつに、五十年前の翻訳ではどうしても無理があります。少なくともいくつかの選択肢はあるべきです。たとえブーイングが出ても、だれかがやらなくちゃいけない。（同上）

　　然而，为了新一代，必须得有人来做这件事情。我之所以重译经典，也是因为痛感到时机已到，必须打造出经典新译，供那些从现在开始接触经典名著的年轻人阅读。语言这东西是一个生命体，跟译本的好坏无关，五十年前的旧译无论如何也不行。至少应该有几种选项。哪怕嘘声四起，也必须得有人来做。（同上）

不过，村上氏在此似乎遗留给我们一个颇为重大的问题未予解答，那就是："五十年"的保质期问题，仅仅存在于译本译文之中吗？原著原文，就不存在过了"五十年"语言会"过期变质"的问题了吗？毕竟原著也罢译著也罢，尽管语种有别，可都是文字产品，一样会由作者或译者所处的时代和固有的语汇环境打上时代与地域烙印的呀——此问暂似无解，姑且存疑可焉。

村上氏心目中理想的经典名著的翻译，应当是这样的：同时拥有多种优质译本可供选择；而这些译本可能从不同侧面反映出了原著某些特质，若将它们所反映的各个侧面聚积起来，就可以得到较为全面的原著整体像了。

　　優れた古典的名作には、いくつかの異なった翻訳があっていいと言うのが僕の基本的な考え方だ。翻訳というのは創作ではなく、技術的な対応の一つのかたちに過ぎないわけだから、さまざまな異なったかたちのアプローチが並列的に存在して当然である。人々はよく『名訳』という言葉を使うけれど、それは言い換えれば『とてもすぐれた一つの対応』というだけのことだ。唯一無二の完璧な翻訳なんて原理的にあり得ないし、もし仮にそんなものがあったとしてら、それは長い目で見れば、作品にとってかえってよくない結果を招くものではないだろうか。少なくとも古典と呼ばれるような作品には、いくつかのalternativeが必要とされるはずだ。質の高いいくつかの選択肢が存在し、複数のアスペクトの集積を通して、オリジナル・テクストのあるべき姿が自然に浮かびあがっていくというのが、翻訳の最も望ましい姿ではあるまいか。（「僕の中の『キャッチャー』」『雑文集』p.230、新潮社、2011年1月30日）

　　优秀的经典名作，不妨有几种不同的译本。这是我的基本想法。翻译并不是创作，不过是技术性对应的一种形态罢了，各种不同的形态并列存在，本是理所当然。人们常用"名译"这个词，而这，换言之，无非就是"相当出色的对应之一"而已。独一无二的完美译本之类，在原理上是没有可能的。就算假定有这种东西，以长远的观点视之，对于作品来说，只怕反而会招致不好的结果。至少对于被称作经典的作品而言，理应需要数种 alternative（备选）。存在数种高品质的选项，通过方方面面的聚积，原作文本的本来面目得以自然而然地浮现出来，这岂不正是翻译最为理想的形式吗？《我心目中的"守望者"》，《杂文集》p.230，新潮社，2011年1月30日）

恐怕不单单是"翻译最为理想的形式"，对于原著者来说，难道不是译本多多益善吗？只怕对于读者而言，也可以如此推论。只是自不待言，这样的局面，需要由覆盖全社会的、坚实的物质经济基础支撑。

翻訳って、手を入れれば入れるほどよくなるものだから、改訳できる機会があるというのは、翻訳者にとってはありがたいことなんです。単行本と文庫と全集とで、少しずつ訳が代わっているものもあります。（中略）これからもまた機会があれば少しずつヴァージョンアップしていきたいと思います。（「せっかくこうして作家になれたんだもの——レイモンド・カーヴァーについて語る」『文学界』2004年9月号／日本、『夢を見るために　毎朝僕は目覚めるのです　村上春樹インタビュー集1997－2009』p.254、文藝春秋、2010年9月30日）

翻译这东西，越推敲锤炼，就越加出色。所以，能够有机会进行改译，对于翻译者而言是值得庆幸的事。（中略）今后如果有机会，我还想一点一点地改版升级。《既然已经当上了作家——闲话雷蒙德・卡佛》，《文学界》2004年9月号，日本。《为了做梦，我每天早晨睁开眼睛——村上春树采访集1997—2009》p.254，文艺春秋社，2010年9月30日）

不独前人的旧译必须更新换代，即便是自己的新译也需要不断地打磨修改。应当说，村上春树对待翻译，其认真的程度异乎寻常，值得称许。

（六）"被翻译者"的"被翻译观"

村上春树不单单是一个翻译者，动手将别国的文学作品翻译成自己的母语；同时还是一个"被翻译者"——迄今为止，他自己的作品已被翻译成了 50 种以上的外国文字。这数字，恐怕当称举世罕见。不得不说，作为"被翻译者"，此公也是一个稀乎朋类的存在，而对于"被翻译"这一事态，应该是司空见惯、习以为常，无疑拥有旁人难以企及的经验与感受，自然也就拥有不同于他的一家之见。有趣的是，村上氏的"被翻译观"，居然很有点与他自己的"翻译观"针锋相对的意思。

　　すぐれた翻訳にいちばん必要とされるものは言うまでもなく語学力だけれど、それに劣らず——とりわけフィクションの場合——必要なのは個人的な偏見に満ちた愛ではないかと思う。極端に言ってしまえば、それさえあれば、あとは何もいらないじゃないかとさえと、僕は考えます。僕が自分の作品の翻訳に、何をいちばん求めるかと言えば、まさにそれです。偏見に満ちた愛こそは、僕がこの不確かな世界にあって、最も偏見に満ちて愛するものの一つなのです。(「翻訳すること、翻訳されること」『雑文集』p.227、新潮社、2011年1月30日)

　　我以为对于优质的翻译来说自不待言，第一必要的当然是语言能力。然而同时，不遑多让——尤其是在虚构作品中——必不可缺的，难道不正是充满个人偏见的爱吗？说得极端点，我甚至认为只消有了这个，其他的都不在话下了。正是充满偏见的爱，才是我身处这个不靠谱的世界里，最最充满偏见地爱着的东西之一。(《翻译，被翻译》，《杂文集》p.227，新潮社，2011 年 1 月 30 日)

　　值得注意的是，在面向自己作品的翻译者时，村上氏仿佛换了一个人似的,公然放弃了对语言能力的严格要求,将它划入了"没有亦可"的"其他"之列:只消有了充满偏见的爱,其他都不在话下,没有亦无碍——原文用词可是"いらない"(即"不需要")哦。我们应当还记忆犹新,在谈到自己的翻译时,村上氏是如此明确主张的:(1)"总而言之就是要准确地翻译文章。"(2)"要牢牢地夯实基础。"(3)"任何细微之处都不可放过。一般人不知不觉就会稀里糊涂漏掉的一些细枝末节,能够令文章的气氛为之一变。"呵呵。

至于为何要强调"充满偏见的爱",其良苦用心,似亦不难揣测与理解。而且对原作的热爱,按理说,原也就应该是做好翻译的必要前提。然而同时,"爱"且"充满偏见",又不由得让人感受到了某种危险。难道就不会因此而催生出所谓的"名译"来吗?而村上氏本人不是对"名译"厌恶非常,大声宣告过"所谓名译,可以休矣"的吗?"爱"且加上满满的"偏见",两者的相乘作用,只怕甚至还会催生出村上氏所痛恨不已的"豪杰译"来,亦未可知呢。

对己与对人,要做到不偏不倚、公平一致,看来殊非易事。村上春树氏的翻译观与被翻译观,在种种意义上颇具"样本"的意义,十分有趣,值得探讨与思考。

有一种时尚叫"非译"
——说说『人間失格』(《不复为人》)的译名问题

(一)

"非"者,"不"也;(参见《古代汉语词典》第2版"非"字条,商务印书馆,1998年初版)"译"者,"翻译"也;(同前。见"译"字条)《后汉书·西南夷传》中有例:"臣辄令讯其风俗,译其辞语。"此处的"译",用法似乎完全等同于今日之"译","翻译"意也。于是乎"非译"一语,顾名思义,也就是"不(做)翻译"之意了,而笔者在本文中拟借此词,指称一种"以不(翻)译的形式进行翻译"的事实,或曰一种"翻译法"。此言看似悖论,然而当下在海内,这"非译",却似乎是个颇为流行的时髦现象,很有些大行其道、从众如云的意思呢。

写到此,笔者偶然想到了曾经读过的一则嘲讽当世"假洋鬼子"的段子:"Money,呃,这个词儿中文怎么说来着? Me想不起来了。呵呵,国外待得久了,中文生疏啦。"似这类说话夹杂外文单词的表达方式,固然或许也是一种时髦、时尚,却并不是"非译",而仅仅只是"转(音zhuai,上声。亦作'跩')洋文"罢了。

所谓"以不译的形式进行翻译",换言之,也就是"原文照搬",不玩改头换面的把戏,拿来就用。于是乎,有一个前提不可或缺,那就是:两种语言在书写文字上必须是彼此"同质同形"方可。譬如说西文的alphabet与中文的方块汉字,因两者既非同质亦非同形,"非译"手段便

"行不得也哥哥"了：此路不通。例如雨果（Victor Hugo，1802—1885）的名著 Notre Dame de Paris（就是那座于2019年4月15日遭罹火灾、尖顶烧塌了的"巴黎圣母院"是也）便无法"原文照搬"；倘若勉为其难强行搬来照用，便不能称之为"非译"，而仅仅只是"未译"罢了，原本就读不懂法文的读者，见了这般未经翻译的"译文"，只怕照旧不解其意吧。再如西格尔（Erich Segal，1937—2010）的热销小说 Love Story，虽说如今英语普及，能阅读英文小说的国人同胞在在皆是，更何况 love 和 story 这两个词原来就是入门级别的基础英文单词，大约无人不晓，可倘如你给它来个"原文照搬"，则众多读者的第一反应肯定不会是感觉自己遭遇了"非译"，而是怀疑译者不作为，仅仅是偷懒"未译"而已吧。

也就是说，在国人所熟悉的语境里，"非译"这一行为，只有在汉字与汉字之间，方才可以成立。于是乎不言而喻，这样一种"非译"现象如今便只能存在于中文与日文之间了，而它的得以成立，则完全凭仗方块"汉字"这一天然纽带。比如『陰翳礼賛』（『いんえいらいさん』）和『細雪』（『ささめゆき』）这两部作品，一散文一小说，二者皆出自东土文豪谷崎润一郎（たにざきじゅんいちろう，Tanizaki Junichiro，1886—1965）的笔下，而现有的好几种中文译本也个个都来得直截了当，干干脆脆地就叫作《阴翳礼赞》和《细雪》，照搬原文，袭用旧题，不过是将旧汉字换成了新汉字，繁体字改作了简体字而已。然则虽系"非译"，可读者看了，恐怕大多未必就知晓照搬原文、袭用原题的事实，十有八九还以为是译者苦心孤诣殚精竭虑呕心沥血的"翻译"成果呢。而且，似这一类的日文书名，毋宁说反而是"非译"方为上佳之选，刻意求新另思译名反倒极可能是多此一举、费力而不讨好的愚行了。

（二）

不过，尽管存在着"汉字"这一天然纽带，日文译作中文时，"非译"

却也绝非无往不利、所向披靡的神器，使用之时只怕还是应该注意把握分寸、适可而止，当用则用，不当用者，还是切勿乱用为佳。万万不可不问青红皂白逮着就用，以至于用上了瘾、用过了头——这原是不言自明的道理。然而可叹的是，"非译"手法的过当滥用，却成了海内当下日本文学汉译时的常见之现象、不争之事实。

试举一例。那位大名鼎鼎的无赖派小说家太宰治有一部名作，日文原题写做『人間失格』（『にんげんしっかく』）。这部中篇小说完稿于1948年5月12日——已是七十多年之前了，一个月之后的6月13日，作者便携情妇山崎富荣（やまざきとみえ、Yamazaki Tomie，1919—1948）双双投水自杀了。该作当月作为遗稿刊载于筑摩书房发行的一本叫作《展望》（『てんぼう』）的综合杂志上，翌月便与另一部遗稿『グッド・バイ』（炜按：这是英文 Good-bye 一词的日文音译，好比中文说"古德拜"）合为一册出版，此后又有多家出版社陆续推出各种版式的单行本，长销不衰。仅新潮社一家，自打1952年将此书收入其麾下的袖珍本品牌"新潮文库"，初次推出便携版文库本以来，截至2014年7月，六十余年间累计发行了670.5万册，平均每年能卖掉十多万册，与夏目漱石（なつめそうせき、Natsume Sōseki，1867—1916）的『こころ』（《心》，截至2016年，新潮文库已销售718万册），村上春树的『ノルウェーの森』（《挪威的森林》，2009年8月的数字是上下两册合计总共销售突破1000万册）一起，因销量极大、"三"枝并秀，并称当代日本受众最广的"三大小说"。此外，诸如集英社、角川书店、讲谈社、岩波书店等各大著名出版商，皆各有袖珍文库本推出，其中岩波文库则是将『人間失格』、『グッド・バイ』、『如是我聞』（『にょぜがもん』）三部作品并作一集出版。这几家出版社并不曾公布各自的发行部数，然而众所周知，文库本价廉物美薄利多销，历来销路好、售量大，乃是大众消费时代各家出版商吸金敛赀的不二法门，可想而知，那数字即便可能超不过新潮社——否则恐怕早就跳将出来公之于众了——但也定然不可小觑吧。

而且『人間失格』的魅力与人气，似乎并未拘于东洋之一隅，甚至还远扬海外。譬如在一衣带水的我中华神州，其畅销的势头，便似乎也不见有丝毫的减弱。单就译本而言，截至2017年初，该书的中译本就已经涌现出了22种之多（其中2种，出版者与书号虽异，译者却为同一人，或当系同一译本。因未见实物，故不敢贸然断言），而英译本与法译本，经笔者调查，却似乎均只有一种存世。由是亦可知，该书在我国的人气之旺，实属举世罕见，称之为一大奇观恐怕亦不为过。

而更令笔者叹为观止的，还是该书的译名。在22种中译本中，竟有多达20种是"非译"，径称《人间失格》! 仅将一个"间"字由繁体改作了简体而已。另外2种分别作《丧失为人资格》（王向远译）和《人的失格》（林少华译）。其实，此外还应再加上1种，即2017年5月由华东理工大学出版社刊行的拙译：《不复为人》。此书当为中译本之第23种，是日汉双语对照版——前面提及的22种，其实也包含了数种双语对照版，包括林少华氏的《人的失格》。

此外还有一个似乎鲜甚为人所知的事实，尤令笔者感到妙不可言，那便是：20种"非译"本中，至少有一种起初是曾经译作《丧失为人的资格》（杨伟译本）的，初版推出于1990年代，然而待到21世纪（23种之中，有21种问世于2009年之后）再度登场时，竟然"痛自创艾"，与其他各个译本一样，也更名为《人间失格》了! 如此行事系出于何种心理、欲达到何种目的，笔者不便"邪推"（じゃすい，按：此词亦系日文，谓胡乱揣测。无端又奉献了"非译"的实例一则，一笑），但若要说它与商业主义脱不了干系，恐怕也是良有以也，而绝非肆意栽赃吧。究其理由，大概就在于曾几何时在我国社会演变成了一种时髦的"非译"。

（三）

"人间失格"作为一个"和制汉语"（わせいかんご，谓"制造于日本的

汉语词汇，即 Chinese expressions made in Japan"。炜按。再一"非译"实例，二笑）词组，原本是道道地地的日文，为中文之所无。不懂日文者只怕是无法做到准确理解这个四字词组的。然而正因为是同质同形的汉字，我国读者见此四字组合，尽管不知所云，却也能够朦朦胧胧暧暧昧昧地进行一番"虽不中亦不远矣"的"邪推"。更为重要的，恐怕是这种貌似中文而实非中文的汉字组合，好像能够带来一种莫名其妙的时尚感，而朦胧暧昧的似懂非懂似乎也能够让有文化的青年一代，没来由地催生出"高大上"的认同感来。于是乎，出版商们也出于营销目的而投其所好——也许应当说出版商们才是这股"非译"潮流的始作俑者兼推波助澜者，亦未可知——懂也罢不懂也罢，"人间失格"这个非译的译名，潜移默化地获得了几乎堪谓全社会的认同，连曾经有过的正确译名，也好似遭受劣币驱逐的良币，只得退步抽身隐姓埋名，拱手让位于朦胧暧昧、莫名其妙的"人间失格"了。

其实，知者自知，此"人間（にんげん）"非彼"人间（rén jiān）"也。该日语词汇在语义上等同于中文里的"人"，在这层意义上，林少华（1952— ）氏将书名译作了《人的失格》，可谓表现出了对此词的精准理解。然而惜哉林译却失之于"中途半端"（ちゅうとはんぱ，义近"半途而废"。仍是"非译"的实例，三笑）。在此应有笑声——从有无反应中可以见出年龄来吧？呵呵。笑出声来的，应当都是在20世纪80年代初看过香港片《三笑》的那一代人了），即对"失格"这一日文词汇仍又沿用了"非译"手法，未将其置换成地道的中文。22种译名之中，王向远（1962— ）氏的《丧失为人资格》与杨伟（生年未详）氏的《丧失为人的资格》最为精准，可以说百分百地传达出了原文的意义，然而大概是出于上述理由，如今这两个译名却遭到了众商家的弃用，可嗟可叹亦复可惜。只是相对于原文的精炼，杨、王二氏的汉译书名略嫌偏长，在节奏感上也的确输与了太宰原题一筹。而这，说不定也是遭受众商家弃用的原因之一，亦未可知。

有鉴于此，笔者此次将该书名译作了《不复为人》——实话实说，拙译其实完成于 1989 年夏，时在笔者负笈赴东之前，而该译名早在那时就已定下了。笔者当然也明白努力避免王婆卖瓜的嫌疑乃是做人的诀窍，不过，笔者同时还觉得坚持不打诳语、有一句说一句也应是为人之本：窃以为不论是在语义上，还是在节奏上，抑或是在表现风格上，拙译书名都做到了对原题的忠实还原，并且还是道道地地的中文表达。

而这种在我国大行其道、已然成为流行时尚的"非译"，在欧美诸国却似乎未能找到市场。究其原因，无疑与笔者开篇时便曾讨论过的西文 alphabet 与中文方块汉字之间"非同质同形"的关系性大有关涉。比如法国作家兼翻译家加斯东·勒侬朵（Gaston Renondeau，1879—1967）就将书名译作了 *La déchéance d'un homme*（《一个人的失权》），déchéance（谓"丧权，失权"）此处系指"做人权利的丧失"，故此译不妨视为与杨、王二氏的译名遥相呼应。而美国哥伦比亚大学教授唐纳德·基恩（Donald Keene，日人呼作ドナルドキーン，1922—2019。此公于 2011 年，以垂暮之年归化了日本，还为自己取了个东洋名字，用于户籍登记，叫作"鬼怒鸣门"，读作きーんどなるど。炜按）则将『人間失格』英译为 *No Longer Human*，而这个译法，竟与拙译《不复为人》不谋而合，简直可以说是百分之百的异文同义了。

2017 年 6 月 26 日于安得堂

2019 年 5 月 5 日二稿

信息大爆炸时代的日本文学翻译

（一）信息大爆炸时代

人类社会据说早已迈入了"信息大爆炸"（information big bang）时代。其实不妨认为，"信息大爆炸"，就是将所谓的"信息爆炸"（information explosion）一词，比照宇宙起源假说之一的"大爆炸理论"（big bang theory）而制造出来的一个夸张表达，用以形容我们现代人：恰似置身于信息大洋之中的深海鱼，日复一日年复一年地在困惑、徜徨中惨淡地经营着自己的人生。

那么，何谓"信息爆炸"——日人称作"情报爆发"——呢？我们可以找到如下的解说。

(1) 情報爆発（じょうほうばくはつ）information explosion
膨大な情報が人々に浴びせられる状況をさすことばで、「情報爆発時代」などと使われる。マス・メディアの発達、とくにインターネットの普及により、人々の前に表出する情報は加速度的に増大している。それが原因で個人が自分にとって必要な情報を探し出し、一元的に管理することが困難になる事態など、さまざまな問題が現れる状況も含めての表現でもある。(『日本大百科全書：ニッポニカ』の解説)

(1) 信息爆炸（information explosion）

此词意指人们湮没于巨量信息之中的状态，如"信息爆炸时代"等。由于大众传媒（mass media）的发达，尤其是互联网（Internet）的普及，展现在人们面前的信息飞速激增，从而导致了个人难以找出自己所需的信息并对之进行一元化管理的事态，此词也涵指出现这类问题的状况。（出典：《日本大百科全书》）

（2）情報爆発（じょうほうばくはつ、英：Information explosion）は、急速に増加する出版化された情報や、その豊富なデータの影響を表現した言葉である。利用可能なデータの量が増大するにつれて、情報を管理する事はより一層難しくなる問題があり、情報オーバーロードもしくは情報疲労に導くことがある。しかし、過剰な電子情報の知識を集めるテクニック（データ融合がデータマイニングを助ける例など）は1970年代から存在していた。（出典：フリー百科事典『ウィキペディア（Wikipedia）』、15/02/09 01：44 UTC 版）

（2）信息爆炸（英文：Information explosion）是一个表示猛速激增的公开信息及其庞大数据所带来之影响的词组。随着可资利用的数据量的激增，出现了信息管理日益艰难的问题，还可能导致信息超载或信息疲劳。然而自1970年代起，收集过剩电子信息知识的技术（例如以数据融合助力数据挖掘等）就已经存在了。（出典：自由百科全书 Wikipedia，15/02/09 01：44 UTC 版）

毋宁说，信息大爆炸时代的问题核心，更在于我们，也就是世间社会，已然认识到，或者说不得不认识到，包围着我们的世上万事万物，无一例外都是信息，或者都可以以信息待之。甚至连我们每一个个体，也不外乎就是信息，而非其他。笔者曾戏吟短歌一首，用以描述这种湮没于信息之中一筹莫展的状态。歌云：

　　世の中は　すべて情報　なりにけり

情報のほか　情報は無し

（大意：世间万物，皆是信息；除却信息，再无信息）

大概可以说，如今我们便处于这样一种可叹可悲（？）的状况。

（二）作为信息的文学

身处这样一个时代里，具体说来就是，身处一个众生万物皆是信息，而且除了信息什么也不是的时代里，不单单是事实（fact），就连色彩（color）、气味（smell）甚或情感（feeling），都有可能是信息；自不待言，只怕文体风格（style）也可以成为信息了。于是乎，处于其延长线之上的文学文本（text），当然也就不妨以信息视之了。只不过与单纯的信息相比，它似乎略显复杂，或许称之为"信息集合体"更为合适。

不妨认为，按照体量的由小到大、由低级到高级，文本信息的单位存在三个等级，或曰三个阶段，即，数据（datum, data）、句子（sentence）、场面（scene）。由两个以上的下一等级单位的组合叠加，构成上一等级单位。亦即由复数的数据构成句子，再由复数的句子构成场面。在此之上，方有文本（text）的存在。由复数的场面构筑而成的文本，就是一种信息集合体（aggregation of information）了，它是作为信息总量而存在的。

所谓文学翻译，就是将作为信息集合体的文学文本中所含的信息总量，从一种语言（原文，或称源语、source language）传递到另一种语言（译文，即所谓目标语、target language）里去。

这时，在传递行为发生前后的信息总量相等的前提之下，在传递处理的过程中，应当是可以相对自由地对信息进行分割、处理的。亦即：

（1）信息的顺序可以调整；

（2）信息可以进行细分；

（3）细分之后的信息单位（数据、句子等）可以在数量上进行调节。

以下通过对具体译例的详细考察，进一步展开思考。

例1

《鲁拜集》(『ルバイヤット』、*The Rubaiyat*、莪默·伽亚谟 [Omar Khayyam, 1048—1131] 著) 选译十一首之四 (见太宰治著《不复为人》/《人间失格》)

堀井梁步 (ほりいりょうほ、Horii Ryoho, 1887—1938) 日译、施小炜汉译

日译：

祟（たた）りなんて思うこと止（や）めてくれ

遠くから響く太鼓のように

何がなしそいつは不安だ

屁ひったこと迄（まで）一々罪に勘定されたら助からんわい

拙译：

莫言祟报莫言邪

远似鼖鼛近宝挝

矢气弘宣亦称罪

黎民觳觫再无哗

（1）将第四行前半句「屁ひったこと迄（まで）一々罪に勘定され（たら）」，译作了"矢气弘宣亦称罪"，顺序前移，第三行「何がなしそいつは不安だ」一句位置后移，译作"黎民觳觫"；再将原第四行后半句「助からんわい」意译为"再无哗"，加在后面。信息排列顺序上做了较大的调整。

（2）"莫言祟报莫言邪"句。用两个近义词"祟报"与"邪"来翻译「祟り」，再以两个"莫言"叠用的形式来翻译「思うこと止めてくれ」，从中可见信息数量的调节。

（3）"远似鼖鼛近宝挝"句中，将「太鼓」一语分译作"鼖鼛"与"宝挝"

两词，将「遠くから」分译作 "远"与"近"两词，采取了变动数据数量的方法，以表现鼓声由远而近、渐渐传来的感觉。此句译文中同时可见数据的分割与顺序的调整。

（4）上面的第二与第三条同时还可以看作是一种增量传达。

再看一例。

例2

《鲁拜集》选译十一首之八（见太宰治著《不复为人》/《人间失格》）

堀井梁步日译、施小炜汉译

日译：

どこをどう彷徨（うろつき）まわってたんだい

ナニ批判　検討　再認識？

ヘッ　空（むな）しき夢を　ありもしない幻を

エヘッ　酒を忘れたんで　みんな虚仮（こけ）の思案さ

拙译：

批判覃思广舌长

终朝浮荡复彷徨

谋虚逐妄负醽醁

世事无非梦一场

（1）变换顺序。第一行与第二行，以及第三行与第四行，皆可见顺序上的调整。

（2）调整数据的数目。将「（ナニ）批判　検討　再認識」这三个词，压缩为"批判""覃思"两个词，即后文所言之"减量传递"。

（3）增量传递。借"广舌长"一词，用以表现伴随着批判、检讨、重新认识而催生出的辩才无闵。

以上所举两则译例，不妨视为是将文本当作了信息集合体，通过调整信息的排列顺序、对信息进行分割处理、增减信息的数量等方法，进行信息传递；传递过程完成之后的信息总量，基本上与传递过程开始之前的信息总量相等，至少应当说没有出现不合理的增减变化。

（三）作为信息处理的翻译

当我们将文本视作信息集合体时，我们就可以将翻译操作看作等同于"信息传递"（transmitting information）的行为。

这时，我们可以看到，在经历了翻译这一传递行为后，信息总量的变化大致会出现以下三种情况。

（1）等量传递（equivalent transmission）

即，就整体而言传递了同量的信息，传递过程前后的信息总量未发生变化。以图式来表示的话，就是：

The Original Text = The Translated Text

原文与译文的信息总量相等。（等式表示传递过程）

（2）增量传递（incremental transmission）

即，在传递过程中，相比于原文，信息有一定量的增加。等式后的信息总量要大于等式前的信息总量。（等式表示传递过程）

The Original Text ≤ The Translated Text

就结果而言，译文的信息量大于原文。

（3）减量传递（decremental transmission）

即，在传递过程中，原文的信息受到一定量的删削，等式之后的信息量相比于等式之前有所减少。

The Original Text ≥ The Translated Text

结果是译文的信息量小于原文的信息量。

增量传递与减量传递,是诗歌翻译中特别常见的现象,是为了将诗歌译得更像诗歌而常用的翻译手段、翻译方法。

以下,让我们通过具体译例,对这三种情况逐一进行整理与确认。

(1)等量传递例

例3

《鲁拜集》选译十一首之九(见太宰治著《不复为人》/《人间失格》)

堀井梁步日译、施小炜汉译

日译:

到る処(ところ)に 至高の力を感じ

あらゆる国にあらゆる民族に

同一の人間性を発見する

我は異端者なりとかや

拙译:

伟力至高随处有

他邦他族亦同般

余思人性原相类

人谓余言乃异端

就信息总量而言,可以看出,虽然经历了传递这一过程,但基本上并未发生变化,大抵应视为前后同量,且信息的传递顺序也完全依循原文的排序。

(2)增量传递例

例4

和泉式部(いずみしきぶ、Izumi Shikibu,平安时代中期,约978—?)

作短歌一首

物おもへば

沢の蛍も

我が身より

あくがれいづる

魂（たま）かとぞみる

拙译：

幽思正苦，

泽畔流萤舞。

疑似芳魂点点飞，

却离吾，

翩翩去。

译文波线处为增量。且可见信息顺序的调整。

这是笔者近来提倡的"以小令译和歌"之一例。为了使译文读来更像是诗，翻译中适当运用了一些"诗语、韵语"，以增加诗意。其原则是"平顺自然"，不显突兀。切忌滥用华而不实、牵强生硬的表达。

（3）减量传递例

例5

《鲁拜集》选译十一首之八（见太宰治著《不复为人》/《人间失格》）

堀井梁步日译、施小炜汉译

日译：

どうだ この涯（はて）もない大空を御覧よ

このなかにポッチリ浮んだ点じゃい

この地球がなんで自転するのか分るもんか

自転 公転 反転も勝手ですわい

拙译：

> 试看太空无际涯
> 此中一点似浮沙
> 地球自转因何故
> 反转公旋亦任他

原文波线处,译文中省略未译,以适应、维持诗歌的形式美。当然,减量的前提是不影响信息的正确传递。(如第四行的"自转"一词,在第三行中已经出现过,不译应亦无碍)

(四)传递/处理的方法:作为信息发酵过程的翻译

然而,可想而知,翻译这种信息传递作业,不是一个单纯的物理变化,不可能原封不动地将信息从等式左边向等式右边直线性地搬运过去。毋宁认为它是一种更为复杂的曲线运动,还可以想象在传递过程中不可避免地会产生"化学反应"。而这个化学反应,大约不妨比喻为"发酵"工序。

换言之,我们也可以将所谓翻译作业比作信息发酵的过程(fermentative process)。

作为信息集合体的文本(text),便是原材料,其内质丰富,种类多多;而(翻译)方法则起着酵母(yeast)的作用。于是乎,经过传递作业这一发酵工艺流程(fermentative process),译文这个产品便被生产了出来。而所谓的"增量"也罢"减量"也罢,都是伴随着发酵工艺而出现的现象。

发酵之前与发酵之后(before & after the fermentation),信息总量尽管可能是相等的,但由于经历了发酵(fermentation)这一产生化学变化的流程,其外观与内质都可能发生极大的变化。打个比方的话,就好似烘烤面包:虽然面粉、牛奶、鸡蛋、白脱、盐、糖等材料的总量大概并无变化(物质不灭。呵呵),然而经过了发酵、烘烤等工序之后,诞生出来的却是面包这一"异文脉"的产品。

且让我们试着将翻译法视作酵母,来做一番考察。

作为一种方法,在仔细吟味的基础之上,"添加"抑或是"删削",皆可发挥"酵母"的作用,催生出"增量"抑或"减量"的效果来。

(1) 发酵与增量

例6

慈镇和尚(じちんかしょう、Jichin Kashou,1155—1225)作短歌一首

> 樫の葉の
>
> もみぢぬからに
>
> ちりつもる
>
> 奥野寺の
>
> 道ぞかなしき

拙译:

> 麻栎叶,
>
> 犹未红,
>
> 飘落奥野荒寺中,
>
> 小径悲意浓。

例7

曾祢好忠(そねのよしただ、Sone no Yoshitada,平安时代中期歌人,生卒年未详)作短歌一首

> 由良の戸を
>
> 渡る船人
>
> 梶をたえ
>
> 行方も知らぬ

恋の道かな

拙译：

由良户，

<u>轻舟渡，</u>

舟子桨声绝，

知向何处？

<u>茫茫情路。</u>

上面两首短歌，译文中的波线部分，便是增量传递。可以说是发酵过程之中，"自然发生"似的浮现上来的"诗语表达"。

（2）发酵与减量

例8

《鲁拜集》选译十一首之一（见太宰治著《不复为人》/《人间失格》）

堀井梁步日译，施小炜汉译

日译：

無駄な御祈りなんか止（よ）せったら

涙を誘うものなんか　かなぐりすてろ

まアー杯いこう　<u>好いことばかり思出して</u>

よけいな心づかいなんか忘れっちまいな

拙译：

拜佛求神也枉然

空抛珠泪斗三千

何如琥珀杯高举

一醉可消愁万年

原文中的波线部分，既可以说是完全省略，也可以说与第四句「よけ

いな心づかいなんか忘れっちまいな」一道，融合、凝缩进了"一醉可消愁万年"这句译文里，原文中占了1.5行、共2句的分量，在译文中被减为1行、1句，减量处理一目了然。

（五）作为信息传递错误的误译

接下来让我们思考一下误译的问题。

对于翻译而言，最最难以容忍的，大概就是误译了吧。

当我们将文学文本看作信息（集合体），将翻译行为看作信息传递时，于是顺理成章，误译就是一种"误传递"，是由于传递错误而生发的结果。并且，信息的三种单位，即"数据、句子、场景"的每一种单位层面，都存在着发生"误传递（错误传递）"，亦即"误译"的可能性。

换言之，所谓误译，就结果而言，就是由信息的误传达所造成的结果。

下面，就这三个层面，通过实例分析，进一步思考一下作为信息传递错误的误译。

1. 数据层面：数据误认导致误译

最小的信息单位，数据。应当说，它可能成为产生误传达、误译的第一契机和原因。无须赘言，翻译家们必须对源语数据仔细地逐一加以确认、理解，对应以正确的目标语数据。

误译例1

　　大恐慌を扱った古い映画の中で、こんなジョークを聞いたことがある。（村上春樹『風の歌を聴け』講談社文庫1989年1月20日第25刷、p.72）

　　从前从一部惊险题材的电影里听到这样一句笑话。（《且听风吟》上海译文出版社，2007年7月第一版，2008年1月第3次印刷，p.65）

按：日文"大恐慌"一词，并非"惊险"之意，而是对英文"The Great Depression"的译语，指的就是现代史上那次著名的经济大衰退，中文通常译作"大萧条"。日本权威的国语辞典之一、三省堂《大辞林》对"大恐慌"一词的释义为：

1929年（昭和4)10月24日（暗黒の木曜日）のニューヨーク株式市場大暴落に端を発し33年まで続いて、ソ連を除く世界全体を巻き込んだ経済恐慌。(『大辞林』第三版)

意即："发端于1929年10月24日（黑暗星期四）的纽约股票市场大暴跌，一直持续到1933年，席卷了除苏联之外的整个世界的经济危机。"

显而易见，"惊险"乃是望文生义，是对"大恐慌"这一 datum 理解错误而造成的误传达。

误译例2

彼の五作目の短編が「ウェアード・テールズ」に売れたのは1930年で、稿料は20ドルであった。(p.151)

他的第五个短篇《瓦安德·泰而兹》的印行是在1930年，稿费20美元。(p.143)

按：所谓"瓦安德·泰而兹"并非"他的第五个短篇"，而是一份著名的美国杂志。查日文维基百科，可以看到如下解释：

ウィアード・テイルズ（*Weird Tales*）は、1923年に創刊されたアメリカのパルプ・マガジンである。怪奇小説、ファンタジー小説、SF小説の専門誌。(ウィキペディア)

《维亚特·泰而兹》，创刊于1923年的美国通俗杂志。专门刊登灵异小说、幻想小说、SF 小说的杂志。

英文维基百科的说明更为详细:

Weird Tales is an American fantasy and horror fiction pulp magazine founded by J. C. Henneberger and J. M. Lansinger in March 1923. The first editor, Edwin Baird, printed early work by H. P. Lovecraft, Seabury Quinn, and Clark Ashton Smith, all of whom would go on to be popular writers, but within a year the magazine was in financial trouble. Henneberger sold his interest in the publisher, Rural Publishing Corporation, to Lansinger and refinanced *Weird Tales*, with Farnsworth Wright as the new editor. The first issue under Wright's control was dated November 1924. The magazine was more successful under Wright, and despite occasional financial setbacks it prospered over the next fifteen years. Under Wright's control the magazine lived up to its subtitle, "The Unique Magazine", and published a wide range of unusual fiction. (Wikipedia)

大意为:《志异杂志》,是一份刊登玄幻小说和恐怖小说的美国通俗杂志,由 J.C. Henneberger 与 J.M. Lansinger 创刊于 1923 年。首任编辑 Edwin Baird,早期活跃于该杂志的作者包括 H. P. Lovecraft、Seabury Quinn,和 Clark Ashton Smith 等人,后来都成长为走红作家。然而不出一年,该刊陷入财务困难,Henneberger 将其在出版社 Rural Publishing Corporation 中的股份卖给了 Lansinger,重整该刊财务,另聘 Farnsworth Wright 为新任编辑。据判,Wright 掌控之下的第一期当出版于 1924 年 11 月。该刊在 Wright 的领导下表现得更为成功,其后的十五年中蒸蒸日上,尽管偶有财务挫折。在 Wright 的掌控之下,该刊与其副题"The Unique Magazine"(独出心裁)珠联玉映,推出了五花八门、标新立异的小说。

通过以上考察,我们完全可以相信:该译文又是一个产生于数据误判的误传达。

2. 句子层面：句法误解导致误译

句子层面的传递错误的成因，是由句法理解错误而导致的。看来不断修炼、精益求精、孜孜不倦地提升译者自身的语言能力，大概是减少乃至避免这种误传达、误译的唯一办法。

误译例3

大丈夫さ。小便なんて出やしないよ。(p.52)
没关系，一泡小便就出去了。(p.45)

原文「出やしない」是动词「出る」的否定形「出ない」的一种变体，是其"强调形"，意即"绝对不会'出'（去）"。此处译文出现句法理解错误，译成了肯定形"（就）出去了"。句子层面的误传达，就是这么造成的。

正确的译文应当正好相反，大致类似："没关系啦，小便嘛，不会有的啰。"

误译例4

ねえ、彼がレコードを買って返してくれるそうだ。(p.58)
啊，看来他准备买唱片送还。(p.50)

在日语中，「動詞基本形＋そうだ」与「動詞連用形＋そうだ」是完全不同的两个句式，分别表达迥然相异的意思。也就是说，「返してくれるそうだ」（即源语文本中的原句）与「返してくれそうだ」（与上引译文语义对应的日文句子）虽然看上去十分相似，只有"一字之差"，但前者表示"传闻"，意为"听说，据闻"，后者才表示"趋向、好似"，也就是译者误以为的"看来"。因此，这个句子应当译作类似"喂喂，他说要买了唱片还给你"，方为正解。

显然这又是一例句法知识不足、句式理解有误而造成的误传达。

3. 场景层面：上述两项同时发生导致误译

数据层面和句子层面的认知、理解错误，可以是在数据和句子和两个层面同时发生误读误判而招致的结果，情况可能更为复杂。下面继续分析实例，探寻导致误传达、误译的原因。

误译例5

私がこの三年間にベッドの上で学んだことは、どんなに惨めなことからでも人は何かを学べるし、（後略）。(p.142)

三年时间里，我都在床上学习。这事无论多么惨，但毕竟学到了一些东西。(p.134)

原文为一个长句，译文分作了两句。这个做法可以理解为信息的细分与数量的调整，无碍。但是与此无关，译文里还是出现了好几种复杂的错误。

首先是句法理解错误：

（1）将定语修饰句「私がこの三年間にベッドの上で学んだことは」（我这三年间在床上学到的东西）误解为陈述句，译成了"三年时间里，我都在床上学习"。

第二，是句法理解错误与数据认知错误的"并发症"：

（2）再度将形容动词的定语形态「どんなに惨めなこと」（无论多么悲惨的事情）误解为形容动词谓语句，故此误译作"这事无论多么惨"。

（3）并且未能理解格助词「から」（从中）的意义，因此译文中根本未予体现。

（4）将系助词「でも」（哪怕，即使）误判做副词「でも」，这才译成了"毕竟"。

第三，又是数据认识错误：

（5）将「人は何かを学べる」句中泛指一般人的「人は」（人们）误解作"我"——尽管译文句中并未出现主语，但"毕竟学到了一些东西"这个句子的主语一望可知，非"我"莫属。

（6）将动词可能态「学べる」（能够学到）误认为是基本型，并误译成了过去时"学到了"。

由此可知，此句虽不算长，译文中却包含了"数据／句子／场景"三个层面的误认知与误传达。正确的理解应该是：

"我这三年间在床上学到的东西就是，无论从多么悲惨的事情中，人都能够学到些东西。"

当然，笔者提供的只是"正确理解"而已，中文翻译不妨因人而异。

误译例6

僕には向いあって座った二匹の緑色の猿が空気の抜けかかった二つのテニス・ボールを投げ合っているように見えた。（p.15）

活像两只同我对坐的绿毛猴在相互传递两只漏完了气的网球。（p.9）

这句译文也包括了"数据／句子／场景"三个层面的误认知与误传达。首先是句法问题：

（1）「僕には……（の）ように見える」（在我看来好像是……）这个句式，译者似未充分掌握，所以将"两只相对而坐的绿毛猴"误解做"两只同我对坐的绿毛猴"。

其次是数据判读问题：

（2）「動詞連用形＋かける」表示"动作已经开始，尚未完成"，故「空気の抜けかかった二つのテニス・ボール」的精确理解应当是"两只漏了气的网球"，而非"两只漏完了气的网球"。

（3）「ボールを投げ合う」系指两只绿毛猴在玩「キャッチボール」（投球游戏），不是什么"相互传递（网球）"。日本"野球"（棒球，baseball）

普及，街头巷尾、操场空地时时都能看到大人小孩练习接投球，一只手戴着棒球手套接球，再用另一只手将棒球投给对方。此处的数据判读错误，应当与译者不熟悉日本社会生活有关。由此可知，要避免误认知和误传递，不单单需要深厚的语言理解能力与文字表达能力，还需要学习掌握广泛的各类相关知识。

（六）结语

以上，笔者尝试着将文学文本作为信息集合体重新予以审视，以适应我们身处其中的"信息大爆炸"时代，在此前提之下，将文本翻译视作一种"信息处理"和"信息传递"，进行了一番考察。

在这种场合，可能会出现传递过程前后信息量的不平衡或者非对称现象。最为理想的翻译，看来似乎应当是在传递等式前后，信息的总量不变的翻译。而如果等式前后的信息总量变化过大，误译产生的嫌疑似乎也就会变大。用图式来表达，大抵就是下面这种情况：

确当翻译：原文信息量＝译文信息量
（可能出现的情况：原文信息量＜译文信息量；原文信息量＞译文信息量）
错误翻译：原文信息量≠译文信息量

但是，在实际翻译过程中，出于不同语境的具体需要，信息量在一定程度上出现不得已的增量或减量，或许可以说是在所难免的现象。而哪怕出现了这样的现象，我们恐怕也不能草率武断地认定那一定就是误译。

另一方面，如果在信息处理、信息传达这一语境之中思考"意译"行为的话，我们就不妨认为"意译"就是将文本当作一个信息集合体加以把握、进行发酵处理的结果。在这一场合，我们可以想象在发酵过程之中大概会出现数据与句子层面的数量调整、顺序重排、增量传递和减量传递等现象,然而信息的总量本身及其内质,或许并不至于发生太大的变化。

同时,我们也可以把误译问题置换为信息的误传达问题,通过对不同层面的信息误认、传递等式前后信息总量的非对称或增减的分析,思考误译产生的原因,从中寻找线索,探求规避误传递的方策。

在形形色色的信息奔涌泛滥,所向披靡、吞噬一切,大有不将包围着我们的整个世界统统化作信息誓不甘休之势的当下,我们似乎正面临着不得不重新审视日本文学的翻译,将它也看作信息处理、信息传递的行为与过程的局面。这篇小文,无非也就是身处这个被唤作信息大爆炸时代的现实之中的笔者不揣浅陋,对于应当如何应对这一现象所进行的一个小小的考察而已。

2016 年 11 月 2 日于杉达苑安得堂

论全息翻译
——以『ドライブ・マイ・カー』为例

一、引子：鲍桑葵

英国人伯纳德・鲍桑葵（Bernard Bosanquet, 1848—1923）在其名著《美学史》（*A History of Aesthetic*）的前言中，相当坦白且诚恳地检讨了自己因阅读量有限而造成的学术研究姿态上的短板：

我没有能遵循治学者的金科玉律——绝对不引证自己没有从头到尾读过的一本书。（《美学史》，鲍桑葵著、张今译，商务印书馆，1985.1，p.3）

他还一五一十地具体告白道：

关于普罗提诺和但丁之间的中古时期，在较少的程度上还有亚里斯多德和普罗提诺之间的大希腊时期，我所依据的都不是第一手材料。（同上）

我所使用的引文都是从参考著作中引来的，虽然我照例总是对这些著作加以仔细审核，并且努力根据上下文进行判断，但是，我对著作家的见解的估计，通常都是依赖权威，在很多情况下是依赖我经常查阅、赖以为资料来源的埃德曼的《哲学史》和《大英百科全书》的条目。特别是在涉及到托马斯·阿奎那的地方，我承认我根本没有原始资料。（同上）

尽管笔者早在20世纪80年代便读到了这些文字，并对鲍氏严谨的治学态度和诚实的人格人品深感敬佩，有心奉之为学术典范，还曾经决意仿而效之，力求"遵循治学者的金科玉律"，也要做到"绝对不引证自己没有从头到尾读过的一本书"，然而后来的实践却让笔者再三再四地体味到了此原则践行的不易，许多时候都是踟蹰踟蹰、望而却步，并未能够真正彻底地付诸实施，往往只得代之以东国人所谓的"孫引"（まごびき）——亦即鲍氏反省再三的"从参考著作中引来"，于今思之，每每倍觉仰之弥高，徒有汗颜的份。

鲍氏此言，表明他充分认识到了管窥蠡测所可能招致的"只见一点不见其余"的危机，故而力图避免断章取义、以偏概全、片语魅人、只言惑众，追求高屋建瓴、纵览全盘，体系性地把握原文原意。一言以蔽之，他所主张的，在笔者看来，其实不妨称之为"全息引证"。

二、单息与全息

然则何谓"全息"？这，似乎还须得从何谓"单息"讲起。须得先且给出二者的定义，然后方可能展开讨论。

依笔者的一管之见，所谓"单息"，指的就是显现在我们眼前的单一信息（single information）。它可能是一个单字、一个单句、一个单一词组，即单一的数据；它也可能是单一的句段，甚或是单一的文章，哪怕是全篇。只要它是孤立的，是被切断了与背景、与来龙去脉之间的联系的，那么它就是"单息"了。

而相对于"单息"，笔者意在用"全息"（full or whole information）一词来指称我们能够入手、可以获得的全部相关信息。最低限，它也必须是整篇文章，更应该是整部著作，是完美无缺的年谱，详尽完整的生涯资料，全面完备的周边环境，等等等等，多多益善，无止无境。

"全息"构成了浮现于我们眼前的单一信息的背景语境、历史渊源、纵横交错的种种关系与联络，不为人知地在冥冥之中决定着这则"单息"的深层含义。

想来鲍桑葵对于"治学者的金科玉律"的强调、对于"孙引"的警惕，应该就是出于这样的担心：遮蔽了"全息"背景、切断了前因后果来踪去迹的孤立引证，极有可能被"单息"化，从而导致对所引证的信息的认识不够全面不够精准，造成引者自己未曾意识到的误读、误解。

三、单息翻译与全息翻译

构成文本（text）的一个个词语，往往都只是"冰山之一角"，浮在水面之上的部分仅仅是其极小的一部分，而隐藏在水面之下的部分远为巨大，大到不可想象。

关于那巨大的水下部分，我们可以想象它大致来源于：

（1）语境，即每一词语被编织入文本之中的前后文脉；

（2）历史，即每一词语在该文本之外被反复使用至今的过程中沾染上的复杂多变的色彩、温度、尘垢、与其他词语间的关系纠葛，等等。

如果我们只看到那"冰山一角"，并且只将那一角（即单一信息）翻译出来，那么这样的翻译就是所谓的"平面翻译"（plain translation），而在本文中，笔者更愿意称之为"单息翻译"（translation based on single information），只因为那"一角"，仅仅是"单息"而已。

唯有加上那水面之下的巨大部分，方才构成全面、完整的信息，也就是笔者所称的"全息"。而将它也翻译出来——无法翻译出来时则设法将它体现出来，或者说暗示出来，那就是笔者所主张的"全息翻译"了，在此姑且将它英译为"translation based on full or whole information"。

仅仅只看浮现于水面之上的字面意义进行翻译，亦即"单息翻译"，极有可能导致误译。而且这样的误译极其隐蔽难辨，因为单看字面意义（即在单息层面上），它似乎是正确无误的，但是如果从全息层面去考察，就会发现译文其实有误。这类翻译错误，笔者称之为"正确的误译"（correct mistranslation）。

显然，"正确的误译"具有高度的危险性。这是因为，分明是错误的翻译，而译者本人却毫无自觉。误，而不自知。

因此笔者认为，唯有"全息翻译"，才是翻译文本应有的理想状态。

四、一则例子：『ドライブ・マイ・カー』

接下来让我们通过一则具体的例子，来探讨"全息翻译"问题。

我们用作例子的，就是出自日本小说家村上春树之手的一个短篇小说，『ドライブ・マイ・カー』。该小说最初发表于综合杂志《文艺春秋》2013年12月号，后来收入短篇集『女のいない男たち』（文芸春秋社、2014.4）。该书于2015年2月由上海译文出版社推出了中译本，题作《没有女人的男人们》，译者共有六位，即竺家荣、姜建强、岳远坤、陆求实、林少华、毛丹青。而该短篇小说集中，头一篇就是『ドライブ・マイ・カー』，中译者为林少华氏，篇名译作《驾驶我的车》。

小说的主人公姓家福（かふく），年龄设定为约莫60岁，是一位舞台、荧屏、银幕三栖的演技派演员，妻子是位"美人女优"，总是担纲演"女一号"，名气远大于丈夫，但两人相亲相爱，是一对出了名的恩爱夫妻。但是自从女儿出生不久便夭折了之后，家福感觉到妻子隐隐地发生了很大变化，每次出演新戏或新片，她似乎都会跟演对手戏的"男一号"私下里出轨。据家福暗地观察，这种情况前后至少出现过4次。然而这并没有影响他们的夫妻关系，两人恩爱如初。家福也始终假装不知真情，从未想过要跟踪捉奸，也没想过要盘问妻子，甚至连妻子是否当真出轨，家福也从未掌握过真凭实据,一切都是他的感觉而已。不过家福说了:"只要你真心地爱,那么自然而然,你就会感觉得到。"

妻子患癌症过世多年,家福因为眼疾出了交通事故,被警察禁止驾车,只得雇了一位女司机渡利みさき(原文只写假名不写汉字,姑且对应以"美莎希"三字)接送自己去登台演出。一来二往之间,他开始向渡利(わたり)袒露自己的内心世界,追问去世的妻子为何非同"那样的男人"发生关系不可。

家福的故事是叙述的主线,但该小说同时还存在着一条暗藏于表面故事主线之下的副线,那就是青年女司机渡利美莎希的故事。她出生于北海道偏僻的山村,8岁时父亲弃家出走,从此行踪不明。母亲将遭受丈夫抛弃归罪于女儿美莎希,酗酒施暴,终于因醉驾而惹出车祸暴亡。美莎希离乡来到东京,打工为生。

小说情节平淡无奇,平淡无奇得就像白描普通人的日常生活,波澜不惊。如果说还有出彩之处的话,恐怕就在于家福与妻子的最后一位情人高槻(たかつき)成为酒友、举杯对饮、一起追忆家福妻子的故事设置了。这样的情节设置不免反常,颇令读者感到惊险、诡异。

知者自知之,所谓『ドライブ・マイ・カー』乃是英文句子 Drive My Car 的日语讹音,本是披头士乐队(Beatles)于 1965 年 12 月推出的一支流行曲,收入了专辑 *Rubber Soul*(《橡皮灵魂》),由保罗・麦卡特尼(Paul McCartney)作曲,麦卡特尼与约翰・列侬(John Lennon)共同作词。麦卡特尼曾表示:Drive my car 是对性的 old blues(蓝调老歌)式委婉表达:'Drive my car' was an old blues euphemism for sex. ——这是题外话了。

村上春树将它信手拈来,用作其短篇小说的标题。把披头士乐队的歌曲标题拿来做自己作品的标题,好像是村上的偏爱。此前至少有过两个先例:短篇小说《去中国的慢船》("A Slow Boat to China")和长篇小说《挪威的森林》(*Norwegian Wood*)。

前面已经介绍过,这个篇名,在业已问世的中文本《没有女人的男人们》中，被译作了《驾驶我的车》。

一见之下，此译似乎并不为错：把 drive 译作"驾驶"，my 译成"我的"，car 译成"车"。如何？逐一完美对应，准确无误。

然而，如果我们仔细查对歌词原文，就会明白这种译法其实系以一字一句为单位理解这个句子，而非在通览、把握了全文之后做出的翻译，因此难免有"只见孤木，不见森林"之嫌。

这，就是典型的"单息翻译"。

并且，"单息翻译"在此还当真造成了"正确的误译"。

五、Drive My Car

现在让我们试着来看一看这首歌的歌词原文。

Drive My Car

Asked a girl what she wanted to be （问了一个姑娘她想干啥）
She said baby can't you see?（她说宝贝儿你看不出来吗?）
I wanna be famous, a star of the screen （我想当一个银幕大明星）
But you can do something in between （那之前你可以帮我做点事情）

*Baby, you can drive my car （宝贝儿，你可以为我开车）
Yes I'm gonna be a star （对的，我想当个明星）
Baby, you can drive my car （宝贝儿，你可以为我开车）
And maybe I'll love you （没准儿我会爱上你哦）

I told that girl my prospects were good （我告诉那女孩我前程似锦）
And she said baby it's understood （她说宝贝儿我心知肚明）
Working for peanuts is all very fine （挣几个小钱倒也不算太坏）

But I can show you a better time （可我会给你个更好的交代）

Repeat （重复＊号部分）

I told that girl I could start right away （我告诉那女孩马上就能来开车）
And she said listen, babe, I've got somthin' to say （她说听好了宝贝儿，我有话要说）
I got no car and it's breaking my heart （我还没车呢，这叫我好生心酸）
But I've found a driver and that's a start （但我已找到了司机，这可是个良好开端）

Repeat* （重复＊号部分）

我们可以看到，这首歌的内容荒诞搞笑，颇似英国传统上常见的 Song of Nonsense，它似乎讲的是一个姑娘想当著名影星，要她的 baby（意中人？）来给自己当司机："为了几粒花生（即几个小钱）而干活固然不算太坏（working for peanuts is all very fine）"，不过如果你来"替我开车"（drive my car）的话，"我可以给你一个更好的交代（But I can show you a better time）"。然而事实却是她眼下还没有车（尚未攒够买车钱？），尽管此事令她伤心不已（I got no car and it's breaking my heart），不过毕竟"我已经找到了一个司机，这可是个良好的开端（But I've found a driver and that's a start）"。

六、论全息翻译：Who Drives The Car？

Drive my car 这句英文，可以说只是一个入门级别的句子，看似平淡无奇，并无深奥之处，但凡学过几天英语的人，大概皆可解得。

然而就是这种入门级的单句，说不定也会成为翻译时的陷阱，诱人上当失手，阴沟里翻船。译家还须得谨慎行事，方才为佳。

在这里，理解的关键在于"谁"是 drive my car 的主语，即，谁才是真正的司机？Who drives the car? You, or not you, "That is a question." 哈姆雷特说的。呵呵。

也就是说，车固然是"我的车"，明白无疑。然而，究竟由谁来开它呢？是由车主"我"自己开呢，还是由"你"或者"他""她"来开？

The car is mine. But, who drives my car? You, me myself, or he/she?

我们必须完整地把玩歌词全文，方才能够搞清楚开车的那个人应该是"你"而非"我"自己。于是我们明白了：这句 drive my car，不妨说实质上与 drive the car for me，即与"为我开车"基本同义。

亦即，用英文回答上面的问题，就是：

It is you who will drive my car, not me myself.

找个法国人来的话，他大概会回答说：

C'est toi qui va conduire ma voiture, pas moi.

而我们中国话则说：

是你来开我的车，不是我自己开。

也就是说，姑娘说此话的意思就等于是：Be my driver! 你来做我的专职司机！

然而再反过来审视"驾驶我的车"这句中文，一般而言，读者们只怕都会理解为是车主"我"自行驾车，即"我驾驶我的车"，而不是另有专职司机来为"我"开车，即"你驾驶我的车"吧？至少也是主语不明啊。

可披头士们的这首歌偏偏唱的就是"你驾我车"——"Baby, you can drive my car"一句，已然挑明了开车者就是 you！而反观村上的小说，其情节设定也是由美莎希为家福开车，而非家福自己开自己的车。

故依笔者之见，将『ドライブ・マイ・カー』照字面直译成《驾驶我的车》，非他也，正是典型之至、堪称标本的"单息翻译"。倘若统观全局、

深入内面，了解了与之相关的方方面面之后，再尝试翻译的话，也许我们可以将它译作《为我开车》。

而这样的译法，就是笔者倡言的"全息翻译"。

其实，若果按照祈使句/命令句翻译，也应该是"给我开车/替我开车"才对哦。

七、结论：提倡全息翻译

在第三节里，笔者提出过一个概念：正确的误译（correct mistranslation）。

同时，笔者还指出了"正确的误译"的危险性：分明出现了翻译错误，译者本人却毫无自觉。即：误译，而不自知。

"正确的误译"，是由"单息翻译"造成的。要想避免它，笔者认为，唯一可行的手段，大概就是导入"全息翻译"这一方法了。

笔者主张，翻译家应当尽可能地远离"单息翻译"，切切不可只看了水面之上的冰山一角，便大胆下手开译；只要可能，还是应当尽量地究明、把握了水面之下的庞大部分之后，再着手翻译为是。非如此，方才可能避免出现"正确的误译"问题。这是因为，仅仅是放在单息层面的话，译文很可能看上去四平八稳，甚至毫无问题、完全正确，但是一旦放到了全息层面上，我们就会明白译文有错、错在哪里了。

古人形容作诗炼字的辛苦，曾感叹道："吟安一个字，拈断数茎须。"其实何独作诗呢，做翻译亦复如是。作为一个有责任感的翻译家，必须不辞劳苦、不怕麻烦、慎小慎微、遏渐防萌，不为单息所误导，努力把握全息，争取少出"正确的误译"。

以上就是笔者主张的"全息翻译"。

欢迎诸位方家批判指正。

论以小令译和歌

一

"和歌"（わか）一词，其实原非中土汉语的固有词汇，乃是东国日本人自创的"和制汉语"，用以指称其本民族土生土长的传统诗歌形态，与外来的文学样式"汉诗"（漢詩、かんし）构成对立项。顺带附言：此处所谓"汉诗"一词，其实也应视作日文词汇才是，借指来自中国的古典诗歌形态；而中文里倘用"汉诗"二字，恐怕更多会用来指称"汉代诗歌"，二者意义并不相同。两个"汉"字虽同形，然前者指空间，系国名，与"汉字"一语构词类同；后者则指时间，乃朝代名，与"唐诗""宋词""元曲"等词的前缀同列。毋庸赘言，我们中国人大概是不会将自己的传统诗歌统称作"汉诗"的。因此，倘如我们偶尔使用"汉诗"一词来指旧体诗全般，那毫无疑问，一定是对源自东土的日语词汇的借用了。

和歌的历史算得上是相当悠久，早在日本的文字出现之前，似乎就已经有古歌存在了，而此时应当是有声无文的。后来古歌遇到了汉字，便被记录了下来，这就是载录于两本日本最古的史书《古事记》（成书于712年）和《日本书纪》（720年）中的古歌，日本史上称作"记纪歌谣"（ききかよう）。而其中最古老的是所谓"神代歌"（じんだいか），即产生于天武天皇（？—686）之前神话传说时代的歌谣。

日本文学史上有一个有趣的现象，恐怕为他民族所无，即，其第一部文学著作并非收录了本土文学形态（譬如和歌）的创作集，竟是一部将汉诗这一外来文学形态结集而成的书，叫作《怀风藻》。这本汉诗集成书于公元751年，一卷，共收录了七世纪以降约莫80年间的汉诗仿作品约120首，作者都是日本人。而日本史上第二部文学著作，才是一本辑录了本土诗歌形态"和歌"的创作集——《万叶集》，而其成书，则须等到奈良时代（710—794）末期了，比前者要晚了约莫30年。而将和歌收集起来、编纂成书流布世间，这一idea本身，无疑也应是受到了中国文化的启示与影响——在此之前，东人应当尚无"书"的概念。

万叶时代的和歌拥有多种格式，如短歌（たんか）、长歌（ちょうか）、旋头歌（せどうか）、佛足石歌（ふっそくせきか）等等，内涵更为丰富。然而地变天演时移俗易，渐渐地，和歌一词如今已经演变成了古典短歌的代名词，用来专指"三十一文字"了。此处所谓"文字"，说的其实就是音节，因为日文假名是一字一音节。"三十一文字"即谓短歌，共有三十一个音节，分作5顿，即5—7—5—7—7，长短句交错有致，颇类宋词里的小令，不同的只是和歌里并没有押韵一说，既无头韵（alliteration，中文的所谓"双声"其实也就是一种头韵），亦无脚韵（end rhyme），也无平仄的讲究。可以说，和歌（包括上述各体，以及后世出现的连歌れんが、俳谐はいかい）的音韵美，是完全凭借五音节与七音节的交错、重叠所产生出的节奏感（即所谓五七调和七五调）来予以表现的。而这，在各国古典诗歌不约而同地差不多都押脚韵的世界文学之林中，不可不谓是独树一帜了。

和歌汉译，已有多位前贤与时杰做出过种种尝试与努力，建树伟懋。而在翻译方法上，迄今为止我们可以看到的，大致有"以诗译歌"和"以散文译歌"二类。所谓"以散文译歌"，顾名思义，就是用两三个散文句子去翻译和歌。当年周氏昆仲（鲁迅，即周树人，1881—1936。周作人，1885—1967）似乎采用的就是这个法子。这大约与他们认为诗歌原就是无法转译的、只可就其含义做个传递而已，亦即固持"诗不可译论"

的思维有关。例如周作人翻译的石川啄木（いしかわたくぼく、Ishikawa Takuboku，1886—1912），便是很好的例子：

用手指掘那砂山的砂，
出来了一支
生满了锈的枪。
原文：
いたく錆びしピストル出でぬ
砂山の
砂を指もて掘りてありしに

在这一天，
我匍匐在砂山的砂上，
回忆着遥远的初恋的苦痛。
原文：
砂山の砂に腹這ひ
初恋の
いたみを遠くおもひ出づる日

（参见《事物的味道，我尝得太早了：石川啄木诗歌集》，上海人民出版社，2016）

石川啄木是现代歌人，他将五顿三十一音节的短歌分作三行书写，打破了自古以来的一行连写传统，但他使用的语言却是传统的文言文，而非现代口语体，只是与时俱进地使用了一些新名词。周作人的译文在书写形态上也效仿啄木分为三行，但在语言上却使用了现代汉语口语，字数自由，且不押韵——和歌，如前所述，不管是长歌也罢短歌也罢，也统统都是不押韵的，故无不可——换言之，周译仅仅只就原作的语义信息进行传递，却彻底摒弃了原作作为诗歌的语言形态。也就是说，虽然在书写形式上，周作人再现了原作的形态，与原作保持了一致，然而在语言风格上，却根本没有做再现的尝试，而是大度地放弃了与原作的一致性或曰近似性。

炜按：如前所言，和歌在原理上是不押韵的。然而具体地分析上引之啄木短歌之第二首，倘按原作三行书写的格式去看，则其首句与末句其实是押韵的，韵脚为"ひ"，用罗马字标音的话，即为"hi"，押了"い"韵，发音近汉语的"yi"声。倘按5—7—5—7—7断句分作五句，则首句与三句皆为"の"，可视为押了"お"韵，其音近汉语的"ao"；第四句不入韵；二句与末句则皆为"ひ"，押"い"韵。形式上接近西洋诗的所谓"交韵"（cross rhyme），或称"隔行韵"（alternate rhyme）。当然，这应当只是出于偶然，结果如此而已，大概并非歌人刻意为之。

而更多的译家，则是秉持"以诗译歌"的立场，即将和歌译作押韵的诗体，且大抵用的是五七言旧体古诗形式。以先师杨烈先生（1912—2001）为例，他的《万叶集》全译本里，将长歌全部译作古风，或五言或七言，或五七言交错，而短歌则一律译成五言律绝。杨烈师还曾将《古今和歌集》也悉数以五绝形式译出。这种"以诗译歌"的方法似乎是大多数前辈译诗家的共识，至于其理由，想来大概有二：

一是主张以古译古；

二是因为字数相近——二十个字的五绝，应是近体诗中与"三十一文字"在字数上最为接近的诗型了——不至于为了凑足字数而身不由己地添加许多原作所无的意思进去，导致过度的信息增量传递。

二

以下，姑且以一首古典短歌为例，来思考、讨论一下和歌汉译问题。这首短歌乃是大伴家持（おおとものやかもち、Otomo no Yakamochi,

718？—785）的名作，而此公一般被学界目为《万叶集》最后一位编者，是该书的最终定稿人。

先来看看原文：

春野尔/霞多奈毘伎/宇良悲/許能暮影尔/鶯奈久母

这就是这首短歌当初写在《万叶集》里的形态。虽然全部用汉字写就，吾人读来却是一头雾水、不知所云。只因在这个时代，舶来不久的汉字是一身兼二用，一是用来表意，二是用来标音。至于何时表意何时标音，则并无一定之规，遂令后人阅读时，难免困惑不已。好在经过一代又一代学人的不懈努力，最终这些"万叶假名"（实为汉字）的解读已经有了定论。按现代日文的书写规矩，如今它一般被写成了这个样子：

春の野に/霞たなびき/うら悲し/この夕かげに/鶯鳴くも

读如：

はるののに/かすみたなびき/うらがなし/このゆふかげに/うぐひすなくも

用罗马字表记则应为：

Harunononi/kasumitanabiki/uraganasi/konoyuukageni/uguisunakumo

再来看看几种汉译。先看杨烈师的译文：

春野春霞起，心中悲感情，
夕阳阴影里，处处是莺声。

(仄仄平平仄,平平仄仄平

平平平仄仄,仄仄仄平平)

(参见《万叶集》,杨烈译,湖南文艺出版社,1984)

这是一首格律工整、首句不入韵的仄起五绝,在韵脚上,押的是国人作诗时通用的"平水韵"(以下同)之下平声八庚韵。

故钱稻孙氏(1887—1966)则将此歌译作了古绝,亦即不拘平仄的绝句,同样是五言:

轻霞遍春野,莺鸟泣黄昏;
不知何自至,愁来独断肠。
(平平仄平仄,仄仄仄平平

平平平仄仄,平平仄仄平)

(参见《万叶集精选》,钱稻孙译,中国友谊出版公司,1992)

炜按:此译有出韵之嫌。"昏"字为上平声十三元韵,"肠"字则为下平声七阳韵,为毫不相干的两个韵部。便是在现代汉语中,此二字也是不会用作同韵来押的。笔者曾怀疑原译第二句末二字会不会并非"黄昏",而应颠倒过来,即"昏黄"。这样的话便押韵了(按:"黄""肠"皆为下七阳韵),而且意思并无大变。然而经确认,中国友谊出版公司1992年1月版钱稻孙译《万叶集精选》,还真是写作了"黄昏"二字——因无由得窥钱氏手稿,故不知排字之前的原样如何。虽无确证,但笔者至今仍然觉得,钱氏本人很有可能写的是"昏黄",大概是被编辑误改作"黄昏"的吧。

而"春野"一词,亦稍嫌少用。唐诗中的确有过用例,但似乎不算多见。如温庭筠(812—约870)有一首杂言诗,题目就叫《春野行》。而张说(667—730)的应制诗、五律《奉和圣制送金城公主适西蕃应制》颈联云:"春野开离宴,云天起别词。"元稹(779—831)的五律《独游》尾联作:"鹓鹈满春野，无限好同声。"均用了"春野"一词，然而此词在宋代以后的诗词中，用者似乎便较少了。不过既有先例，则当然但用不妨也。

此外，（一）首句将"霞"译作了"轻霞"，想来是译者揣度飘袅于天际的"霞"为"轻"。如此揣度固然不无道理，然而毕竟是原文所无，凭空多出了一个形容来，传达入中文的信息量略有人为增加之嫌。便是合理的增量传递，也应尽可能避免为是。

（二）原文本为一个字"莺"，第二句却将之译作了两个字的"莺鸟"。笔者以为用一个"莺"便足矣，"鸟"字多余，似非合理增量传递（按：可删者，即删去亦于义无损者，皆可视作非合理增量）。

（三）第三句"不知何自至"，以五个汉字译一个"うら"，全狮搏兔，信息增量稍嫌过大。且删之似亦无不可也。

（四）第四句"愁来独断肠"的"独"与"断肠"，就信息量而言皆为增量传递，然可视为合理增量。

故李芒先生（1920—2000）的译文也是一首工整的首句不入韵的仄起五绝，押下平声八庚韵：

春野飘苍霭，难禁悒郁情。
夕阳残照淡，阵阵听黄莺。
（仄仄平平仄，平平仄仄平
平平平仄仄，仄仄仄平平）

（参见《万叶集选》，李芒译，人民文学出版社，1998）

炜按："听"字此处当作仄字看，为去声二十五径韵。

（一）将"霞"译作"霭"，应无大碍，然而这"霭"的颜色未必就一定是"苍"了。大伴原文并未提及这"霞"是何种颜色，不过夕照之下，晚霞之色既可能是绯色的，也可能是赤色的，而"苍"色毋宁说反倒较难想象，亦未可知。当然我们也可以想象此时日色已暝，暮意深郁，故天色毗近黑。但毕竟原文未曾言及颜色,故这个"苍"字或可视作非合理增量,且删去不用似亦无妨。

(二)"うらがなし"解作"何となく悲しい",义近中文之"莫名哀伤"。以"悒郁"二字译之是否妥帖,似尚可商榷。

(三)"夕阳残照"而曰"淡",恐怕也未必尽然。倘若有人挺身而出,硬要译成截然相反的"浓",只怕吾人也无有与之相争的充分论据。只因为这个"淡"字,实为原文所无之信息,故似可视为非合理增量传递。

(四)"夕阳"与"残照",二词本同义,无端重复,似殊无必要。疑纯为凑足五言而已。

(五)原文中并无与"听"相对应的部分,似可视为非合理增量。"なく"原意当系莺儿自啼,于诗人而言是自然入耳,并非他着意去侧耳聆听。

(六)以"黄莺"译"鷪"是否妥切,似可再思。钱译作"莺鸟"。李译之"黄"字、钱译之"鸟"字,皆有凑字数之嫌,因为一行非五言不可——笔者以为,这恰恰就是以五绝译短歌的弊病所在。赵乐甡译(见下)亦同。原文"鷪"字读音虽长(うぐいす,四音节),以汉字表示的话却仅为一个字而已。

故赵乐甡氏(生年未详—2007)的译文为:

夕暮临春野,缭绕霞起;
伤心对残照,更兼黄莺啼。

(参见《万叶集》,赵乐甡译,译林出版社,2002)

炜按:(一)"临"字系增量传递,看似有其合理性,但此处这一增量传递的信息完全可以回避。实际上,删去此字,诗句将更加凝练,且不会于诗意有任何伤害。此字一加,让人感觉是强调了歌人的空间移动行为,即由别处来到了"春野";而原文却根本不曾提及移动,而是从一开始就立身在此,可能已经立了很久了。相比之下,原文与译文哪个更有韵味,似无须多言。

（二）以"更兼"译"も"，似未能尽意。理由见后文。

（三）观其文字风格，译文似乎可以算是一首拟古体的小诗。只是五言三句中，又夹上了一句四言，平仄亦不作讲究。这种5—4—5—5的形式，在中国的古诗中似亦较罕见，大约是译者自创。或可视作长短句式，但句式的变化又嫌太小。

（四）窃以为最大的问题还在于押韵。"起"字为上声四纸韵，"啼"字则为上平声八齐韵，仄声韵与平声韵混押了。既拟古，或当避免为是。宋词中固然偶尔也有平仄通押的现象，但那是刻意为之，以求变化多姿，且多用于结句，如《西江月》。来看看两则例子。

苏轼（1037—1101）作《西江月》：

> 照野弥弥浅浪，
> 横空隐隐层霄。（宵：下平声二萧）
> 障泥未解玉骢骄，（骄：下平声二萧）
> 我欲醉眠芳草。（草：上声十九皓）
> 可惜一溪风月，
> 莫教踏碎琼瑶。（瑶：下平声二萧）
> 解鞍倚枕绿杨桥，（桥：下平声二萧）
> 杜宇一声春晓。（晓：上声十七篠）

按：此词双调，上下两阕同。首句皆不入韵，二三四句押韵，共三韵字。上下阕前二韵字皆押平声。唯第三个韵字，即结句末字，皆押上声仄韵，以示一阕之完结。

辛弃疾（1140—1207）作《西江月》：

> 醉里且贪欢笑，

要愁那得工夫。（夫：上平声七虞）
近来始觉古人书，（书：上平声六鱼）
信着全无是处。（处：去声六御）
昨夜松边醉倒，
问松我醉何如。（如：上平声六鱼）
只疑松动要来扶，（扶：上平声七虞）
以手推松曰去。（去：去声六御）

同前例，《西江月》一词主要押平声韵，但上下阕结句末字却着意改押去声仄韵，以示一阕之终结。

"以诗译歌"的第二种，是将和歌译成了现代口语诗，如金伟（1962— ）、吴彦（1962— ）二氏所译之《万叶集》（人民文学出版社，2008.2）。而上引赵乐甡氏的译文或许亦可归入此类。

金吴二氏译：

春野云霞映照，
感伤的夕阳里，
黄莺在鸣叫。

（参见《万叶集》，金伟、吴彦译，人民文学出版社，2008）

炜按：（一）虽然"照""叫"二字倒都是去声十八啸，属于同一韵部，然而看这三个句子，显然都是现代口语文，可知译者恐怕并不是刻意押平水韵。吾师杨烈先生曾经将这种以中国现代口语文翻译外国古典诗歌的现象称作"古人穿西装"，意思大概是说颇让人觉得有些不伦不类。笔者远不及杨先生温文敦厚，曾经很失礼地将这种译法比喻为 the ancients in street fashion——试想一下李白穿了一身街头跳霹雳舞的黑人少年那种服装，在摇头晃脑地吟哦着古诗。如此失礼，实有大大反省之必要。笔者刻下正在反省中,不过反省对象是比喻过于尖刻失礼,但此种译法却不在笔者的讨论对象之列。

(二)"春野",如前所述,似不无非译之嫌,然则,但用不妨也。不过有一点疑惑:既然采用了现代口语文翻译,干吗不索性就用"春天的原野"之类新词,却用了一个古色苍然的唐人语汇呢?费解。

(三)"霞"恐非"云"。虽有偏正之说,不过应当还有其他语汇可供选择。

(四)以"映照"译"たなびく",原词的流动感、飘逸感只怕要丧失殆尽,似有尚可商榷之余地。

(五)"感伤的夕阳"句,将用作谓语的"うらがなし"的终止形,译作了连体修饰语(定语),似乎殊无必要。翻译固然无须生搬硬套原文句式,不过一般不会毫无理由地乱做句式调整与语序改动。如若伤筋动骨地下刀做手术,肯定是为了谋取某种特别的效果。然则此番调整改动,似乎并未带来什么上佳的效果,故译者意图何在,颇难揣摩。

(六)"鸣"与"叫",二词同义。可删其一。如此同义叠加,还是难免有拼凑字数之嫌,然而既非字数上有严格规定的近体诗,则似乎并无凑数之必要。不解何故如此。

(七)"も"惨遭无视。大约是未能理解其妙味吧,故未能译出。

三

笔者赞同"以古译古"的主张,窃以为非如此则不足以体现出古典诗与现代诗的区别。笔者以为,翻译和歌,遣词用字必须用诗语、韵语、古语,尽量避免现代词汇——因为可想而知,古代的和歌作者们必定是用不来现代语汇的。

五绝,其实是个不错的对应诗形,笔者过去也多采用这一译法。不过,目下笔者更倾向于"以词译歌",即将和歌译成长短句,极近词里的小令形式。但对于句式、句数、字数，均不强做硬性规定，而是"形随义变"，视所译和歌的具体内容而变化句式和字数；同时尽可能地在押韵与平仄上追求词律，让译文无限抵近词，抵近小令。吾人不妨称之为"准小令""拟小令"，而实质上，笔者自认为这样的译文也完全可以称之为"新制小令"，或曰"自度小令"。在具体进行翻译时，笔者采取了以下三种做法：

（一）句式长短交错，俾令形态与词同；

（二）句中平仄交错，俾令音乐感与词同，读来朗朗上口；

（三）押词韵，俾令音韵亦与词同。

按：所谓小令，不待言，系指词中形态短小者，原本只是概而言之，并无具体的字数规定。中调长调亦复如是。是清代的毛先舒（1620—1688）给出了具体的字数规定，将小令字数规定在五十八字以内。此外他还规定了字数五十九至九十一字者为中调，九十一字以上者为长调，将此前基本全凭感觉的朦胧概念给明确化了。

其实，和歌 5—7—5—7—7 的句式本身就并不整齐划一，而是长短错落，形态上更为趋近词中的小令，而不是五言四句、齐头齐尾的五绝。也曾有人主张亦步亦趋，效仿原作句式：彼既是 5—7—5—7—7，我也译作 5—7—5—7—7。然则如此一来，就不再单单是"形似"，而是完全一致，一般无二了。笔者以为殊无此必要。而且这般翻译看似形态完美，实则有一大弊病，即：五言四句，字数有时已然嫌多；若定要译作"三十一汉字"的话，则为了凑足字数，信息的增量传递便在所难免，而且只怕所增的量，远远要超出合理范围。

而诗歌的翻译，窃以为在形态上只须做到形似便足矣。即是说，能够令读者意识到原文句式有长有短便可，至于具体行数与字数，无须过分拘泥；更何况 5—7—5—7—7 虽是基本句式，但在和歌的创作实践中其实也每每存在所谓"字余り"和"字足らず"，即"多字"与"少字"的情形，而并非一味地墨守成规。例如前引之石川啄木的短歌，其第一首起句"いたく錆びし"，就有 6 个音节，是个"字余り"的句子。而译诗，无疑更须讲究韵味与意境,至于形式,窃以为兼顾即可,不必太过拘束,以至于自缚手足,因辞害意。总之一句话,"形似"便好,毋须强求百分之百的形态一致。

基于以上考虑,笔者将这首大伴家持译作了小令形态:

春日芳郊,
烟霞迢遥,
黯魂销。
莺啼残照里,
声声娇。

粗说如下:

(一)原文的"野",既是"春天的""野",在我国的旧诗词用语中,一般便称之为"芳郊";

(二)"霞",似烟似霞,"烟"与"霞"近义;

(三)以"迢遥"译"たなびく",以期传达出其飘逸感、流动感;

(四)"うらがなし"句,依循诗词用语的惯例,"うら",就是"黯",而"かなし",即是"销魂"或者"魂销";

(五)"に",译作"里"可也;

(六)之所以以"声声娇"三汉字译一个"も"字,乃是因为"も"在此处系用作强义,来突出莺啼之美音(衬之以芳郊春景)与诗人(或许应当称作"歌人"即"作歌之人",鲁迅先生当年就是这么拿来照用的)内心闲愁万种无以寄托的对比之痛;

(七)就押韵而言,"郊"字为下平声三肴韵,"遥""销""娇"三字均则为下平声二萧韵。因为词韵要宽于诗韵,可以通押;

(八)平仄上大抵遵守"二四六分明"的原则,并参照词谱中常见的平仄交替变换,争取做到朗朗上口、抑扬有致。

目标所指,一言以蔽之,便是以长短句的形态,将古典和歌译作

"词"的形式，具体而言也就是译成自度新制小令，或曰准小令、类小令，亦无不可。

拙译所采用的句式，四言、三言、五言交错，亦为词中常见的形态。虽然现存词谱中并未发现形态与拙译完全重合的小令，但句式甚相类者则比比皆是。先举一首为例，系温庭筠的《遐方怨》：

凭绣槛，
解罗帏。
未得君书，
断肠潇湘春雁飞。
不知征马几时归。
海棠花谢也，
雨霏霏。

三、四、五言句多见。第四行之七言句，其实亦可分解为四言加三言，即"断肠潇湘，春雁飞"，若如此断句，则更为滨近拙译之形态了。且以五言句领三言句结尾，亦与拙译不谋而合。

另外，还可以看看欧阳炯（896—971）所作《献衷心》一首：

见好花颜色，
争笑东风，
双脸上，
晚妆同。
闭小楼深阁，
春景重重。
三五夜，
偏有恨，

月明中。
情未已,
信曾通,
满衣犹自染檀红。
恨不如双燕,
飞舞帘栊。
春欲暮,
残絮尽,
柳条空。

上举二词,若将下线部分拈出,便是拙译所取的词形了。故此似不妨说,拙译和歌完全契合"词""小令"之形式,实现了"以词译歌"或曰"以小令译和歌"的预设目标。

关于如何以小令的形态翻译和歌,笔者主张应当遵循以下四个具体原则:

(一)采用单调形态;

(二)句中平仄交错;

(三)句式长短交错;

(四)押词韵,而非诗韵。

而正因为对诗型的思考相对自由灵活,故五绝的形式,笔者至今仍偶一为之,并非一味排斥。概而言之,关于和歌的翻译,笔者的主张就是:意境为先,韵味次之,兼顾形态。

以上便是目下笔者对和歌汉译的思考,欢迎方家叱咤指正。

2018年6月8日于虹口安得堂

"山寨"村上春树

一

伟人之所以为伟人，恐怕就在于其思想的深邃、洞见的精准、表达的具有杀伤力吧。这不，伏尔泰（Voltaire, 1694—1778）就曾说过一句话："Les traductions augmentent les fautes d'un ouvrage et en gâtent les beautés."（翻译，增加一部作品的谬误，并损害它的美。）若不是这位先贤早在240年前就已然辞世了的话，没准儿还会有人以为此话是针对现今中国的现状有感而发呢。之所以作此猜测发此感慨，乃是因为笔者十分偶然地读到了一本日本小说的汉语译作，遭遇了一些匪夷所思的翻译现象。

笔者记得第一次读到的村上春树，是他的处女作『風の歌を聴け』。那已是30年前的旧事了，1989年年底，其时笔者刚刚去早稻田留学，假寓于早大文学部斜对面的"早稻田奉仕园"（わせだほうしえん）的Guest House四楼。从奉仕园后门右转绕出去，便是早稻田大街，左转一路向北，可以走到高田马场。沿途都是旧书店，为早稻田的老师们和学子们提供价廉物美的精神食粮。就是在其中一间小小的旧书店里，笔者花了100日元（当时在早稻田这样的学生街，一杯咖啡均价为300日元），便邂逅了讲谈社文库版的『風の歌を聴け』。一读之余，颇觉得有趣，寻思将来回国后，有机会一定要和学生们一起读读这本小说。

2007年归国任教，果然就有了机会。在与杉达日语系四年级的同学们一同阅读日本文学名著时,与该书再度遭逢。为了便于理解,笔者曾建议学生们参阅林少华氏的汉语译文《且听风吟》。不料想这一"参阅",竟然参出问题来了。先是有学生前来提问,质疑林氏译文与原文不尽相符。笔者起初还不以为然,在内心里自然而然是支持浸润于日语和日本文学毕竟已有几十年了的大学教授的,而不是日语只学了三年的毛头小伙子们。然则毛头小伙子们却锲而不舍,一而再再而三、四番五次地前来质询,令笔者不由得警觉了起来。不过笔者原本并非好事之人,且无深究之契机,故并未做细考,便由它去了。

再后来便发生了将笔者卷入了进去的那个事件——姑且称之为"《跑步》事件"吧。种种前因后果所致,笔者莫名其妙地就被放在了与林少华氏针锋相对的立场之上,还形成了林氏怨怼笔者的尴尬局面。于是笔者忍无可忍,便将林译『風の歌を聴け』翻阅了一番,写下三篇纠误的小文。先发了一篇(就是修改之前的本文)聊作反击,以观后效,再作道理,后见林氏偃旗息鼓,似乎不欲再战,笔者便也就此引而不发,其余两篇便未再作公表,后续误译辨析的写作计划也就自然终止了。然而此次考虑到误译研究乃是翻译(学)研究上的一个重要构成部分,对误译问题的探讨实际上应当是一项严肃的学术探究,本不该为了不愿得罪别人而一味地隐恶扬善、滥充老好人,也不可因了一己好恶或个人恩怨而故意避之不谈,致令严肃的学术问题被掩埋进了故纸堆里不见天日,得不到应有的解决。有鉴于此,笔者此次对本篇旧文做了大幅修改,将文中怨气怒气较重者尽可能统统删去,努力回归、还原学术探讨应有的样态,收入了这本探讨翻译的小册子里。希望读者诸贤及各位前辈时俊宽容、理解,倘有得罪之处,还请稍安勿怒,笔者先在这里鞠躬致歉了。

二

由于前述机缘,笔者粗略地算了一算林译《且听风吟》的字数,大约为四万字不足,而误译之处竟然逾百,即平均不足四百字便有一处错误。这一事实着实超出了笔者之预料,暗思似乎是稍嫌多了那么一点,不由得想到了中文里的那个夸张表达,叫作"谬误百出",颇觉震惊。而且这个数字还相当的粗略。后来笔者又放宽标准,将一些名词的误译姑且放过了不提,即如将"クッキー"(饼干。坊间流行的是港译"曲奇")译作"甜饼","ホットケーキー"(西式发面薄饼)照字面直译将 hot cake 误作"热蛋糕","レタス"(西洋莴笋叶,即如今人们多称之为"生菜"者)译作"莴苣","ダウンライト"(吸顶灯)又照字面直译把 down light 误作"低垂的灯","コミック・ブック"(comic book,漫画书、连环漫画)译作"内容滑稽的书刊","頭の良さそうな綺麗な目をしていた"(长着一双聪慧漂亮的眼睛)译作"一对眼睛满漂亮,头脑也似乎很聪明",甚至还生造出了个"军宪"来对应"MP"(宪兵)——经查,"百度汉语"倒是收了"军宪"一词,但释义却为"军中法典",即指的是书物,而非人物——之类,然而实在是无法抬手放过的"铁"错,却也多达七十而有六呢。

以下先举出十句误译例子——句子是十个,可错误却可能不止十处,因为一个句子里可能会有两处及两处以上的误译——按照原文、林氏译文、辨析的顺序,逐一进行分析,厘清错误所在,究明错误原因,探索正确译法。意图借助这样的做法,帮助后来者避免犯下相同或类似的错误,也算是为文学翻译事业贡献绵薄之力。

三

(1)

大恐慌を扱った古い映画の中で、こんなジョークを聞いたことがある。(村上春樹『風の歌を聴け』講談社文庫1989年1月20日第25刷、下同不注、p.72)

从前从一部惊险题材的电影里听到这样一句笑话。(林少华译《且听

风吟》，上海译文出版社 2007 年 7 月第一版 2008 年 1 月第 3 次印刷，下同不注，p.65）

林译的错误略可分为两类，第一类便是常识错误。譬如这"大恐慌"一词，一般而言，具备一定常识者，应该都知道在日文中它指的是 1929 年那场起源于美国华尔街的世界经济危机。为慎重起见，笔者曾经测试过一位在复旦大学任教的旧友，这位友人立马便给出了正确解答。笔者以为，作为一个大学教师，猛可说不清来龙去脉亦不妨，但至少应有一缕模糊的印象，这样，去查阅参考书目也罢，求教专家也罢，总之适当处理的话，是可以避免犯此错误的。由此事得到的教训便是：作为译家，一、知识储备多多益善；二、不可太过自信，不妨勤查工具书、词典。

所谓"惊险题材的电影"，其实应为"描写经济大萧条的老电影"。造成如此误译，应当是因为未能正确理解日语"大恐慌"一词的意义。

此外，若要吹毛求疵的话，"从"字用得似也欠佳。"在"字可能更好一些，不知诸贤以为如何。

（2）
僕はカウンターの中にあるポータブル・テレビの「ルート66」の再放送を見ながらそう答えた。(p.22)
我一边回答，一边看着吧台里手提电视机的重播节目"航线 66"。(p.16)

这又是一个常识错误。"ルート66"即横贯美国的著名"国道 66 号"，英文作 Route 66。它东起芝加哥，西至加州圣莫尼卡，曾是东西交通大动脉，现已废弃。美国 CBS 曾在 1960 至 1964 年间播放过同名长篇电视连续剧，风靡一时，而日本半官营的 NHK 电视台也早早就曾追风播放。再次敬请译者诸位留意：千万不可将此处的"ルート"译成"航线"，否则一不小心，就要将这条原本建造在陆地上的公路，硬生生地给搬到天上或者海里去了。

再者，一般而言，依循日文的着力点所在，如无特殊理由，还是按"一边看电视一边回答"的语序翻译为佳，而此处似乎并没有特殊的理由。

(3)

僕は鼠のグラスにビールを注いでやったが、彼はまだ体を縮めたまましばらく考え込んでいた。(p.23)

鼠如此说罢，把啤酒倒进杯子，再次缩起身子沉思。(p.16)

这则误译例，就是当年课堂上学生第一次拿来询问笔者的那一句。村上原文的意思应当是明白无误的：是"我"给鼠往杯里倒酒。不应当译成是"鼠"自斟自酌。而后半句的意思也应当很清楚，说的是："他犹自蜷缩着身子，沉思良久。"描绘状态的持续。而林氏将它译成了同一动作的再度发生，这应当是未能理解日文副词"まだ"和"また"之间的不同，将二者混为一谈了。

这便是林译错误的第二类：对日文的理解屡屡有误。越是细微之处，好像就越加容易出错。这样一来，恐怕就难以做到细针密缕，于是乎译文便不免走样、变味，严重时甚至会颠倒黑白、南辕北辙。作为译家，我们每一个人都须千万注意才是。

(4)

三年振りに無性に煙草が吸いたかった。(p.27)

三年没抽烟了，馋得不行。(p.20)

正是由于对日文的理解做不到精细入微，便容易导致中文表达略嫌粗犷。上引译文给人的感觉是，这个想抽烟的人（即"鼠"）三年之间对抽烟的向往始终不曾间断过。而日文的意思应是"三年之间从不曾有过抽烟的欲望，此刻却陡然想抽烟了"。林译似乎未能准确地传达出这层意思来，稍嫌走样了。

(5)
大丈夫さ。小便なんて出やしないよ。(p.52)
没关系，一泡小便就出去了。(p.45)

此处出现了严重的语法理解错误，导致了译文的意义与原文完全相反、背道而驰，颠倒了黑白是非。村上原文是个否定句，意为"绝对不会撒尿的"——只因都化作汗水排泄出去了。林氏却译反了。可能是因为此句中日文否定句式出现了变化吧。建议今后大学的日语教师们在课堂教学中，应当举一反三，尽可能把类似的否定句型的变体变化也多多教给学生，或可规避相同的误译。

(6)
女の子に貸しを作っても…ムッ…借りをつくるなってね、わかるだろ？
pp.57—58)
在女孩子身上借而不还……呃……就是说有借无还，意思明白？
(p.50)

虽然翻译风格可以、也难免人各有异，但笔者总觉得"意思明白？"这种译法可能会让读者诸贤无端联想起抗日神剧里鬼子兵们说"兵隊中国語"（大兵汉语）的腔调，作为中文，似欠地道。不过人各有好，毋庸置喙，姑且由译家这般译去。

在这句译文里，最主要的错误还在于"借而不还"与"有借无还"这两个短语：二者有无实质区别？倘有，那区别又究竟何在？说来惭愧："这两个中文短语的区别，我的，意思的，不明白。"至于原因，看来还是由于译者对于日文的"貸し"和"借り"这两个词的歧义以及它们在习惯表达中的用法、意义缺乏正确理解，方才译出了这么一句恐怕令读者诸贤人人一头雾水的奇文来。其实村上原文的意思不过是："宁肯让女孩子欠你的情，也别欠女孩子的情，这个道理你明白吧？"

（7）
　　彼女は真剣に（冗談ではなく）、私が大学に入ったのは天の啓示を受けるためよ、と言った。(p.98)
　　她一本正经地（不是开玩笑）说她上大学是受到天的启示。(p.91)

这里有一个时间顺序上孰先孰后的问题。"她"说的话，意思其实应该是："我上大学，是为了接受上天的启示。"即"她"应该是先上大学、后受天启的；上大学的目的，是为了"接受上天启示"。而林译却搞成了"先受到天启（莫不是责成她去上大学吗？），然后再上的大学"了；上大学变成了受到"上天启示"的结果。究其原因，大约在于没有搞明白日语动词现在形"入る"及"受ける"与过去形"入った"及"受けた"的区别，于是乎目的被译成了结果，遂导致译文走了样，变了味。

（8）
　　セイバーは本当に素敵な飛行機だったよ。ナパームさえ落とさなきゃね。(p.112)
　　佩刀式喷气机真是厉害，连凝固汽油弹都投得下来。(p.105)

单看译文，只怕读者诸贤难免心生疑惑，反正笔者是心生疑惑了：何以飞机能扔炸弹就"真是厉害"呢？莫非日本的飞机"投不下来"炸弹吗？

而其实，是译者又一次在语法理解上犯了错误，导致译文变得南辕北辙了。原文的意思是这样的："佩刀式战机真的很潇洒吧，只要不投凝固汽油弹的话。"

此处是人物间的对话，因此出现了口语化的表达"落とさなきゃね"。这是一个否定式假定型的变化形态，而林氏再次将它误译成了肯定式。

（9）

あなたがいなくなると寂しくなりそうな気がするわ。（p.132）

你这一走，我真有些寂寞。（p.124）

如果说这是个误译的话，那么它错就错在未能传达出少女的矜持和婉转。这是那位四指女孩对"我"说的一句话："我觉得，你不在的话，我好像会感到寂寞的。"察其原因，恐怕在于译者未能理解"寂しくなりそうな気がする"的微妙内涵，还以为与"寂しくなる"意思相同吧。译者对日文的理解略嫌粗粝，倘能再精细一些，应当更好。

（10）

彼の五作目の短編が「ウェアード・テールズ」に売れたのは1930年で、稿料は20ドルであった。（p.151）

他的第五个短篇《瓦安德·泰而兹》的印行是在1930年，稿费20美元。（p.143）

先给出正确译文："他的第五个短篇卖给《志异》杂志，是在1930年，稿费20美金。"

由于未能正确地掌握文法（对格助词"が""に"的理解稍失精准），译者错误地将所谓的《瓦安德·泰而兹》理解为"他"的第五篇小说的标题，而那其实是"他"投稿的杂志名称。于是"売れた"的意思就不应该是

"印行"，而是"投稿成功"。

按：「ウェアード・テールズ」一词，是杂志 Weird Tales 的日文音译，该杂志创刊于1923年，是专门发表志怪、奇幻、SF小说的美国著名刊物。译者在此再度犯了一个常识错误。

四

综上所见，由于对日文和中文两者的理解俱欠精准，于细微之处往往未能吃透原意，也就是所谓的内力不足，于是便只能借助堆砌辞藻来弥缝其阙，不免容易给人以卖弄花拳绣腿的印象。而如果误译过多的话，结果就会让人感到译文大大地走样、变味，甚至会让读者诸贤无端怀疑译者是在"山寨"村上春树。因此，为译者计，这样的局面还是应当尽量避免才是。

据报载，在被问及误译问题时，林少华氏回答称其翻译追求的是"文体、韵味、化境"。其实对于任何一位译者来说，或多或少，误译恐怕都在所难免。不过笔者以为：我们还是应当注意正视问题的所在，认真探讨、寻求解决问题的方法。切不可顾左右而言他，避重就轻，更不可偷换概念。毕竟"误译"问题与"文体、韵味"问题之间并无必然联系，追求"化境"与准确翻译二者也并非势不两立，而应该是并行不悖的，完全不存在一旦译文忠实准确便"毫无文学性可言"的可能，而"误译"更不应当成为实现"韵味、化境"追求的前提条件。事实上，译文的忠实准确，与"韵味、化境"丝毫也不矛盾，根本不是像孟子所说的"鱼与熊掌"的关系，只能非此即彼，二者不可得兼。点检该译本中所有的谬舛误译之处，我们会发现，译文根本就不会因为谬误和偏差就变得优美起来。想必读者诸贤大概都会赞同：如果做不到在忠实的基础之上传达韵味、迫近化境，那无非说明了译者技拙力怯，内力修炼不足，文字教养不够而已，"中日文尚未修成，译者们仍须努力"啊。

而所谓"化境",据钱锺书(1910—1998)氏说,那是"文学翻译的最高标准"(见《林纾的翻译》,收于《旧文四篇》),或许每一位译者都应当把它当作毕生追求的最终目标,亦未可知。然而"化"固然无妨,不过同时我们应当清醒地认识到:"化境"不可或缺的前提绝非误译,而必须是对原文的精确理解和完全消化,否则咀嚼未透消化不良,肉骨鱼刺哽噎在喉咙里,久而久之气竭力衰头昏眼花,于意识朦胧之中凭空臆想出个无源之水无本之木的"韵味、文体"来,倒也不无可能呢。只是这样的"化境",只怕免不了终将"化"作一块遮羞布——如若嫌"遮羞布"一词不够高雅,那就化作无花果叶好了——来掩饰译者的理解错误与功力不足了。"化"当然是不错的,毋宁说理应提倡,然而任如何"化",也须得是翻译,而不是改写、改编,甚至编译。否则笔者担心难逃挂羊头卖狗肉之嫌。

意大利人有句谚语,专以讽刺所谓的"翻译家",说的是:Traduttore è traditore. 翻译即叛变。作为翻译家,我们还是应当坚持修炼内功、提高中外文水准、不要花拳绣腿为妙,否则,只怕在所难免地真要"叛变"——至少也是"山寨"——原著了。这句意谚,我等众人如有意染指译事,恐怕均有必要置诸案头座右,时时引以为戒才是。

附记

我们中国人自古便有"隐恶扬善"的美德。对于村上小说翻译中出现的谬误,也许本不该如此撰文揭短,方才符合恕道。然而一想到国人通过中译本读到的村上春树,极可能因为误译过多,而与阅读原本英译本法译本的人们所看到的村上春树大不相同,心里——请原谅此话说得大了——便会涌起对艺术,对文学,对翻译艺术的责任感来。孰小孰大,不言自明。这,便是当日笔者写下这篇小文的理由——当然,经过此度修改,它已经不复旧时模样了。

2009年2月6日一稿
2019年5月21日二稿

且说"投胎转世"
——谈谈神似、化境、神韵三说

一、翻译徒

　　作为本土的"翻译理论","化境说"应当说是遐迩闻名如雷贯耳了。而其实,此说原本是故钱锺书氏在其《林纾的翻译》(《旧文四篇》,上海古籍出版社,1979.9)一文的篇头所发的一番议论,加上标点符号也才不过寥寥三百五六十个字,应该说是言简意赅、辞近旨远吧,总之似乎难以称之为鸿篇巨制。不过,关于它,且容笔者稍后再谈,在此还是先从该文的篇尾说起。

　　在此文篇末,锺书氏提及了唐诗人刘禹锡(772—842)的一首诗,《送僧方及南谒柳员外》,先且来看看这首五言古风:

　　　　昔事庐山远,精舍虎溪东。
　　　　朝阳照瀑水,楼阁虹霓中。
　　　　骋望羡游云,振衣若秋蓬。
　　　　旧房闭松月,远思吟江风。
　　　　古寺历头陀,奇峰扳祝融。
　　　　南登小桂岭,却望归塞鸿。
　　　　衣祴贮文章,自言学雕虫。

抢榆念陵厉，覆篑图穹崇。

远郡多暇日，有诗访禅宫。

石门耸峭绝，竹院含空濛。

幽响滴岩溜，晴芳飘野丛。

海云悬飓母，山果属狙公。

忽忆吴兴郡，白蘋正葱茏。

愿言挹风采，邈若窥华嵩。

桂水夏澜急，火山宵焰红。

三衣濡菌露，一锡飞烟空。

勿谓翻译徒，不为文雅雄。

古来赏音者，燋爨得孤桐。

共18联36句的长诗中，锺书氏只引用了其中的两句："刘禹锡《刘梦得文集》卷七《送僧方及南谒柳员外》说过：'<u>勿谓翻译徒，不为文雅雄</u>'……"（下线系引者所加）并据此作出推论道："就表示一般人的成见以为翻译家是说不上'文雅'的。"

锺书氏举此为例，与也曾"搞过翻译"然而其翻译成就却为过去的文史家们所"有意无视"的谢灵运（385—433）一道，用以证明古人是很瞧不起翻译的。然而我们细看一下原诗，揣摩其本义原旨，便可以发现这位大诗人其实应当是明确无误地反对这种轻视态度的（所谓"勿谓"，也就是"甭说"，表明了梦得先生的否定立场），或许因此之故吧，锺书氏也把话说得小心翼翼："（这）就表示<u>一般人</u>的<u>成见</u>以为翻译家是说不上'文雅'的。"也就是说，仅凭此证据，似乎还难以断言"翻译徒非文雅雄"一定就是非"一般人"——亦即有些个见识的古人们（?），譬如刘梦得本人——的一致见解。况且又是"一般人"，又是"成见"的，显而易见，锺书氏颇有点担心被误会为与这些"一般人"同声同气，尝试着与他们划清界限、切割开来。

至于锺书氏自己是如何定位翻译家的,氏本人好像未曾明明白白地给出过评价。然而有一点却是明明白白的,即,锺书氏写过小说,写过批评,写过论文,还写过旧体诗,无疑是当今之世当之无愧的"文雅雄"了,然而氏似乎并无成书、成集、成篇、成章甚至鲜有成段的翻译作品问世。据说氏倒是于六十年代初参与过《毛泽东诗词》的英译,出任过"定稿小组"组员,但氏在其间具体做了些什么工作,却其情不详。该小组此外据说还有组员二人,一为乔冠华氏(1913—1983),一为叶君健氏(1914—1999),组长则是曾经的《马凡陀的山歌》作者、时任中宣部文艺处长的诗人袁水拍氏(1916—1982,"文革"最盛期曾荣升文化部副部长)。此外现今能够看得到的锺书氏译文,大体只有其著述之中所引用的西文词句的汉译,基本上都是一些零星断句。也就是说,尽管提出了"化境说"这样享誉遐迩的翻译理论,但具体的翻译实践,氏却做得似乎不算太多。因此,氏大概是不能划归"翻译徒"一流的。

二、译论三说

(一)神似说

众所周知,"神似说"最著名的、论述相对成规模的首倡者,大约应该算是故傅雷氏(1908—1966),而此说的提出,系在氏的《〈高老头〉重译本序》(1951.9)之中。氏的原话是这么说的:

> 以效果而论,翻译应当像临画一样,所求的不在形似而在神似。以实际工作论,翻译比临画更难。临画与原画,素材相同(颜色,画布,或纸或绢),法则相同(色彩学,解剖学,透视学)。译本与原作,文字既不侔,规则又大异。各种文字各有特色,各有无可模仿的优点,各有无法补救的缺陷,同时又各有不能侵犯的戒律。像英、法,英、德那样接近的语言,尚且有许多难以互译的地方;中西文字的扞格远过于此,

要求传神达意,铢两悉称,自非死抓字典,按照原文句法拼凑堆砌所能济事。

各国的翻译文学,虽优劣不一,但从无法文式的英国译本,也没有英文式的法国译本。假如破坏本国文字的结构与特性,就能传达异国文字的特性而获致原作的精神,那么翻译真是太容易了。不幸那种理论非但是刻舟求剑,而且结果是削足适履,两败俱伤。两国文字词类的不同,句法构造的不同,文法与习惯的不同,修辞格律的不同,俗语的不同,即反映民族思想方式的不同,感觉深浅的不同,观点角度的不同,风俗传统信仰的不同,社会背景的不同,表现方法的不同。以甲国文字传达乙国文字所包含的那些特点,必须像伯乐相马,要"得其精而忘其粗,在其内而忘其外"。而即使是最优秀的译文,其韵味较之原文仍不免过或不及。翻译时只能尽量缩短这个距离,过则求其勿太过,不及则求其勿过于不及。

倘若认为译文标准不应当如是平易,则不妨假定理想的译文仿佛是原作者的中文写作。那么原文的意义与精神,译文的流畅与完整,都可以兼筹并顾,不至于再有以辞害意,或以意害词的弊病了。

用这个尺度来衡量我的翻译,当然是眼高手低,还没有脱离学徒阶段。《高老头》初译(1944)对原作虽无大误,但对话生硬死板,文气淤塞不畅,新文艺习气既刮出未尽,节奏韵味也没有照顾周到,更不必说作品的浑成了。这次以三月的功夫重译一遍,几经改削,仍未满意。艺术的境界无穷,个人的才能有限:心力长绌。唯有投笔兴叹而已。(下线系引者所加)

这段话,总字数不足八百(搭进前言后语、铺垫烘托、枝枝叶叶,甚至连标点符号一并算在内,电脑统算拢共才七百七十字),同样堪谓短小精悍、要言不烦了。

所谓盖棺定论,关于傅雷氏在文学史上的定位于今大概已有定说、毋庸赘言：与其说氏是一位钻研翻译理论的专家学者，恐怕毋宁说更是一位功绩卓著的职业翻译实践家（即名副其实的"翻译徒"乎？一笑）。这"神似说"，大约应当视作他用以总结自家长年翻译实践的关键词，是对自身翻译实践的理论化吧。

（二）化境说

与傅雷氏"神似说"相类，名震海内的钱锺书氏"化境说"，如前所言，即便加上标点符号，也不过寥寥三百五六十个字而已，为数更少，绝对算不上是长篇大论，倒更像是讨论氏本人自幼便爱不释手的林琴南（1852—1924）译本时的一个"楔子""引子"，故置之于《林纾的翻译》一文之篇首，甚为妥当。

不妨说"神似""化境"二说，皆似"点睛一笔"，点到即止，不做深究，本来并不是体系化的专门研究。反倒是一众在大学里靠教授、研究翻译来安身立命的学者，如获至宝般地一拥而上，围绕着这"灵光一现"去撰文著书，抉隐索微，阐幽探赜，"专著"之夥，纵然算不上汗牛充栋，却也足够惊人了吧。反观出自锺书氏本人之手的所谓"化境说"理论文字，其实不过就是下面所引的这十来行罢了：

文学翻译的最高标准是"化"。把作品从一国文字转变成另一国文字，既能不因语文习惯的差异而露出生硬牵强的痕迹，又能完全保存原有的风味，那就算得入于"化境"。十七世纪有人赞美这种造诣的翻译，比为原作的"投胎转世"（the transmigration of souls），躯壳换了一个，而精神姿致依然故我。换句话说，译本对原作应该忠实得以至于读起来不像译本，因为作品在原文里决不会读起来像经过翻译似的。但是，一国文字和另一国文字之间必然有距离，译者的理解和文风跟原作品的内容和形式之间也不会没有距离，而且译者的体会和他自己的表达能力之间还时常有距离。从一种文字出发，积寸累尺地度越那许多距离，安稳到达另一种文字里,这是很艰辛的历程。一路上颠顿风尘,遭遇风险,不免有所遗失或受些损伤。因此,译文总有失真和走样的地方,在意义或口吻上违背或不尽贴合原文。(中略)

<u>彻底和全部的"化"是不可实现的理想</u>,(后略)(下线系引者所加)

在此务请读者诸贤注意到一点,即:锺书氏本人其实是十分清醒地认识到了"彻底和全部的'化'是不可实现的理想",换言之,他充分认识到了自己不过是给芸芸众生画了一块色味诱人的大饼、描了一片可望而不可即的梅林而已——既言是最高标准嘛,岂是那般轻易得以实现的,呵呵。

相比之下,傅雷氏倒好像觉得"神似"的实现,是可能性很大的一件事情——起码不像锺书氏,傅雷氏并不曾明言"彻底和全部的'神似'是不可实现的理想",反而认为"不妨假定理想的译文仿佛是原作者的中文写作",如此一来则"原文的意义与精神,译文的流畅与完整,都可以兼筹并顾"了——只可惜自己"眼高手低""个人的才能有限"(当然应视为谦虚之辞),眼下可能尚未完全做到而已。

(三)神韵说

至于神韵说,其目下的主张者们究竟是些什么人物,在此姑且置之不提。不过,但凡声称以传达、再现原著以及原作者的"风格""韵味""神韵"为业的翻译者,笔者在此姑且统统将之归类于"神韵说"一派。而在近代翻译史上,主张译文的眼目应当放在"神韵"之传达上的,似乎代有其人。翻译家罗新璋氏(1936—)就曾介绍道:神似神韵之说,早在二三十年代的翻译论战之时,就曾有人提起过。

譬如朱生豪氏(1912—1944),就被认为是一位"志在神韵"的翻译家。氏在其《〈莎士比亚戏剧全集〉译者自序》(1944年4月)中这般写道:

余译此书之宗旨,第一在求于最大可能之范围内,保持原作之神韵;

必不得已而求其次，亦必以明白晓畅之字句，忠实传达原文之意趣；而于逐字逐句对照式之硬译，则未敢赞同。凡遇原文中与中国语法不合之处，往往再四咀嚼，不惜全部更易原文之结构，务使作者之命意豁然呈露，不为晦涩之字句所掩蔽。每译一段竟，必先自拟为读者，察阅译文中有无暧昧不明之处。又必自拟为舞台上之演员，审辨语调之是否顺口，音节之是否调和。一字一句之未惬，往往苦思累日。（下线系引者所加）

生豪氏这段自序，将既有的与将有的文学翻译划分成了三个层面，或曰三个境界，即：

（1）"保持原作之神韵"者。显然，氏视此为文学翻译之最高境界，奉之为圭臬、"宗旨"、第一追求，剐山觅玉，奋意争取；

（2）"以明白晓畅之字句，忠实传达原文之意趣"者。此乃"退而求其次"，不得已而为之的举措；

（3）"逐字逐句对照式之硬译"者。这种译法最不足取，氏秉持坚决的反对态度，尽管表达上一仍古例，十分地婉转（"未敢赞同"云）。

按："神韵"一词，知者自知之，原本是个中国传统的美学术语，一般而言，它被用来指称一种国人理想的艺术境界，其美学特征是自然传神、韵味深远、天生化成而无人工造作的痕迹，体现出清空淡远的意境。讲得通俗点，所谓神韵说，大概也可以简单地认为就是倡导"传神"或"有韵味"。

冠以"神韵"之名的最著名者，大约当属清初渔洋山人王士祯（1634—1711）提倡的"神韵诗"。王渔洋曾借用知非子司空图（837—908）《二十四诗品》中的"不著一字，尽得风流"，以及沧浪逋客严羽（1192~1197间—约1245年后）的"羚羊挂角，无迹可求"，来阐明自己所主张的神韵之含义。要之，"神韵诗"似乎在于追求只可意会不可言传、清逸淡远的诗意内涵，有意无意地忽视、无视并且闭口不提外在的形态。

而用在翻译上时，今之"神韵说"论者们似乎大多强调不拘泥于一字一句的对应翻译（这一点，一如他们并不遥远的先声、朱生豪氏所云之"于逐字逐句对照式之硬译，则未敢赞同"），而是力图超越文字表面的意味，更为注重再现原作的整体风格，追求的是将文字背面的"韵味""神韵"传达出来。有人自称是"审美忠实"——看来，对于"忠实于原文"这一原则，似乎尚缺乏公言彻底抛弃的勇气。

这样的"神韵说"与"所求者不在形似但在神似"的"神似说"，"不露生硬牵强的痕迹，完全保存原有的风味"的"化境说"，显然是一脉相承的。

一言以蔽之，今之"神韵说"不妨说很像是依附于"神似说"与"化境说"之上的菟丝、女萝。

三、三说再思

（一）非体系化

首先遗憾得很，傅雷氏的神似说也罢，钱书氏的化境说也好，抑或是专利权所属不甚明了的神韵说也行，尽管不能说它们是"不著一字"，却也都无非是"只言片语"，如前已述，亦即仅仅是"灵光一现""点睛一笔"而已，并未构筑起一个明晰完整的理论体系。这一点大大地不同于海外的体系化的翻译理论，比如近年广为海内所推崇的奈达氏（Eugene A. Nida，1914—2011）的"功能对等说"（functional equivalence），韦努蒂氏（Lawrence Venuti，1953— ）的"归化异化说"（domestication and foreignization）等。

非体系化，恐怕是我中华自古以来的伟大传统，打自"万世师表"的孔子（前551—前479）起，好像便是如此了。众所周知，孔老夫子"述而不作"，身后只留下了一部语录——《论语》，还不是夫子自己亲自操觚，而是由弟子们记录成文的，片言碎语，一鳞半爪，也不知道是否完全，总之似乎丝毫看不出关注体系构筑的意图。

这一点，对比起活动时期相差不算太多的西圣之亚里士多德（Aristotle，前384—前322）来，便非常地明白了。亚氏留下有《形而上学》(Metaphysics)、《诗学》(Poetics)等大量的著作，其体系化的努力引人注目。

（二）形神对立

其次，从上面引述的文字也可以看出——尽管锺书氏与生豪氏两位基本上是"未著一字"，不曾只言提及那个"形"字，而傅雷氏，却是毫不掩饰地公言氏"所求的不在形似而在神似"——不管是"神似"也好，还是"化境"也罢，抑或"神韵说"亦然，实际上，此三说在骨子里只怕都是一样地否定"形"、否定"形似"、否定"泥形不化"的，是或暗中或明里将"形"当作了假想敌的。这，不妨说是人为地制造出了"形神对立"的构图，尽管有的是直言不讳，有的则可能有些隐隐约约、不甚直白。至于当下之某些神韵说论者，则更是直截了当，声称自家追求的是"审美忠实"云云，反对语义、文体层面的"忠实"，其实质，也就是主张"去形求神"的形神对立论。

然而实际上，神与形，二者应该是辩证统一的关系，形神本一体，去形则无神。离开了形，神当然是"皮之不存，毛将焉附"了，注定是无法独自存在的。

神，可不是什么空中楼阁，它不可能没有物质基础；毋宁说正相反，它需要物质基础——还是坚实的，需要物理的表现，需要实体的支撑。

而形，非他，恰恰正是神的物质基础，是神的物理表现，是神的实体支撑，是神的外在形态。离开了形，就不可能有神。锺书氏便赞同"灵魂的投胎转世"，而所谓"投胎转世"，说的就是"灵魂"（即"神"也）转而寻找新的"肉体"（即"形"也）以寄居于其内。从锺书氏的这句话中，我们也可以看出，灵魂，即"神"，是必须要保有一个"肉体"，也就是"形"的。

翻译，归根结底还是文字表现。它绝不是绘画，也绝不是音乐，它不可能做到什么"不著一字，尽得风流"，也不可能做到什么"羚羊挂角，无迹可求"，反而是必须"有迹可求"才行，而那"迹"非他，偏巧正是有人主张要"不著一字"的那个"字"。神似的翻译也罢，化境的翻译也罢，神韵的翻译也罢，终究还须落到实处才行。

然而，如何才能落在实处呢？

答曰：既然是文字表现，最终还是须得依靠文字来落实方成。"神"——你要称之为"神韵"也无妨——是无法从文字这一身体或曰"躯壳"中剥离开去的。文字既是其起点，也是其终点。文字才是其全部的身家。

（三）化境与文化帝国主义

有人称，化境是"翻译的最高境界"。

可是，当真如此吗？只怕未必。

这纯粹是个人感觉：锺书氏其人，有一大特点，即，大有"语不惊人死不休"的气概。或许因此故吧，氏似乎尤其喜欢做翻案文字，而《林纾的翻译》一文，委实堪谓翻案文字的典型。

而在当时那个历史环境下（锺书氏在《旧文四篇·卷头语》中说得很明白："第四篇的写作时间最近，也去今十五年了。"集中之"第四篇"便是《林纾的翻译》一文，而该卷头语后又标明了写作于"一九七八年十月"，前推十五，或当认定此文执笔于一九六三年），锺书氏这么说（即称"文学翻译的最高标准——而非最高境界——是化"），大概还是有其道理与底气的。

但是，打自 Lawrence Venuti 的"归化异化说"问世以来（*The Translator's Invisibility* 一书出版于 1995 年），一般而言，人们对于"归化翻译"好像都心生起警惕起来，底气似乎没那么足了，仿佛很介意"归化"背后隐藏着的文化帝国主义。

而所谓"化境",显而易见,其实就是一种极端的归化。可以说是"有我无你",你死我活。

亦即,它已经"归化"到了这种地步:只有译者,全无作者。只有译文,尽无原文。

比如傅雷氏的翻译《高老头》。氏将 Le Père Goriot(英译 Old Goriot 或者 Father Goriot)译作了"高老头",而非什么"高辽老爹"或"高黎翱爸爸",即,氏不是把法国姓氏 Goriot 音译作"高黎翱"或"高辽",而是译作了纯中国的姓氏"高"。如此一来,化自然应当说是化得可以了,然而在外语知识广为普及、人人都从幼儿园起就开始修习英文的今天,只怕这种译法就不怎么为人们所待见了。

再如故傅东华氏(1893—1971)译 Gone with the Wind(《飘》),将人名、地名等都进行了归化处理,如将 Scarlett O'Hara(斯佳丽·奥哈拉)译作了"郝思嘉",将 Rhett Butler(瑞特·巴特勒)译作了"白瑞德"等,同样也是把外国姓氏统统译成了纯粹的中国姓氏。东华氏的这种化境译法,如今也一样,只怕不会再有人起而效仿了。

又比如,将书名 Gone with the Wind 译作了《飘》,固然也十分地"化",被视为名译,但笔者总觉得好像还不如日人的"直译"『風と共に去りぬ』更有"韵味"呢——纯属一己偏好而已,读者诸贤不必较真。

然而这样的"神似"、这样的"化境",似乎难逃消灭原文、消灭原作者、甚至消灭原文化之嫌。至于这么做是否真的传达出了原作之"风格、神韵、精神姿致",只怕还很难说。

再举一例。在《林纾的翻译》里,锺书氏还曾断言道:"译本对原作应该忠实得以至于读起来不像译本,因为作品在原文里决不会读起来像经过翻译似的。"(下线系引者所加)

此言似乎也有些跟不上时代了。这世上还当真有人把小说写得让人读出了"翻译调调"来呢——看来这人世间说不定还真没有什么"决不会"的事情。呵呵——此地就有一则现成的实例:享誉世界的日本作家村上春树氏的处女作『風の歌を聴け』（1979）当年未能斩获芥川奖，据说理由之一就是因为有评委（其人即私小说家泷井孝作，1894—1984）认为这部作品"バター臭い"（黄油气味过浓）（参见『文藝春秋』1979年9月号），意即"洋味儿太过浓烈"了，固执地反对把芥川奖颁给春树氏。换言之，这位老派私小说作家就明确地认为并且公开地声称：『風の歌を聴け』这部小说就是"在原文里读起来像经过翻译似的"。他还一本正经地认真批判春树氏千不该万不该，不该将"外国翻译小说读过了头"（外国の翻訳小説の読み過ぎ）。惹得别人憋不住想请教泷井孝作他老人家一句：这是要求现在及未来的小说家们必得多读"日本小说"（当然包括泷井氏本人的在内），方才有资格写日文小说、斩获芥川奖吗？

四、"投胎转世"？

锺书氏在阐明"化境"时，还引用了一则"十七世纪"西人的比喻 the transmigration of souls，并将之译作了"投胎转世"，又添上一句解说："躯壳换了一个，而精神姿致依然故我。"

"投胎转世"。这个译法本身，无疑也可算是入了锺书氏自己倡言的"化境"了吧。

关于这个 transmigration，Wikipedia 在界定 reincarnation 一词时，是这么定义它的：

> Reincarnation is the philosophical or religious concept that the non-physical essence of a living being starts a new life in a different physical form or body after biological death. It is also called rebirth or transmigration, and is a part of the Samsāra doctrine of cyclic existence. （下线系引者所加）

大意：转世轮回乃是哲学抑或宗教概念，指非肉体的生命本体在生物学意义上的死亡之后以另一个肉体形态开始新的生命。还被称作复活重生或投胎转世，也是万物循环轮回说的一个构成部分。

按：投胎，本是佛家信仰。《楞严经》说："一切众生，从无始来。生死相续，皆由不知常住真心，性净明体，用诸妄想。此想不真，故有轮转。"佛教认为灵性不灭，故有前世、今世和来世。人的躯体不过就像他居住的房屋一样，生死不过是一个舍此取彼的过程。

"投胎"这一概念在佛教传入中国之前就已有之，叫作"夺舍"。民间一直有"投胎转世"的说法，认为一切生灵死后或死后经过一段时间之后，其灵魂会找到一个新的载体（可能是另一个人，也可能是其他生灵），组成一个新的生命。《左传·昭公七年》中就有记载："子产曰：'（略）人生始化曰魄，既生魄，阳曰魂。用物精多，则魂魄强。是以有精爽，至于神明。匹夫匹妇强死，其魂魄犹能冯依于人。'"说的就是子产（？—前522）认为灵魂（魂魄）能够凭依于别人肉体，借体重生。

而灵魂获得新生后，其前世的记忆一般都会被遗忘。明朝李贽（1527—1602）《续焚书·卷一·与周友山书》中即有言："且戒禅师纵不济事，定胜子瞻几倍，一来苏家投胎，便不复记忆前身前事，赖参寂诸禅激发，始能说得几句义理禅耳，其不及戒禅师，不言又可知也。"说的便是五祖寺的师戒禅师（生寂年未详）投胎做了苏老泉苏洵（1009—1066）的儿子，转世成为东坡居士苏轼，但是前世做和尚的记忆却是一丁点也没有了。

一般而言，从前的中国人许多都是相信轮回的，相信人死后是会重新转世，投胎为人的，但是投胎之后大抵皆无有前世的记忆。而既无前世记忆，大概就可以断言：今世与前世无涉，前世已无有意义了。因为灵魂既无记忆，其实就意味着其与上一世的连续已然中断，也就是说已非旧魂，纯系新魂了。因此，恐怕也就不能再说是什么"躯壳换了一个，而精神姿致依然故我"了。因为不单单是"躯壳换了一个"，甚至就连灵魂，也几乎同"换了一个"相去不远了。

柳泉居士蒲松龄（1640—1715）的《聊斋志异》中，有好几则关于转世投胎之后仍保有前世记忆的记录——特特地要记录下来，可知这显然是罕见的例外——比如《三生》（卷一卷十各有一篇同名之作）、《汪可受》（卷十一）、《萧七》（卷六）等篇。

且看看卷一的《三生》。

刘孝廉，能记前身事。与先文贲兄为同年，尝历历言之：一世为搢绅，行多玷。六十二岁而殁。初见冥王，待以乡先生礼，赐坐，饮以茶。觑冥王盏中，茶色清彻；己盏中，浊如醪。暗疑迷魂汤得勿此耶？乘冥王他顾，以盏就案角泻之，伪为尽者。俄顷，稽前生恶录；怒，命群鬼捽下，罚作马。即有厉鬼絷去。行至一家，门限甚高，不可逾。方趑趄间，鬼力楚之，痛甚而蹶。自顾，则身已在枥下矣。但闻人曰："骊马生驹矣，牡也。"心甚明了，但不能言。觉大馁，不得已，就牝马求乳。逾四五年，体修伟。甚畏挞楚，见鞭则惧而逸。主人骑，必覆障泥，缓辔徐徐，犹不甚苦；惟奴仆圉人，不加鞯装以行，两踝夹击，痛彻心腑。于是愤甚，三日不食，遂死。

至冥司，冥王查其罚限未满，责其规避，剥其皮革，罚为犬。意懊丧，不欲行。群鬼乱挞之，痛极而窜于野。自念不如死，愤投绝壁，颠莫能起。自顾，则身伏窦中，牝犬舐而胕字之，乃知身已复生于人世矣。稍长，见便液亦知秽；然嗅之而香，但立念不食耳。为犬经年，常忿欲死，又恐罪其规避。而主人又豢养，不肯戮。乃故啮主人，脱股肉。主人怒，杖杀之。

冥王鞫状，怒其狂狷，笞数百，俾作蛇。囚于幽室，暗不见天。闷甚，缘壁而上，穴屋而出。自视，则伏身茂草，居然蛇矣。遂矢志不残生类，饥吞木实。积年余，每思自尽不可，害人而死又不可；欲求一善死之策而未得也。一日，卧草中，闻车过，遽出当路；车驰压之，断为两。

冥王讶其速至，因蒲伏自剖。冥王以无罪见杀，原之，准其满限复为人,是为刘公。公生而能言,文章书史,过辄成诵。辛酉举孝廉。每劝人:乘马必厚其障泥;股夹之刑,胜于鞭楚也。

异史氏曰:"毛角之俦,乃有王公大人在其中;所以然者,王公大人之内,原未必无毛角者在其中也。故贱者为善,如求花而种其树;贵者为善,如已花而培其本:种者可大,培者可久。不然,且将负盐车,受羁馽,与之为马;不然,且将啖便液,受烹割,与之为犬;又不然,且将披鳞介,葬鹤鹳,与之为蛇。"(下线系引者所加)

要之,这位刘孝廉,其一世为缙绅(即士大夫。一世之前便不得而知了,仿佛此前为零似的。意思是说人乃是"无中生有"——一切众生,从无始来——突然降世的吗?好像还不如西人编的"上帝造人"有说服力呢),二世投胎为马,三世为犬,四世为蛇,现在已是第五世了。题虽做《三生》,其实他已然经历了五度的转世投胎。

那么,倘使借用翻译"最高标准"是"投胎转世"的比喻,姑且假定原作文本是"缙绅",而我们来它一个"投胎转世"的"化境"译法,把这位"缙绅"译作了"马""犬"甚或"蛇",一面还要坚称其"精神姿致依然故我",可乎?起码咱也得把他译成个"人"才成吧,您说是也不是?

否则,岂不真的要变成锺书氏所引用的那句"西洋谚语"所讥讽的"翻译者即反逆者"(Traduttore, traditore)了吗?

炜按:意大利人有一种说法,与这句"西洋谚语"长得很像很像,叫作 Traduttore è traditore。多长了一个"è"字。日人一般将之译作"翻訳者は裏切り者";或意译为:"翻訳には誤訳がつきもの"。

稍作解释如下:

1. traduttore: 阳性名词,日人解作:翻訳者。其阴性形态为:tradutrice。

此词源自动词:tradurre,其意即"翻译する"。

2. è,则是动词。系 essere(是)的第三人称单数现在形式,意为"他

(她/它)是"。

3. 而名词 traditore 的日文释义为：

（1）裏切り者（叛徒），背信者（背信弃义者）；如：traditore della patria，意即"卖国奴"（卖国贼）。

日人认为此词此外还可以解作：

（2）詐欺師（骗子），

（3）浮気者（花心渣男）。

总之都是一种"叛变之徒"。呵呵。

法国人伏尔泰也说过一句相当刻薄的话，专以讽刺翻译——笔者曾在某处引用过，因其一针见血，寸铁杀人，姑且冒昧地再引一遍："Les traductions augmentent les fautes d'un ouvrage et en gâtent les beautés."

"翻译，增加一部作品的谬误，并损害它的美。"

这样的局面，好像我们还是应当尽可能地避而远之为佳吧。

反思将 transmigration 一词译作"投胎转世"，作为译法而言，固然是"化"得很了，然而综上所述，好像不得不承认，将"投胎转世"当作翻译的"最高标准"，这样的比喻，似乎很有点"岌岌可危"呢。

五、终须落到实处，不妨亦步亦趋

那么，我们应当如何再现原作的"风格""神韵"乃至"精神姿致"呢？

笔者倒是觉得，其实形似，或许不可缺位；而亦步亦趋，或许也是个不错办法。

只不过，要想做到"亦步亦趋"，其实也并非易事一桩。或如锺书氏所言，它也"是不可实现的理想"，亦未可知。

风格、神韵，或曰"精神姿致"，话说得尽管缥缈，其实也是必须有着具体的、物质的支撑的，而这支撑，笔者此刻能够想到的，还是文字。包括：

1. 句式、断句。如长句、短句、倒装句、插入句，等等；
2. 词语的温度、色调、品位（是雅是俗），等等；
3. 文体。是美文调、平白调，还是幽默调、讽刺调，还可以想象大约可能有平铺直叙、冷面滑稽、慷慨呐喊、轻声慢语、皮笑肉不笑，等等。

这些，应当都是支撑"神似""化境""神韵"的具体物质材料。

对此，虽然人微言轻，笔者也曾不顾鄙陋、不揣冒昧，不止一次地表明过个人的主张。

施小炜：我以为译者应当压抑自己、凸显原著，这是译家美德。喧宾夺主、哗众取宠，不足取。然而译家也是活人，自家的"语言风格、思维习惯、知识结构"难免按捺不住，要影响翻译行为。因此，尽管我们将"原味再现"当作既定目标，但百分之百的"灭己扬他"实非可能，因而译文只能追求无限地接近原文，绝不可能等同于原文。

我在翻译时也没有特别的诀窍，只是跟着原文的感觉走而已。

<u>他老实，咱也老实；他俏皮，咱也俏皮；他花一下，咱也花一下；他拽古文，咱也拽句古文；他撇洋文，咱也撇句洋文。如此而已。</u>

（《新京报》2018-03-24，下线系引者所加）

现在笔者还想再加上个两句：

他笑，咱也笑；他哭，咱也哭。原文用热词，译文也用热词；原文用冷词，译文也用冷词。原文是长句，译文也用长句；原文用短句，译文也用短句；原文是倒装，译文也用倒装；原文用插入句，译文也用插入句。

亦步亦趋，没准儿最能体现原作的风韵、神髓，亦即傅雷氏所云之"原文的意义与精神"、钱锺书氏所言之"精神姿致"、朱生豪氏所谓的"原作之神韵"，亦未可知。

窃以为，倘使"形似"做到了，于是随之也就"神似"了，也就"化"了；"神韵""韵味"也就随之而来了。

总之,神似也罢,化境也罢,风格神韵也罢,终究还须落到实处。
而那实处,非他,就是实实在在的文字。

在刘禹锡的《送僧方及南谒柳员外》一诗中,紧接着锺书氏所引用的"勿谓翻译徒,不为文雅雄"二句,便是该诗的收尾:"古来赏音者,燋爨得孤桐。"这结尾一联,不知何故锺书氏并没有引用。而其实,笔者以为,若将这两联四句联系起来读,恰好可以较完整地看出刘禹锡对于翻译一事的态度来。

按:燋,此处或当读若 zhuó,古文通"灼",意即"火烧";爨,音 cuàn,此处亦应作"烧"解,或解作"烧火做饭",亦于义无碍。孤桐,语出《尚书卷六·夏书·禹贡》:"峄阳孤桐。"孔安国传(炜按:此"传"字意即"注")曰:"孤,特也。峄山之阳,特生桐,中琴瑟。""孤桐"一词遂被后人用作琴的代称,此处当指古代的名琴"焦尾琴"。《后汉书·卷六十下·蔡邕列传下》云:"吴人有烧桐以爨者,邕闻火烈之声,知其良木,因请而裁为琴,果有美音,而其尾犹焦,故时人名曰'焦尾琴'焉。"

此联的意思不妨解作:自古以来,真正懂得音乐的人,就是从已被烧焦、几遭毁弃的东西中发现良材,谱写出美妙的音乐来的。

结合上一联,可知刘禹锡是借了"孤桐琴"来比喻翻译,强调了恰恰正是在历经磨难、看似焦头烂额不忍卒读的译文("燋爨")之中,真正的行家里手("赏音者")能够演奏出("得")妙不可言的美("孤桐")来。而能够做到这样的"翻译徒",如若不是"文雅雄",那又是什么呢?

啊呀且慢,如此解来,这两句诗岂不是成了证明刘禹锡乃是"投胎转世"的化境说与"弃形求神"的神似说以及"审美忠实"的神韵说的遥远先声了吗?情形似乎不太妙啊,还是就此打住为是。

2019年4月9日于杉达苑安得堂

月　　　旦　　　篇

文学奖项知多少

日本的文学奖究竟有多少种？我只能回答一个字，曰：多！而至于具体数字，据说甚至连业内人士（此处指置身于小说业界的人）也做不到全数掌握，只能笼统地估摸，给出的答案自然难免含糊其词：至少不下五百种。普通的日本百姓自然就更是不明就里了。公元2000年凭着一部《理由》摘取了第120届直木三十五奖的宫部美雪姬曾经说过这样一个笑话：为了庆贺她的获奖，全家小聚一次。姐姐为此特意去附近的鱼行买了一条鲷鱼——那是日本人遇到喜庆时必吃的玩意，不是为了味美，而是因为"鲷"的日文发音听上去与"喜庆"一词的后半截相同。鱼行主人殷勤地询问有何喜事？答曰妹妹得了直木奖。热情的鱼行主人连声道贺，并好意地预言"明年该得江户川乱步奖啦"。最后抖出的包袱是，其实宫部美雪姬担任江户川乱步奖的评审委员已经有好几年了！

直木奖是文艺春秋社的社主、大正与昭和前期长期执日本文坛之牛耳的菊池宽于1935年设立的，旨在奖励大众文学创作，同时设立的还有芥川龙之介奖，这是奖给纯文学作家的。二奖每年一月和七月评选两次。而这样做的真意所在，其实是出于确保出版商的利益。在日本出版界，历来就有"二八危机"一说，即每年到了二月和八月里，图书总会出现滞销，卖不动。于是作为书商的才干远远胜过作为小说家的才华的菊池宽，便想出了这条设置小说奖、炒作轰动话题、吸引公众眼球、刺激购书欲望的妙计来。此计果然大获成功，两奖每度的获奖作品总能留下不俗的营销成绩，最强有力的例证是去年（2003年）绵矢莉莎的《欠踹的背影》，获奖后发行量直线飙升，一部纯文学奖的获奖作品竟破天荒地热销131万部，打破了芥川奖的畅销纪录，占尽了风光。不过此书并非文艺春秋社出版，而是由另一家叫作河出书房新社的出版社推出的，芥川奖结果是为人作嫁。不过菊池的本意也许正是要造福整个日本出版业，亦未可知呢，他给主持两奖的机构所取的名字就显示出了足够坦荡开阔的胸襟，叫作日本文学振兴会。何况文艺春秋社也有出版人家的获奖作而获利的时候，如攫走谷崎润一郎奖桂冠的《老师的提包》，普通版原来是平凡社出的，可便携文库本，即改由文春来出了。终于是利益均沾皆大欢喜。

然而日本文学振兴会名头固然十分地冠冕堂皇，其实质却几乎是个"幽灵会社"——皮包公司，连一个专属的职员都没有，仅仅在文艺春秋社的一间会议室门口挂了块牌子，全部事务皆文艺春秋社的职员承担。他们负责推选提名作，交与由著名小说家担任的评委（芥直二奖各十人，终身制）审阅，最后这二十"大家"聚集在东京筑地一家名叫"新喜乐"的高级日式餐馆——曾拜读过两篇国内的报道，竟想当然地将"新喜乐"一个说成是"剧场"，另一个说成是"礼堂"，显然两位作者都没有弄明白日文"料亭"一词的意思——饱餐痛饮之余，投票决出获奖作。因此这两项坊间知名度最高的文学奖，不妨说实质上是文艺春秋社的奖。

虽然是以奖掖无名文坛新秀为目的的新人奖，芥川直木二奖却不同于公开征募的文学界新人奖、群像新人文学奖、思巴庐文学奖，不接受应征投稿，而是由评选方单方面地从业已发表的作品中甄选，而且最终获奖作每每已经赢得过其他新人奖，从而显得自己的权威远远凌驾于众多其他新人奖之上。实际上，真正承担起发掘无名新人重任的倒是那些公开征募的新人奖，而直木奖早就背离了文坛新人"登龙门"的宗旨，索性在其"规约"中删去了"新人"二字，芥川奖也每每越界，将颁奖对象扩展到了成名已久的"中坚作家"，去年金原瞳、绵矢莉莎和毛布诺里傲的得奖毋宁反倒给人以例外的感觉。这大约是因为仅凭一两篇作品来评骘他人、预断其前程远大乎抑或可忧乎并划分档次订出个三六九等来，是件艰巨异常的苦差吧。事实上评委"大家"们大约是相面算命的本事尚欠火候，当年就未能看出青年村上春树的潜在才华而错过了将正奖手表一只副奖日元一百万颁给这位后来红遍了半边天的巨星的机会，而遭诟病至今，被指责为芥川奖历史上的"一大污点"。被认为该得而未曾获得芥川奖的重量级作家，此外还有岛田雅彦和高桥源一郎等人。日前刚刚荣获第一百三十二届芥川奖的阿部和重已然年届三十六岁，创作水准早有定评，其长篇小说《辛赛米亚》去年还捧走了以中坚为对象的伊藤整奖，此前也已三度入围芥川奖获得提名，却均遭屏退。对此，批评界一直有人怒骂是"重罪"。而面对成名十一年之后方才姗姗来迟的"新人奖"，得主本人固然高兴，同时又觉得哭笑不得，直率地坦称大有"违和感"。

　　文学奖不单拯救出版业，而且对靠卖文维生的作家们来说，无疑也是一种救济。尤其是对著作不太好卖的纯文学作家而言，一百万日元的奖金虽然只能解救燃眉之急，某某奖得主的名声却往往有助于为他们的作品打开销路，开拓锦绣前程，保障创作环境的稳定。遗憾的是，有幸获奖者永远只可能是少数，而且获奖常常是在他们早已摆脱了困境之后。对此，多年前的诺贝尔文学奖得主萧伯纳似乎深有体会，他解嘲说：Nobel Prize money is a lifebelt thrown to a swimmer who has already reached the shore in safety. （诺贝尔奖奖金是抛给游水者的一根救生索，而这位游水者已经安全游到了岸边。）的确，如果从救济的角度来看诺奖的话，它完全就是锦上添花雨后送伞。然而对作家们来说，它毕竟是"最后的奖"，而作为作家生涯"最初的奖"，新人奖恐怕还是应当以雪中送炭为至高宗旨。

文学奖幕前幕后

好像有个说法叫"小政府大社会",倘借来描述日本的"文学奖事情",倒可谓一语中的。在日本,文学奖名目繁多数逾五百,却几乎全是民间设立的,来自官方的只有一项"艺术选奖",以文部科学大臣的名义每年颁奖一次。再就是紫绶勋章和文化勋章了,后者还附随着三百万日元终身年金的特别恩典,依稀记得在哪儿读到过,获此勋章者还可享受免费乘坐列车头等车厢的礼遇。如此厚待,远非民间所能负担得了。不过两勋章对象涉及文化全般,并不限于文学。且授勋记功无疑是政治色彩浓烈的国家行为。小说家大江健三郎氏成为日本第二位诺贝尔文学奖得主后,首相府也挤上来凑趣示好,慌不迭地将当年度的文化勋章颁赠予他,不承想这位自由派知识人毫不领情,竟公然表示拒绝,官府白讨了个没趣却也无可如何。然而这般不识好歹拒不配合,自然令右翼们怒不可遏,因为该勋章乃是由日本天皇本人亲授,在右翼们看来,"臣民"——此词多年不见,还以为早已成了死语,不料却见现任芥川奖评委石原慎太郎君每年元旦去皇居门口签名遥拜新年时,总是诚惶诚恐地自署"臣石原某",方知道这世上就是有那么些人天生得贱,好端端地无人强迫却争着以俯首称臣为乐事,满脑子的"臣罪当诛兮天皇圣明",而偏偏又口口声声"生而平等",还端足了架势要去维护别人的人权,令人莫名其妙。此君与大江氏的高下由此亦可见一斑:坚持独立人格的大江氏似乎对来自体制的收编十分警惕——只有感激涕零的份,居然胆敢拒绝便是"大不敬",罪该万死还有余辜呢。

不过艺术选奖也罢文化勋章也罢,其实无非是政府表示重视文学文化的一种姿态,若论对文学事业发展的实际贡献,则远非民间的文学奖所能比拟。尤其是民间的各类文学新人奖,不仅给了初出茅庐、急需获取文坛通行证的新秀们以自信,而且一笔数目说大不大说小不小的奖金,在他们而言也不失为实实在在的物质支援,于挣得相对稳定的创作环境不无小补。因此,民间文学奖不唯数众势大,更无疑是当之无愧的引导并推动文学进程的主流。

从名称上看,日本的文学奖以两类为最多,一是冠以作家名者,一是冠以杂志名者。前者从古人紫式部直至今人小松左京,甚至因吸毒获罪身陷囹圄正在服刑的角川春树,包括在我国亦广为人知的芥川龙之介和直木三十五,随意数数便超出了四五十。后者则多为新人奖,权威的有文学界新人奖、群像新人奖、思巴庐新人奖、文艺奖、新潮新人奖等等,这些奖均面向全社会公开征募,对象为未经发表的新作。最被看好的是文学界新人奖,因为《文学界》系由文艺春秋社主办,而文春社又是号称作家登龙门的芥川奖主办单位,因而被视为离芥川奖最近的新人奖。群像新人奖也由于发掘出了"两村上"(村上龙和村上春树)而备受瞩目,年初掠走芥川奖的新科状元阿部和重也早在十年前便被群像新人奖巨眼相中,识才知人早有定评。文艺奖虽未冠新人二字,却也是新人奖,因其长于"放青苗"而获另眼相看:当绵矢莉莎还是一名17岁的高二学生、文字尚不脱稚气时,就是《文艺》看中了她的"将来性",果断地将第38届文艺奖颁给了她。而第40届(2003年)文艺奖的三位得主中,羽田圭介又是17岁的高中生。

形形色色的文学奖中,最有故事的当为新人奖;变数最大、最易走火的却也是它。而新人奖不仅对于有志创作的文学青年是个考验,对于评委们来说,也是其文学理念、阅读品味、发掘人才的眼力经受高度考验的试金石,一不小心看走了眼投错了票,便会落下供人嗤诋的笑柄——批评界里等着看笑话的人不要太多！然而大概是因为太忙，上了些年纪的评委往往除了提名作之外，根本就没看过同一作者的其他作品，甚至有人连提名作都不曾细读便飞身上阵。从前黑岩重吾在世时出任直木奖评委，此人行事认真，总要研读了提名作家的不少作品后再去投票，于是其他评委们便纷纷从他那儿打听小说梗概。自黑岩一死，据说直木奖便很有些"难以为继"的气味了。

评委大家的有色眼镜，不可避免地会影响奖的取向。直木奖评委渡边淳一在日本有个著名的雅号叫"下半身专家"，此公对提名作的关注，每每也集中于"下半身"，如对东野圭吾《信》不满的理由是认为其不真实，并循循善诱地具体举例点拨指教："我的小说读者中有一位死刑囚，他给我的来信一言以蔽之，便是：想跟女人干。既然是写小说，起码应当确保这么一点真实的底线"。东野可恶，居然敢抗旨不从。对横山秀夫，渡边专家也建议他将《半落》结尾改写成嫌疑人自首前去新宿嫖娼，这样才"更真实些"。此公的方程式简洁明了：真实＝下半身。

日本的文学奖一般都由正副两部分构成，正奖为纪念品，副奖才是奖金。像芥川奖正奖为怀表一只（常遭嘲笑说太老派不入时，如今还有啥人身佩怀表），副奖为日元一百万（我也觉得仅此副奖便足矣，那正奖嘛，无它也罢。甚至疑心当初是否将正副两字用颠倒了——姑且打住，险些露出贪爱阿堵物的马脚来了）。最有趣的要算讲谈社的推理小说杂志《梅非斯特》主办的梅非斯特奖，既无奖状又无奖金，只发一个时有时无的正奖——福尔摩斯雕像。这像本是《梅非斯特》的主编去英国旅行时，在伦敦贝克街的福尔摩斯纪念馆花八英镑一尊买回来的。买了五六尊，准备当礼品送给编辑部同仁，孰料竟被改派了大用场，此像也不知是如何修来的正果。然而不久即告赠罄，于是乎竟出现了领不到奖的不幸获奖者。此后每逢有出差去伦敦者，便托其人代为购进。由于《梅非斯特》的成批采买，居然导致该像涨价，据说现已升至十二英镑一尊云。市场杠杆真不含糊，立竿见影。

"他人就是暴力"
——漫话第133届芥川直木二奖

最近一段时间,导致日本传媒连日倾巢上阵,报刊与电视连篇累牍地滚动报道,独占了大众眼球,整个社会为之沸沸扬扬的,是一桩以因特网上的自杀网站为舞台发生的连续杀人血案。家住大阪的一个名叫前上博的三十六岁男子,在自杀网站上结识了某女青年,遂伪称自己也有自杀的强烈愿望,发伊妹儿邀约对方一同结伴自尽,却一面暗自准备好作案凶器,俟该女子依言前来赴约,便捆绑住其手脚,用手掌堵塞她的口鼻,花上约一个小时慢慢地将她活活闷死。其间又是录音又是录像,忙得不亦乐乎,兴高采烈地细细观察受害人窒息气绝痛苦死去的完整过程。随后又用相同手法,残杀了另外两名男子。此案之所以引起轰动,想来便是因为嫌犯超乎寻常的嗜暴好虐吧。其实,类似的暴力凶杀案可谓层出不穷,屡见不鲜,长期以来几乎天天都搅得媒体热闹非凡。其中较为引人注目的,单是近期,就还有一高中生刺死亲生父母案、某中年地方公务员斩杀妻儿孙女案等,不遑枚举,光怪陆离,骇人听闻,令我辈不能置一词。

日复一日地耳闻目睹此类报道,笔者难免便会自然而然地以为"中村文则现象"乃是代表着文学对于社会现实的反映。这无疑与笔者的教育背景有关:直至大学毕业,笔者一直在坚持文学反映论。而这"中村文则现象"一词,则系笔者自创,意在为便宜计,用这较为简短的表达(六个字)来指称描写暴力主题的小说备受文坛宠爱、获得高度评价甚而至于屡屡擢取文苑重奖的日本文学新（？）现象。

暴力，乃是小说家中村文则一以贯之的主题。现年二十七岁的中村，在读大学四年级时开始尝试写小说，自称原本便对"犯罪性的、背离常轨的存在"深感兴趣，立意要自己动手去刻画描绘，此乃推动他走向文学创作的契机。而这一动机底处潜流着的，是来自陀思妥耶夫斯基《地下室手记》的冲击，多年之后，初读时的那强烈感受依然萦怀不散——"小说居然能够将人类的绝望表现到这种地步！"此君初登文坛的出道之作标题就一针见血地极具象征性，竟叫作《枪》！

昔年谪仙李太白据说少时曾"梦笔生花"，今日东洋青年中村文则却似乎不妨说是"梦笔生'枪'"！而破门直闯、横冲直撞地杀进文苑的中村青年手中所持的这把《枪》，果然杀伤力非凡，不费吹灰之力便将知名度甚高、影响力拔群的新潮新人奖抢夺到了囊中，而且还荣获提名，跻身当年度（2002年）芥川奖候选作之列。虽然惜乎最终与芥奖失之交臂，然而初入江湖第一《枪》便一举击落了一项文坛重奖凯旋，这一事实非他，应当说恰恰表明了文坛对中村所情有独钟的暴力主题的认可与嘉许。于是乎，信心大增的中村从此一发而不可收，接二连三地推出了篇篇以暴力为主题的小说，并且一而再再而三地掠走了一个又一个的文学奖：2003年《遮光》再度赢得提名，入围芥川奖竞逐，并于翌年荣获第26届野间文艺新人奖；2005年《恶意的手记》荣膺第18届三岛奖提名，又以《土中的孩子》第三度入围角逐芥川奖，并且——依照日本人的说法叫"三度目之正直"，意思大约是说试到了第三次总应该修成正果了，略类我们中国人说的"事不过三"——终于一枝独秀压倒群芳，踏上文坛仅二年有半，便夺走了第133届芥川奖桂冠。当之无愧地称得上是快枪手一个。

《土中的孩子》情节十分简单，甚至不妨说毫无故事可言——当然，作为典型日本式的"纯文学"作品，作者中村大概原本就没打算讲故事。依照日本人的文学观念，似乎"纯文学"追求的是对人性本质的探索，至于讲故事嘛，则要摊派给"大众文学"去做了。而在我们中国人看来，对人性本质的探索与讲故事,二者恐怕并非势不两立、无法共存;我们所习惯的,大概毋宁是通过讲故事来探索人性的本质;我们所信奉的,似乎是小说家应当运用具象的故事而非抽象的概念来进行思考,即所谓形象思维是也。闲话休提。《土中的孩子》是一部第一人称小说,二十七岁(与作者同龄!)的主人公"我"被设定为浅尝辄止地干过多种职业又觉得不对脾胃而逐一半途而废的出租车司机,自幼便遭生身父母遗弃,由亲戚收养,而养父养母却对"我"百般虐待,暴力如同家常便饭,成为"我"日常生活的一个组成部分,久而久之,"我"对外部世界的全部认识便收敛于一句话之中:"他人就是暴力。"(显而易见是活剥萨特的名句:L'enfer, c'est les autres)于是在"我"的心里萌生出一种对于暴力的"依存",伴同"我"一起渐渐长大,如今的"我"也时时会有意无意地去讨打找揍,并无法抑制隐隐约约的对于死亡的冲动。与"我"同居的白汤子也是一个十分不同于众的存在,自从大学时代被恋人抛弃而生下死胎后,就染上了性快感阙如症,极度地性冷淡,性行为于她而言也许只是谋生手段之一而已——眼下她刚遭裁员,没有固定的收入,只能依附男人。她疏懒慵惰,诸事咸无所谓,仿佛彷徨梦游在自觉性的对死的憧憬和下意识的对生的执迷之间。两人都给阅读者以强烈的 masochist(受虐狂)的印象。遇上劫车贼险些死于非命的"我",在驾车高速逃跑途中手忙脚乱撞上了护栏,车毁人危,而此时白汤子一反常态,抱着伤痛之躯忘我地看护"我",唤醒了"我"对生的眷恋。

上述情节是笔者依据时间轴线整理出来的,原作的叙述却着意将时间链条截断、粉碎之后再重新铸炼,忽而倒叙忽而插叙,顺序颠来倒去;故事单纯得几乎没有,叙述手法却复杂得无以复加。让人无端地恶意揣测中村君大概是要把该作品当作小提琴协奏曲中的华彩乐段,着力去展览自己技巧的不同凡响。

与故事的简单平直相匹配,登场人物也能省则省,少之又少,有台词者仅为三人,除了"我"和白汤子外,第三个是看着"我"长大成人的孤儿院院长山根。这是唯一不仅不向"我"施暴、还时时处处给"我"以关怀和助力的他者。然而,中村的文学是要通过暴力去认识和表现世界的。"战争。虐待。我想从被害者的立场出发去写充溢于现代的、不负责任的暴力。"他如是表述道。然则人与人之间的张力关系有时并不仅仅是单向的加害＞受害那般单纯。"我"每每在饱受痛殴暴打之后,喜欢满身疮痍、鲜血淋漓地回到家里与白汤子同床,而这样一种行为对于性冷漠、毫无快感的白汤子来说,是不是近乎暴力呢?山根院长希望"我"成为一个"普通"的人,过上"正常"的生活,而这样一种"教导"与"关怀",会不会其实是要求"我"乖乖地屈服于普遍的、传统的道德的收编和束缚,是针对逸脱出社会常识所能认可容纳的范畴之外的"异常者"的"道德暴力"呢?

而从一般欣赏(enjoy)的角度视之,这部小说很难说写得好看。第一是暴力场面的描写冗长拖沓,阴晦而暗昧,读来气闷。第二是小说写得过于观念化。人物不无观念的影子之憾,堪称小说主眼的、"我"遭受殴打时的感觉也写得十分观念化。第三即如前述,该小说缺乏故事性,几无情节可言。笔者仿佛看到新进气锐的文坛新秀中村君端足了架势,鼻息逼人:"爷们可是探求人性本质的,写的是高级艺术品。跟你们要求啥可读性,别太庸俗!"笔者还觉得似乎可以从中窥觇中村君的芥奖攻略术:盯准暴力＝内省主题猛攻不舍!现任芥奖评委们似乎不无认定人性内省即等于暴力主题的倾向,专攻暴力恐怕难逃投合评委所好之讥,然而从结果来看,这一攻略术无疑十分行之有效。

回顾近年来的芥奖获奖作品,简直不妨说大有暴力小说的 on parade 之观:第129届的《金线虫》(吉村万一著,2003年)写得鲜血淋漓,疯狂而暴戾,通篇充斥着暴力;第130届的《裂舌》(金原瞳著,2003年)活写热衷于裂舌、刺身、穿耳等自虐倾向昭然的身体改造的一代年轻人,自然也少不了斗殴凶杀的场面,字里行间满溢着戾气;第131届的《护理入门》(毛布诺里傲著,2004年)虽是讲述护理卧床不起的祖母的温情故事(照例缺乏故事性),可戾气勃然的叙述语言却也充满了暴力和自虐,仅举书中那句明显有侵犯笛卡尔关于存在的著名定义"I think, therefore I am"知识产权之嫌的警句,便可窥斑见豹——Everyday I die, therefore I am. 证明生的理由居然非得把死搬将出来不可!而现役芥奖评委十人,包括刚刚宣告退阵的古井由吉、此次因病缺席的三浦哲郎,整套班底多年来未曾更换一兵一卒,亦即是说,如今依旧是制定了内省=暴力主题的原班人马在把持着芥奖的评定,执掌着生死予夺的权柄。倘若作如是观,则中村君攻略术的大获成功,便是极易理解的事了。只是还有一桩事实值得瞩目和深思:前述那个嗜血成性的杀人魔王前上博,向警察招供称,用手掌堵塞被害人的口鼻,将其慢慢闷死的作案手法,竟然是受到了幼时爱读的江户川乱步推理小说的启迪。噫吁嚱!作为现实反映的文学,竟被用来当作了指导现实犯罪的指南。读到这篇报道,不知道亲爱的暴力小说制造者与倡导者们可曾心中感受到些许的警醒和自责?而笔者阅读《土中的孩子》时的感受唯有四个字:不忍卒读。脑中一再浮现出以前曾在某处引用过一句毕加索:We all know that art is not truth. Art is a lie that makes us realize truth. 心里却直想就此放弃了反映论,亟愿中村君的"艺术"不是现实的反映,而真正是一个不掺水分的"谎言"!

　　相对于芥川奖的始终不渝、坚守纯文学路线,直木奖则似乎已经改弦易辙、作了不小的轨道修正。众所周知,当初文艺春秋社主菊池宽创设直木奖时,给它的定位是"大众文学新人奖"。然而曾几何时,直木奖已经从它的"规约"中删去了"新人"的字眼,多年来的获奖者也多为早已名满天下的大角,许多人甚至已经著述等身堪称巨擘,至少也被目为文坛中坚作家。在这一点上,芥川奖则常常表现得飘忽不定、左摇右摆,名目虽然一仍旧贯依然称作新人奖,而往往获奖人却大大地溢出了"新人"的范畴。即以今年为例,下半年得主中村文则年方廿七,出道仅二年有半,果然还应算作"新人";然而上半年(132届)阿部和重的获奖,却已是在初入文苑十载之后,此时他年届卅六,囊中也早就收进了伊藤整文学奖、每日出版文化奖等重量级奖项,再呼之为"新人"恐怕就很有些勉为其难了。其次,如今的直木奖也已经不再仅仅是颁授给"大众文学"的奖了。这一点,只须检点一遍近年来的获奖者名录便可心领神会,比如说第130届(2003年)得主江国香织就一直被公认为一名纯文学作家,与她合作共同写作双体小说《冷静与热情之间》的辻成仁便是一位芥奖得主(116届,1996年),这一事实,大约便可作为一例明证——顺便提一句,辻成仁的获奖作《海峡之光》主题也是描绘隐藏潜埋于人性深层的暴力。纯文学大众文学不分畛域兼容并包,于是,直木奖便赋予了自己面向全体文坛的综合奖项性格,暴露出了觊觎文学最高奖地位的"野望"。

然而今年下半期(第133届)直木奖却大大表现出了重返初志回归本宗的意思。现年四十二岁的本届得主朱川凑人,论年纪虽比芥奖得主中村大出一轮且有余,但二人出道却差不多同时,因而恐怕同样也只能划归新人的队列;而且朱川氏始终如一,走的是正统的大众文学——时下的日本批评界普遍地更喜欢使用英文entertainment的讹音"因他太闷"一词——的路子。他于2002年发表第一篇小说《猫头鹰男》,赢得了第41届全民读物推理小说新人奖;翌年又以《白屋月歌》擭走了第10届日本恐怖小说短篇奖。第一部短篇小说集《都市传说》2003年甫一问世,即获得了入围竞逐第130届直木奖的殊荣。总之,出道虽晚,可是朱川氏的文学航路却不可不谓一帆风顺。

这位"因他太闷"的作家,小说写得可丝毫也不"闷"。摘取了本届直木奖的《花花饭》是其第二部短篇集,共收入六个短篇,篇篇都远较《土中的孩子》写得好玩且有故事,读来引人入胜。六篇小说各自独立,情节人物彼此并无瓜葛,但舞台却是统一的,皆以大阪市内的寻常巷陌为上演地,时代背景也一律设定为昭和四十年代,即1966至1975年间。六篇作品还有一个共通特色,那便是谈鬼说怪,因此被批评界称作"现代怪谈"。日文"怪谈"一词系指称《聊斋志异》类的故事或小说。然而朱川氏并非纯粹描写魑魅魍魉妖魔鬼怪生存其中的异界,而是在人类的日常生活中融入了幽灵、异类和魔咒,在这些小说中,异界和此界之间不存在明确的界限,幽灵和异类畅通无阻地游移于人类世界,魔咒自然而然地形成了人类生活的一个部分。如是,朱川氏的"现代怪谈"不仅没有游离于日本社会的现实之外,反而能够借助谈鬼说怪,更自由、更深层地反映社会现实,而且每每能触及日本社会的暗部,难能可贵,因而尽管爱用超现实超日常的谈鬼说怪作为构筑作品的重要装置,其小说却反而能够率真地、深入地表现人和人性。

开卷第一篇《托卡比之夜》的主题便是对日本社会中根深蒂固的歧视排斥在日朝鲜人现象的揭发与批判。小说透过年方八岁的"我"这样认识周遭的世界:"对于持外国国籍的人的歧视与偏见虽然至今依然存在,但是在三十多年之前,情形则更为严重。在那个时代,荷曳着战前战中错误认识的人尚为数甚多;将与自己不同的人无端地看得极低,以此满足廉价的自尊心,这样一种精神上的贫困依旧横溢于社会的各个角落。这也理所当然般地存在于性情温顺的死胡同(该作品的舞台。炜注)居民,甚或是我父母亲的身上。"这样的认识源自作者朱川本人的亲身体验:他正是在大阪度过了难忘的童年时代,印象强烈。他在解说自己的创作动机时说道:"近在身畔,耳闻目见。既然从事小说创作,如果辟而不揭这歧视的现实,在我而言难道不就是虚言欺世吗?"表现出了作家高度的道义感。

这篇小说的主人公祯和是个七岁小男孩,由于家里是朝鲜人,周围的孩子们在父母的教导下都刻意疏远他,加之体弱多病,遂常常闭门不出,以至于"我"搬来这死胡同住已经两个月了,居然连祯和的存在都不知道。因为一个偶然的契机,"我"成了祯和的唯一玩伴,但是周围的大人不时会好心地忠告"我"少跟祯和一家人玩耍为好,所以实际上"我"最多一个月才跟祯和玩一次,而当其他小朋友明显地欺负他时,"我"也只能装聋作哑。半年后,祯和死了,不久,死胡同里便开始闹鬼,家家不宁人人惶恐,大家都在背地里议论说是死去的祯和作怪。祯和的母亲只得挨家挨户登门致歉,还奉送红辣椒,说是挂在门窗上便可以避邪,镇住自己儿子死后化作的小鬼"托卡比"……生前遭受歧视,死后也不得安宁,而做母亲的还得身不由己地得帮着邻人驱逐自己儿子的魂灵，这是何等的苦痛啊！倘非"怪谈"，则对种族歧视现实的批判恐怕就写不到这份深刻上。

第二篇《妖精生物》写得颇有些像高尔基的小说。十岁的女孩"我"家里开着一个小小的建筑行，父亲数年前干活时从房梁上摔下来，骨盆骨折，从此右大腿根活动不灵，导致整条右腿几乎不能弯曲，只能干些简单的轻活。一天家里新雇了一个名叫大介的青年，在父亲手下干活。此人身材高挑相貌俊秀，一头鬈曲的长发，长得如同流行歌星一般，情窦初开的"我"不由自主地喜欢上了他。然而突如其来地，母亲竟不辞而别，抛夫弃子离家出走，跟着大介两人私奔了。在这个充满高尔基式现实感的故事中，朱川还别出心裁地穿插进了一个超现实的副线："我"从某个神秘兮兮的男人手上买来一个据说是由魔法师制造的妖精生物，那男人声称这养在瓶子之中、如同红茶菌般的生物能够给饲养者家里带来幸福。然而最终得到幸福的是母亲，"我"却只得到了破灭和不幸。一怒之下，"我"拿刀斩向妖精生物，从它那被割破的表皮下面竟然探出来一个小小的、丑陋的老人脸，口中还发出哈哈大笑声！"我"又惊又怖，手忙脚乱地抓起它来直奔河边，将它扔进了河水里。细读之余，人们感到与其说妖精生物是被用作建构鬼怪故事的装置，毋宁说作者是采用象征手法，借妖精生物为象征，用以暗示性和情的欲念。

第三篇《摩诃不思议》是篇幽默小说。在送葬的途中，载着叔叔遗体的灵车突然熄火，查来找去寻不出任何毛病，而灵车就是纹丝不动。直到将叔叔不为人知的秘密情人匆匆喊来，灵车才又起动。然而驶不多远却再度停下，原来叔叔还有另外一位秘密情人没有到场……故事滑稽可笑，意外迭出，妙趣横生，人物也刻画得灵动传神。第四篇《花花饭》写的是人的转生轮回，将一个荒诞不经的故事讲述得逼真而动人，在静谧之下掩覆着的是悄然的恐怖，字里行间却飘逸着温馨的亲情。第五篇《送终婆》透过能够致人于死的咒文，来表现对生死的思索，还穿插了一个关于战争的小插曲，从中似可读出作者的批判意识。

第六篇《冻蝶》是该集子中的翘楚白眉，堪称一篇杰作。读小学二年级的"我"自小便受到同学的排斥和欺侮，是个孤寂的孩子，于是不知不觉之间，"我"最喜爱的游玩场所就变成了公共墓地。在那里"我"遇到了一个美丽的十八岁少女美羽，看上去像个高中生，可她自己说在附近的咖啡馆里工作。每个星期三，性情温柔的美羽都约"我"在墓地会面，一起玩耍。"我"起先不无恐惧，疑心她会不会是鬼魂。然而"我"哪里知道，其实她是因为家境贫寒，从故乡冲绳来到大阪，在风俗店里靠倚门卖笑为卧病在床的弟弟挣取医药费。冬日的一天，墓地里违迕季节地欻忽飞来了一只蝴蝶，美羽见了便号啕痛哭，告诉"我"说她和弟弟约定好的：等病治好了他就会来大阪看望姐姐，万一治不好，他的心也会化作一只蝴蝶，飞来跟姐姐会面；这只蝴蝶一定是弟弟，他肯定已经死了……

同样喜爱导入超现实的要素，调治超日常的题材，然而朱川氏的"现代怪谈"却迥异于好莱坞式的"奇幻文学"（fantasy），他没有设定一个 happy ending，他没有轻易许诺一个缺乏现实依据的玫瑰色的解决方式，他不惮于还灰色的日常以其灰色的本色。这，笔者以为，恰恰表明了这位小说家的近乎愚拙的真诚和严肃。

朱川氏在其作品中所一再言及的日本社会中的歧视、排异、欺侮弱者等现象，尽管常常并不一定伴随着公然的暴力形式，却无疑是一种无形的社会暴力，而且往往是一种众人参与的集团暴力。在这层意义上来看，本届芥直二奖的获奖作，似乎不无彼此相通之处。

然而，莫非真的"他人就是暴力"了吗？平心而言，笔者可不太甘心毫无抵抗、毫无批判地相信并接受这样一个命题。读者诸贤意下又如何呢？

2005 年 8 月 18 日星期四于呷奔国暗疏乡红木山房

"一个出人意料的结局"
——第134届芥川奖·直木奖评述

在日本人爱用的、来自汉语的表达中,有一个词叫作"毒舌家"——倒是国人似乎不太多用——意指唇枪舌剑、专好以冷言刺人的冷嘲家。对于那位大名鼎鼎的英国才媛 Virginia Woolf 而言,我想这样一顶桂冠大约是受之无愧的,比如说从她众多广为流传的语录中,很容易地就能找来"毒舌"味儿极其浓厚的这么一句妙言:Nothing induces me to read a novel except when I have to make money by writing about it. I detest them. 并非打算鹦鹉学舌拾人牙慧(我得先郑重声明则个,哪怕这辩解可能招致"此地无银三百两"的批判),但倘使略做更动,将此句中的"小说"一词换作"推理小说",庶几便与在下的情形颇有些相近了:除却儿时因为红卫兵们破四旧大铲毒草无书可读而偷偷地读过几本劫后余生的福尔摩斯、本科时为了练习日文而读了几本红极一时的森村诚一外,可以说再未曾与侦探小说打过交道。然而习相近性相远,我之所以不读推理侦探类,更多地仅仅是因为缺乏缘分而已,至多也只能说是不太喜欢(do not like)罢了,远谈不上伍才媛式的深恶痛绝。而这次时隔多年之后又开读推理,甚至一口气连读几部,却是出于和伍女士相同的理由,即为了撰写这篇小文。

让我时隔多年后再作冯妇的,是东野圭吾君的获奖。这位基本上主要写推理小说的作家,在六年之内五度获得提名入围最终评审圈而均告不果、尝尽了失望滋味之后,刚刚于本月17日成为今年上半年(抑或应当说去年下半年？因为其评选对象原则上限于上次评奖之后，即旧年7月以来发表的新作）直木奖的新科得主。众所周知，芥川和直木这两项每年1月和7月评选两度、在日本最受媒体和公众关注的文学奖，至此已届134回，在多如牛毛、数不胜数的日本各类文学奖中，历史最为悠久，资格最为尊高，俨然便是笑傲江湖的龙头老大了。当年菊池宽设立此二奖，其本意虽然在于拴住读者眼球，激活读书市场，但客观上确实也起到了奖掖后进提携新人，推动文学创作的作用。然而星移物换时过境迁，如今的直木奖不独早已将颁奖对象由文坛新人移向了"中坚"，而且广结良缘，不再拘泥于"纯文学"与"大众文学"（时下流行的叫法为借自英文的"因他太闷"——entertainment）的畛域，最近的一例明证便是与东野圭吾同期撷取了芥川奖的丝山秋子：这位三度获得此项纯文学奖提名却三度功亏一篑因而身心疲惫、不堪精神重负、甚至想过"此番倘若再度落选，今后就拒绝接受提名"、结果第四次终成正果的芥奖新主，就在半年之前居然还曾获得过上一届直木奖的提名（第133届，《逃他个狗日的》，2005）呢。

虽说这两大以无上权威为背景的奖项"玩的就是心跳"，但东野圭吾君却不得不创纪录地六度体验心的"狂跳"，其通向称霸直木奖的征程可真算得上是罕见地坎坷多难了，而此君心脏的坚强，也委实令人脱帽，看来无须杞人忧天地担心他会否染上心率过速的后遗症。其实出生于1958年、下个月即将满48岁的他出道已逾20载，早在1983年还在一家叫作"日本电装"的公司里做工程师时就开始业余创作，写了一篇题为《玩偶们的家》的推理小说投稿应征该年度的江户川乱步奖，尽管未能最终入围，却也突破了第二轮筛选。次年更以《魔球》过关斩将，闯进了最终一轮赢得提名，惜乎功败垂成未得蟾宫折桂。到了1985年，东野终于如愿以偿，凭《放学后》一举勇夺第31届江户川乱步奖，从而获得了驰骋文坛的通行证，遂辞去公司白领的职位移居东京，成为职业作家。1998年出版的《秘密》荣获了翌年的第52届日本推理作家协会奖，这是推理小说界举足轻重的大奖。迄今已出版的作品总数多达59部，虽然此君人高马大,身长高达180厘米,但即以平均一本书厚2.5厘米计,却也与名副其实的著述等身相去无几了,其中《秘密》、《湖畔》(2002)和《绑架游戏》(2002)还被改拍成了电影,而由《白夜行》(1999)改编的电视剧目下正在播映中。不折不扣,这是一位人气旺盛的重量级推理作家。舆论则早已将他视为"无冕之王",而直木奖在连涮五次之后才将一纸获奖证书颁赐予这样一位举世公认的顶尖高手,显然越发凸现了自己凌驾于众奖之上的群龙之首地位。

此次的获奖作《嫌疑人X的献身》写得果然十分好玩。恰如直木奖评委阿刀田高所指出的:"在推理界,'局计'(trick,指作案的计谋、骗局。炜注)早被写尽、无法推陈出新业已是常识,而该作品却高明地运用了颇富特色的'局计',成绩当在90分以上。"小说开篇便按时序展现杀人血案,明明白白将事件真相告诉了读者,从而巧妙地将读者的视线诱引向错误的方向,诱导读者误以为小说的主线是刑警与案犯之间围绕着"爱理白疑"(alibi,无作案条件)举证而展开的斗智。在便当店工作的花冈靖子再三受到业已离异的前夫慎二的敲诈勒索,已经忍无可忍,而女儿美里更是不愿忍受从前的继父对母亲的无耻纠缠和欺侮,一怒之下,随手拿起铜花瓶击中了慎二的后脑勺。恼羞成怒的慎二野兽般地疯狂扑向美里,挥拳狂殴,靖子为了救女儿而忘乎一切,顺手抄起电气熏笼上用的电线,从身后勒住了慎二的脖子。就这样半是形势使然,母女合力,杀死了慎二。于是这部厚达352页的小说,到了第25页便将一桩命案真相和全过程讲述完毕。母亲靖子本就性格懦弱(但凡稍微强硬些,大概也不会屡受业已离异的前夫无理敲诈了),女儿还只是个初一学生,两位弱女子如何应付这始料未及的突发事件呢?此时,小说奇峰突起:母女俩犹自惊魂未定,突然响起了门铃声。靖子无奈只得匆匆地拖过熏笼,胡乱遮掩在尸体上,一面抬手整理头发,一面强自镇静,小心翼翼地将门开了一条缝,门链当然不肯拉下来。来人是隔壁邻居、高中数学教师石神,此人是个数学天才,具有超人的逻辑推理能力,仅仅从门缝里瞥了一眼,加上刚才隐约听到的一些响动,便已判明隔壁人家发生了什么,而接下来他的举动更令靖子母女和读者们吃惊不已:石神居然毛遂自荐,主动提出要帮助母女俩处理尸体,并帮助她们制订方案瞒天过海,让一桩杀人血案神不知鬼不觉地蒙混过关——"请相信我的逻辑思考能力。"他打包票说。

靖子母女有如溺水者抓住了一根稻草,言听计从,诸事均按照石神设定的方案行动。孰知石神料事如神,此后的一切发展,诸如警方的调查、事件的推移,竟然都如同他事前设想的一模一样,母女俩遂得以应对裕如,从容不迫。案情毫无进展,警察束手无策,眼看侦破工作进入了迷宫。这时生性孤僻的石神唯一一位勉强可以称作朋友的大学同窗——他们其实也不过是在学生时代有过几次交谈、彼此互相视对方为同类罢了——汤川学突然对该事件萌生兴趣,于是全凭靠这位物理学副教授的出众天分,谜底才得以揭穿,案件圆满侦破。原来石神为了解救邻居母女,竟然定下偷梁换柱之计,于案发的第二天杀害了一位无辜的流浪汉,并将他毁容,甚至敲碎了其牙齿,再故意留下些许蛛丝马迹(不过分,以免引起警方怀疑是刻意为之),让警察确信死者便是慎二,李代桃僵。而因为作案时间错开了一天,于是靖子母女便拥有了完整无缺的"爱理白疑",回答警察讯问时,就可以从容自若了,因为她们只要实话实说便可,无须刻意撒谎。只是心下百思不解:警察为什么死盯着案发后第二天追问不休,却对犯案当天毫无兴趣呢?她们对于石神妙计的具体内容当然一无所知。

物理学副教授汤川学虽然推理出了事件真相(小说至此已近尾声),但并未将答案告诉好友、也是大学同窗的刑警草薙,因为他一方面对数学天才石神很有些惺惺惜惺惺,同时还觉察到了石神对邻室女性花冈靖子的一腔爱意,并且也料想到了死者慎二的种种不肖与无赖,于是他仅仅向石神暗示了自己已然洞察真相,暗促他自首,并将真情告诉了还蒙在鼓里的靖子。

石神从一开始便决心挺身代靖子受过,这也是他狠心杀人的理由之一:为的是自断退路。这位智力超群、思路明晰、对世间万事都待之以逻辑推论而拙于与他人交往的数学天才,对靖子的爱却是何等深挚!宁愿牺牲自己,却并不是为了将所爱者据为己有:当他察知靖子喜欢开印刷公司的工藤时,便毫不犹豫地建议靖子嫁给工藤,自己却依照预定计划去自首。为了爱而冷酷地戕害无辜,为了爱又果决地自人地狱,究竟是爱得无私呢,抑或是恰恰相反?实在难以一言断罪。作品构思奇崛,笔势峻险突兀,叙述峰回路转,运笔所及,力图超越大众娱乐小说低俗的"趣味本位"情节至上,深入人性中难以触及的皱褶,表现出了不凡的笔力。尤其是最后一个场面的描写颇具动人的力量:当自以为卫护靖子的策略大功告成的石神在被拘押的警署走廊里突然遇到前来自首的靖子,而后者跪在他的脚下哭诉不愿看到他一个人代己受过、要和他分担囹圄之苦时,一向如同冷血动物般情绪绝不外露的石神终于崩溃了。自己竭尽全力去卫护的对象,竟是自己完美无缺的计划中最为薄弱的环节,这位天才始料而未及。他绝望地双手抱头,如同野兽一般地仰天狂啸,吼不成声。他的悲鸣在长廊里久久地回荡……

"局计"虽然充满新意,但是应当说,这部小说在结构上却是十分传统,甚至不妨说传统得近于教科书。比如说美国的国家教科书公司出版的 *NTC's Dictionary of Literary Terms* 就将推理小说(Detective Story)的共通构成要素归纳为:"一个看似完美的犯罪;一个显而易见但却是不幸蒙冤的嫌疑人;蠢头蠢脑的警察;一个才情焕发、执着不懈但每每有些怪僻的侦探;一个对侦探崇拜备至的助手,他有时扮演讲故事者;一个出人意料的结局。"这些要素在《嫌疑人X的献身》中悉数包容。物理学家汤川学就是那个"才情焕发、执着而有怪癖的侦探",刑警草薙则颇有些蠢头蠢脑(起码与汤川相比是如此),唯有蒙冤的嫌疑人被更换为了李代桃僵的屈死冤魂。至于讲故事者被设定为第三人称局外人而非华生大夫式的助手兼崇拜者却也无关紧要,因为"有时扮演讲故事者",非他,正意味着"有时并非如此"。这本辞典还指出,很多"不朽的"推理小说都还塑造出了"独特且具有强烈个性的主人公(protagonists)",并举出亚瑟·柯南·道尔爵士笔下的福尔摩斯及阿加莎·克里斯蒂笔下的简·马普尔女士和赫尔克里·波洛为例。而东野圭吾似乎也在努力尝试塑造出自己的大侦探来：他的物理学家汤川学就曾经作为主人公在两本短篇集《侦探伽利略》（1998）和《预知梦》（2000）中登场，此次登台亮相已经是"三"度刘郎了。

相对于直木奖总是颁赠给"一本"小说（长篇，或是短篇集），芥川奖则大体以"一篇"小说（中篇甚或短篇）为对象。本届芥川奖获奖作《在海上等你》也不足日文6万字。尽管用一句话乃至一个词去概括一篇小说的所谓"主题"有时可能是一个有勇无谋的危险举动，但倘若强逞匹夫之勇，知难而上犯险冒进的话，则似乎不妨说这篇小说处理的是后现代社会中"人"的生态。小说的故事十分简单："我"（女性，姓及川）与阿太（姓牧原，名太，男性）是同年大学毕业后进入同一家住宅设备公司就职的同事，又一同被分配到远离东京的福冈分公司共事多年，是一对异性挚友；一日，两人在先后被调回东京后久别重逢，一起喝酒聊天时，相约倘如一方先死，则活着的一方负责将对方电脑的HDD破坏，以免记录于其中的私人秘密（据说任凭利用何种软件消除使用履历，其实那履历都会留存在硬盘里）被人家看去，比如浏览成人网站的记录，下载的裸体画像等等；结果未几阿太便死于名副其实的飞来横祸（他在自家公寓前人行道上被从天而降的七楼邻居——此人意图跳楼自杀——砸倒，脑干撞地身亡），"我"听到这个突如其来的消息目瞪口呆痛哭失声，然后匆忙拿着阿太在那次喝酒后如约寄来的钥匙和地图，偷偷地赶去他家将他的硬盘破坏了；年底"我"和另一位同事专程前往福冈慰问阿太的妻女，他的妻子井口珠惠（也是在福冈分公司时代的同事）拿来一册练习簿让"我"看，上面全是阿太写给珠惠的情诗，满溢真情，但文字委实太欠高明；难道阿太不愿别人看到的秘密就是这些情诗吗？其中一首这样写道：

我等在海上

等待你乘着小船前来

我就是大船

　　什么都不怕

　　稚拙如许，的确是应该害怕曝光，虽然"等在海上"一语留给了"我"深刻的印象。然而如果如此漫不经意地将手稿留下来的话，则"我"提心吊胆煞费苦心地破坏硬盘，不就成了毫无意义的疑似犯罪了吗？

　　情节大致如此。小说除了三个场面，即（一）相约破坏硬盘的那次喝酒，（二）"我"动手拆电脑毁硬盘，（三）珠惠给"我"看阿太的手稿，写得细致具体之外，其他部分大都如同流水账似的一笔带过，再加上开篇与收尾两处"我"和阿太幽灵的对话，就构成了这篇小说的全部内容。

　　作者丝山秋子，女性，生于1966年，虽然只小东野圭吾8岁，出道却较他晚了18年，2003年以中篇《只是说说而已》摘取了文学界新人奖，迈上文坛，因此她倒应当说是个不折不扣的新人。然而尽管三度挑战芥川奖而未果，但最终毕竟出道仅仅3年便荣登芥奖王座，并且在此之前已将第30届川端康成文学奖（中篇集《死胡同里的男人》，2004）和艺术选奖文部科学大臣奖新人奖（《海上仙人》，2004）收入囊中，而业已出版的5本书中便有3本获奖，也算得上是连战连捷了。何况川端康成奖的对象基本上是已有一定建树的中坚作家，艺术选奖则可以说是日本唯一由国家设立的文学奖，可见她的功力相当受到看好。

　　丝山从名校早稻田大学毕业后，曾做过多年的公司白领，对于这个阶层的生态十分熟悉。《在海上等你》的素材应当便是来自她自己那十多年的推销员生涯，而福冈正是她自己进公司后的首次赴任之地。当然小说并非实际生活直线式的再现，毋宁是今天后现代社会的曲折缩影。在这样一个社会中，人们理所当然地都还在身后拖曳着现代社会甚至前现代社会的影子：他们也恋爱，也组织家庭，也在某个组织（比如公司）中为自己摸索个适当的位置。但他们本质上都是孤立的存在，各自都将不愿也不可与人分享的秘密隐藏在心灵底处和私人电脑的硬盘里。即便是堪称挚友的关系，比如阿太和"我"的关系，也无非类似连丝之断藕，是那种若即若离的人际关系。彼此之间既有关联，比如同事，隶属于同一个命运共同体，比如公司、组织；但又保持恰当的距离，从不深入对方的内心世界，也不愿对方深入自己的世界，哪怕是夫妻。而相互信任的基础却恰恰就在于对方不关心不窥视自己的私人秘密。阿太之所以要"我"为他死后销毁硬盘，是因为他明白无误地知道"我"不会在销毁之前窥探硬盘中记录的内容，但如果是妻子珠惠，"她是绝对要把电脑里的东西全部都看一遍的。我（阿太。炜注）心中有数。你（及川。炜注）那位不知道有没有的男朋友（好像没有，小说丝毫不曾提及。炜注）也一定要看的。这样的人肯定什么都想知道。"亦即是说，尽管阿太那么深爱着珠惠，但却是不愿意让她将自己电脑里的东西全看一遍的，哪怕是在自己死后；爱她的前提，是要她站在某条界限的另一侧，不跨越雷池一步，入侵到这一侧来；因此只要拥有这样的秘密，那么在界限的这一侧，就注定只能是茕茕孑立形影相吊，处于终极的孤立状态。而这种性质的私人秘密，在作者的笔下被暗示为人皆有之。在这层意义上，小说收尾处"我"与阿太幽灵的一段对话大有象征意义。通过这段对话，读者得以了解到"我"也有着不可与人分享的秘密："我"长期以来一直在窥视和偷拍住在对面公寓里的一位男子，并将过程以文字和照片的形式记录在电脑里，号称是"观察日记"，甚至还暗装了窃听器偷听！而在至此为止的第一人称叙述中，读者不曾得到一丝一毫足以导向这一"我"的形象的信息，起码我自己是如此。这样的结局，似乎倒很有些和前引书中所述的侦探小说"共通要素"不谋而合：A surprise ending！

由此看来，"纯文学"也罢，"因它太闷"的娱乐小说也罢，彼此倒也并非毫无"共通"之处呢。反观纯文学，比照传统本应是不屑于做任何违背情理的情节操作的，那原是娱乐小说的拿手好戏；然而同样是处理人物的死亡，阿太的被从天而降的邻人砸死只怕难免有突兀之感，细想起来反倒不如东野圭吾笔下超自然的杀人写得合情合理。纯文学与大众，似乎也不可胶柱鼓瑟地以成见视之。

　　关于此次第134届芥直二奖的获奖作，还有一个共通之处理应一提，那便是：二者都写得颇为有趣可读。

2006年1月31日于呷奔国暗疏乡红木山房

一个人的文学奖

听到文学奖一词，恐怕广大人民群众一般都会联想到一个评审委员会和一笔数额不菲的奖金吧。在日本尤其如此，须知他们可是将文学奖写作"文学赏"的，赏者，上赐财物与下也，自然少不了一个钱字了。起码在我而言，脑子是"毁于随"的，每每在惰性中方才感到舒适，不知不觉地便将习惯当作了自然，不假思索地看见那"奖"字就以为它后面必定紧跟着一个"金"字。因此10月4日，当我在报上读到关于设立大江健三郎文学奖的报道时，先是不由得一怔，随即心里便泛起了两个汉字外加一个惊叹号，并径直涌至舌尖：革命！看来大江氏来势汹汹，企图对文学奖的固有形式发动一场革命呢。

大江健三郎奖，毋庸置疑，是对此前众文学奖的一种颠覆。首先，该奖的评审委员仅为大江氏一人，不设评委会。第一届以明年（2006年）一年间公开发表的全部小说和诗歌为该奖的审查对象。亦即是说，大江氏得独力审读日本全国一年期间公诸于世的全部文学作品，不可不谓任务艰巨，而且从理论上来说，即便他的阅读速度快过超人，大概也不可能将天下群书读他个遍。纵使是芥川直木那样评委多达十人的奖项，也得先由大批负责预读的专职人员筛选，定下几部候选作，送交评委审读。大江奖操作程序如何，报端未见具体言及，想来也只能袭用被证实为行之有效的传统方法吧。不过较之多人构成的委员会，无疑大江氏一人独断，效率一定远远为高。记得在哪儿读过一个洋笑话：要想做成一件事，委员会的成员不能超过三人，且其中二人缺席。依此笑话，孤家寡人一个的委员会倒是最为理想的，问题只怕还在于公正性与全面性。让人欣慰的是，大江氏本人对此十分地清醒，他说："一个人的话，或许会出现偏颇及歪曲，但也有可能发现好东西。"

大江奖的革命性还表现在作为一个重大的文学奖（小奖姑且不论）却不设分文的奖金。就是说，后年（2007年）5月（预定届时颁发首届大江健三郎奖）日本将出现第一个囊中甬指望丝毫进项的文学大奖获奖人，不过，协助并支撑大江氏设立此奖的出版巨子讲谈社（其实好像是他们主动上门，说服大江氏同意出借大名设奖的，而他们将该奖定位为讲谈社创业一百周年纪念事业）将负责把获奖作译成英文出版，推向世界。对获奖者来说，这待遇也许不妨说更胜过一笔说多不多说少不少的奖金。

现年七十岁的大江氏谦虚地自我解嘲说："在有生之年便设定个冠以自家名字的文学奖，这大约就是 T.S. 艾略特所说的'老人的愚行'吧。老朋友们肯定要笑话我了。不过，我是想把诺贝尔奖获奖者的名字当作个符号使用，把（优秀纯文学）作品推向世界。自从明治现代化以来，纯文学一直是社会的中心，战后不久时也还是这样，但曾几何时，纯文学被驱赶到了边缘角落。我想把它重新拉回中心来。"老骥伏枥壮心不已，大江健三郎氏的献身精神令人钦佩。如此说来，目下我国"纯"文学的境遇与大江氏的这番描述似乎也不无重合之处，期盼我国也能涌现出有如此心胸的人物和有如此气度的出版商。

唐突西施

之所以会萌生将此书购来一阅的念头,一方面可以说是渊源久远,另一方面也不妨说是单纯地因为被书名所鼓惑:《红楼梦杀人案》!像我这样每年至少得通读一遍《红楼梦》的铁杆"红迷",见此标题,如何能够不怦然心动呢?何况中国的古典名著诸如《三国演义》和《水浒传》,迄今为止惨遭日本小说家们改窜重写的次数几乎已经不胜计数,大有恨不得人人都弄出一本"自己的"《三国演义》和《水浒传》来的势头。唯独一部《红楼梦》总还算是硕果仅存,据我所知,幸甚至哉,尚未受到重写派们的刀斧之厄。然而我却还是已经战战兢兢了许久,生怕好景不长:天知道哪一天拐进某家书铺时,不会从斑驳陆离堆满店头的群书之中,猛地地蹦跶出一本《某某红楼梦》来呢?尽管做好了如此充分的精神准备,可是当这本前冠红楼梦大名的厚厚一册果真跃出在眼前时,我仍然禁不住近似头晕目眩的冲击感,内心不知是忧是喜。然而不论如何,总得先买回一本来读它一读,探探虚实啦,否则此心不安也。

于是我体味到了幻灭。

依照重写经典的长期传统,重写派们大体无非是在局部细节上争奇斗巧推陈出新,而对整个故事的大走向基本上却还是持尊重态度,不至于大动刀斧,改窜得过分离谱面目全非。然而这一回却大大地不同于既往,作者芦边拓彻底地颠覆了原作,改变了原作的性格——他将《红楼梦》改写成了一部推理小说!在他的笔下,手无缚鸡之力的贵族公子哥儿贾宝玉居然成了一名自学成才的业余侦探,他坐在那"沁芳闸桥边桃花底下一块石头上",和林黛玉一起比肩共读的,不是那本"我就是个多愁多病身你就是那倾国倾城貌"的《会真记》,而是《棠阴比事》《折狱龟鉴》《洗冤集录》等法医学专书和《龙图公案》《武则天四大奇案》《皇明诸司廉明奇判公案传》等公案小说。大观园内的居民们也人人钟情于探案,由探春发起成立的并非醉飞吟盏咏风诵月的海棠诗社,竟变成了解疑破谜的"海棠谜社"。原作中几乎是一笔带过的总管家赖大之子赖尚荣,在此却成了视点人物,全书情节的展开都通过他的观察推演开去。作者将这位原作中的七品县令由"手也很长"的贪官,改塑为忠于职守断案如神的能吏,因为屡破疑案难案而升任刑部"司法官",并被北静郡王水溶慧眼相中,委以重任,主持调查贾家大观园近来发生的杀人疑案,而在大观园内的暗中协力者,便是那位怡红公子贾宝玉。芦边拓将可卿、迎春、凤姐儿、湘云、香菱、晴雯、鸳鸯、黛玉一干人等的亡故,统统处理成为一连串的杀人案件,而且一个个都死得离奇费解,凶手作案手法近乎神迹,案情扑朔迷离,令读者甚难参透个中奥秘。于是赖尚荣大显身手,将谜案逐一破解,并且抢在宝玉的洞房花烛之夜,当着众贺客的面捅破谜底,直指新郎宝玉道:案犯便是阁下!宝玉忍俊不禁呵呵大笑。就在这当口,新娘林黛玉——芦边拓替宝玉选定的佳偶是潇湘妃子——猛然蹶倒,后背上鲜血淋漓,又一桩新的杀人血案居然当着这位大神探的面发生了。最后还是业余侦探宝玉道出了真相:原来这桩桩谜案竟全是经过宝玉包装的。原先的杀人手法其实都极其简单,原因是杀人凶手无一例外,皆是显赫的贵人,不是有银子就是有位子,杀个把人哪里还需要什么遮盖掩饰,个个像呆霸王薛文起一般,逍遥法外,任谁也奈何他们不得。宝玉当然不费吹灰之力便判明了凶犯是何许人也,于是故意使出种种巧妙手法,将事件神秘化,让凶犯自己产生混乱,陷入迷宫不明就里,还以为是受害者显灵,唯恐遭受天罚而惶惶不可终日,以此达到惩膺凶手的目的。作为一部犯罪小说,这部作品情节曲折推理致密,平心而论,应当还是颇能吸引读者眼球的,并且明显地表现出某种"反推理小说"的实验意味,不无新意。然而,却远不是我所乐意见到的"劳什子"。

作者芦边拓,1958年生于大阪,念初中时便开始了文学创作,大学里读的却是法律,毕业后做的又是《读卖新闻》记者。得过几次侦探小说方面的奖项之后,于1994年辞职做了专业作家,专事写作推理小说,走的是"因他太闷"(entertainment)一路,有时也撰写随笔和评论。一仍日本职业作家人人高产的惯例,此君业已出版的著作多达130余种,《红楼梦杀人案》当是其新近的作品,问世于2004年5月。

芦边自小便喜欢中国文学,大学毕业就职之后,又曾集中阅读了平凡社版中国古典文学大系,《红楼梦》一书便是此时首读的,系伊藤漱平的译本。然而此君的至爱还是旧时的中国公案小说,尤以高罗佩的《狄公案》为最。为写此书,芦边君颇花了一番功夫。除了伊藤译本,他还根据松枝茂夫译的《画本红楼梦》做了大量笔记,并参阅了幸田露伴与平冈龙城合译的国译汉文大成版、佐藤亮一据林语堂英译本 The Red Chamber Dream 转译的日文本、饭冢朗和石原岩彻的抄译简写本,甚至还参考了中国中央电视台制作的电视连续剧《红楼梦》,可谓用功良苦。然而一部《红楼梦》,见仁见智,革命家看见了排满,道德家看见了吊膀子,可从中看出了一部推理小说来的,实属鲜见,倒也别具一格自成一家。据说路数类似的还有山田风太郎的《妖异金瓶梅》,不过我暂时缺乏拜读的胃口,须得先养养好脾胃再说,更何况,我连《金瓶梅》的中文原书都不曾读完过呢。

一部别具一格的双体小说

日本也和中国一样，写小说的名气再响，但倘要和娱乐界的明星们在人气上较劲别苗头，则恐怕注定只能铩羽而归。由于事涉普及层面，两者之间似乎缺乏充分的可比性，殊难以同日而论。然而辻（这是个日本汉字，他们称作"国字"的，发音略类"刺激"或"茨棘"）仁成却显然是个例外，这恐怕不完全沾光于他的两任太太：他第一任太太是形象可爱的"美人女优"南果步，两个月前新娶的第二任太太是原大牌偶像歌星、现在也跻身"美人女优"行列的中山美穗。而我就曾见国内报纸将他作为中山美穗的夫君介绍给读者，可此公自己原本就是个明星。这么说并非修辞：在成为小说家之前（其实成为小说家之后仍然如此），辻仁成一直"混迹"于娱乐界，作为创作歌手（singer-songwriter），统领一个名叫 ECHOS 的摇滚乐队，作词作曲兼主唱，干得颇为红火，10 年间共推出 9 张专辑和多张单曲。1991 年 5 月散伙后，他一面单独展开音乐活动，一面又新组一支乐队 Beat Musik，每年至少推出 1 张以上单曲或专辑。其中 2000 年的单曲『愛を下さい』两个版本分别卖出 50 万张和 100 万张，创造了其全部作品的最高销售纪录，虽然此时的他肩头已经又多出了个名小说家的头衔，国内拿过芥川奖，国外夺过法国费米娜外国小说奖，可谓享誉海内外，但这个头衔对唱片的销售是否起到促进作用则不得而知。毕竟这年头喜听摇滚的狂热歌迷人数之众，远非爱看小说的忠实读者所能望其项背。

然而小说偶尔也会表现出令人瞠目的市场冲击力，在曳兵败走的途中不动声色地杀他个回马枪，给摇滚乐流行曲之类商品经济中的后来居上者们一点颜色看看，显露一下老牌文化商品的底蕴。在辻仁成的全部作品中，包括唱片、书和影片——他还拥有电影导演的头衔，已拍过3部电影——在内，卖得最好的居然是一部题名为《冷静与热情之间》的小说！截至今年初，连同豪华本和文库本一共卖出300万册。倘使依照市场效益决定一切这一目下畅行无碍的价值判断准则，他玩得最成功的职业恐怕既非摇滚歌手亦非电影导演，而只能算是写家吧。的确，比之于9张专辑和3部电影，假使不问发表形态，仅就数量而言，全天候艺术家辻仁成问世最多的作品还是"书"：年方四十有三，写作历史也不过一十五载，却已经出版了22部小说（集）、5部诗集、14本散文集，平均每年出书近3本，同时还要写歌唱歌拍电影！倘无下笔千言倚马可待的文才，大概绝难想象。

另有一小说家江国香织，更让我疑心她梦得神授，练就了咳唾成珠、撒豆变"文章"的魔法。这位"文坛女巫"其实是个容貌姣好的女子，倘在我国，十之八九会免费获赠一个"美女作家"的雅号吧——当然路数大不相同。自1989年第一部著作问世以来，她连小说带随笔外加翻译作品，13年间业已出版了73部著作，如加上改版（普通版式改成袖珍文库版等），总数则高达86部。最高纪录创造于2001年，这一年间她共出了13本书，还不包括4本旧作的改版，平均每个月就推出一本以上新著！尽管不必开演唱会也不执导电影，只须闭门造"书"即可，但她未届不惑（她生于1964年）便已著述等身，如此写作速度，不可不谓近乎奇迹。此君也是日本第一届费米娜奖、山本周五郎奖等多种文学奖项的得主，而销路最佳的作品，则非出版于1999年的小说《冷静与热情之间》莫属，包括珍藏版和文库版迄今已卖出250万部，作为文学类作品而挤进畅销书行列，是近年来不可多见的快举。

读者诸贤也许会觉得奇怪，江国香织的畅销小说何以竟与辻仁成的前述小说同名，都叫作《冷静与热情之间》？其实，这本是一部双体小说，两位小说家各自从男主人公和女主人公的角度，同时讲述同一个恋爱故事。辻仁成写的一本称 Blu（意大利文。意为"蓝"），江国香织的那本则叫 Rosso（同前。"红"意。顺便说几句题外话：日前读《新民晚报》，见某君撰文介绍意国的唱盘新作，将标题 il rosso amore 误译作"爱的玫瑰"，显然是想当然地把形容词 rosso 理解为与英、法文 rose 同义，并将阳性名词 amore 作形容词解，大谬；正确的译法当为"红色的爱"，而"爱的玫瑰"若译成意文，似当作 la rosa dell'amore）。小说写的是纽约长大的顺正和米兰长大的葵，回东京读大学时相识相爱，却由于顺正的父亲从中作梗而终于在热恋四载后分道扬镳，葵回到了米兰，顺正则留在了东京。其后两人虽然都经千历万，然而曾经沧海难为水，彼此皆忘不了对方。顺正曾到过意大利，在翡冷翠学了好几年古画修复，后又回到东京从事文物修复工作。翡冷翠之于顺正，具有特别的意义，因为在与葵热恋时两人曾漫不经意地交换过一个若有若无的约言：十年后，在葵三十岁生日那天，两人一起去爬素有"情人穹庐"之称的翡冷翠大教堂穹庐顶。顺正恪守诺言，果然于分手八年后的 2000 年 5 月 25 日这天孑然一身登上了"情人穹庐"，苦等了整整一天，就在他已经绝望、正欲离去的那一瞬间，葵像一朵彩云飘然出现。两人仿佛初恋情人一般，共同度过了热烈如火的三天三夜。然而第四天，葵提出要回米兰，顺正也没有挽留，但当载着葵的列车愈去愈远，顺正心中倒海翻江，终于下定决心跳上一列"欧洲之星"国际特快，这样可以比葵提前十五分钟抵达米兰……

  蓝版从顺正的视角，红版从葵的视角，分别以第一人称各自讲述一遍这个故事。这样一种写法，在小说史上恐怕是个空前的创举。依照巴尔（Mieke Bal）的叙事理论，当聚焦人（focalizor，类似传统叙事学的 narrator）与作品的登场人物浑然一体时，他或她就获得了"技术优势"，读者只能通过他或她的眼睛去观察并原则上趋向于接受他或她所提供的视点，而这极易导致思维定式（bias）与局限。因为认知是一个心理过程，强烈地受到认知体（此处应与聚焦人重合）所处的位置、对认知客体的熟悉程度、光线、距离、预备知识、心理态度等因素的影响，所以思维定式与局限势在必然，追求客观性的努力也事属徒劳。这就意味着无论顺正还是葵所观察所讲述的故事都不可能是完整的，甚至不可能是完全真实的——纵使他或她努力保持公正，也只能够达到他或她个人意义上的真实，因而蓝版和红版之间显然存在着互补性，两人各自讲述的故事都是对对方故事的补完。两部《冷静与热情之间》虽系恋爱小说，却都设有一些悬念，吸引读者继续阅读下去不至半途而废。并且蓝红两版彼此照应，悬念单在蓝版或红版之内往往不得其解，诱导读者对故事的另一半萌发兴趣。倘非这样一种两部配套建构的双视点、双聚焦的双体小说，读者对于这些悬念就只好徒然付阙存疑，无可奈何地接受顺正或葵一方的叙述，而永无可能一窥故事的别一面。当然小说原本就是虚构的产物，向小说索要真实，不啻缘木求鱼，且无意义。因此小说尽管可以有蓝红两版，读者却并不一定非将二者都看过一遍不可。彼此既有千丝万缕的关联，又可各自作为独立的作品单独欣赏，也是这部双体小说的妙味所在。

《冷静与热情之间》如此热销，难免看得别人怦然心动，方方面面自然都想来插一手，分他一杯羹，这本也是商业主义社会的铁则。于是乎就有了东宝映画会社出面投资，请来在日本也人气甚旺的香港红星陈慧琳出演女主人公葵，男主角顺正则拜当红大牌竹野内丰担纲，唯独导演一职不知为何并未邀请更可能成为热门话题的辻仁成本人登坛拜帅——许是制片方对他的导演水准缺乏信心吧——而是另请高明，以最快速度最佳阵容拍成电影，经大肆炒作之后吹吹打打地推上市场。去年11月在日本全国公映后据说票房收入果然相当可观。

两本小说对青年恋人的矜持与纯情，以及微妙的心理变化都刻画得准确入微，尤其是对细节的描摹各有其独到之处，却似乎又与现实生活若即若离。虽属纯文学作品，但大概也会博得我国白领小资们的青睐。

2002年9月于呷奔国暗疏乡

跨越国境的双聚焦小说

从前，当我们的老祖宗还能将文化维持于强势水准时，日文里常常出现一个词"同文同种"，用以形容日本和中国的关系。"同种"一说嘛，不知道能否经得起现代生物科学研究的推敲；而"同文"说则恐怕不单纯是套近乎：在东洋士人大体都能写得一手很不错的"汉文"、吟咏几句颇像样了的"汉诗"的往昔，毋宁说它是现实的写照。如今时过境迁，鲜见再有人公然持此高论，而能够写汉文做汉诗的日本士人也更加寥若晨星了，然而"同文"的遗响余风却不容小觑，近时风靡日本大众娱乐界的"韩流"一词，便是直接输入自中文。他们还巧加创新，"中西结合"地新造出"韩流 boom"（略有蛇足之感。因为中文韩流一词中好像本来已有 boom 的含义）"韩流 star"等流行词来，而韩流诸星中最为走红的是裴勇俊，被尊称作"勇公子"（ヨンさま），系著名的"大妈们的偶像"。我女儿却对这位巨星十分失礼，她按照我们中国人的习惯直呼其名，喊他为"裴"，无意中影响了周边的小朋友，结果一位小朋友竟因此而遭到了母亲的斥骂：因为在该"追勇族"的母亲大人听来，勇公子居然变成了"呸"？是可忍孰不可忍！

然而，我居然是通过阅读手头这本新买来的小说首次接触到了韩国文化。因为坦白地说，我至今尚未看过一部韩流电视剧，也从未看过一部韩流电影，能说出名字的韩流巨星，也只有这位勇公子一人而已，实在是落伍得可以。而且就连这部小说，也只因为它乃是与一本日本小说配套，方才动念去买它来读的。否则我的"韩盲"，毫无疑问还得持续一些日子吧。

这本小说题为《爱过之后来临的》，作者名叫孔枝泳，据出版商的宣传，生于1963年的她本是韩国首屈一指的人气女作家，在韩国拥有的铁杆女"粉丝"数达两百万之众，考虑到韩国的总人口，这应当是一个令人万分惊愕的数字了。何况就算不考虑人口比例，这个数字大概也足够令任何一个国家的出版商欣喜若狂，即便是在我们这个人口达十三亿的国度，除了《毛泽东选集》，销售量超过两百万的书籍恐怕也屈指可数吧。

小说写的是一位韩国女学生前去日本留学时，邂逅了某位日本青年，两人一见钟情，迅速地沉入了爱河，但因文化差异而龃龉不断，虽然真诚相爱却终至分袂。女主人公回到了祖国，帮助父亲经营小小的出版公司，整整七年，始终独身一人，尽管身边那位青梅竹马的男友一直坚持向她求婚。一日，因为公司事先雇好的翻译突然生病，她只能临时替补上阵，前去迎接专程从日本赶来为她们公司翻译出版的自己的小说做促销活动的小说家，及待见面一看，才知道原来他就是七年前分手的旧情人，而他写那本小说其实就是为了向远在异国的她倾诉至情。然而她却因为伤心太甚，七年之间不愿说日语也不愿读日文小说，于是两个人阴差阳错，尽管都未能忘怀对方，而这份至情却失之交臂。经过了风风雨雨曲曲折折之后，两位有情人终于言归于好。

孔枝泳的日本合作者是辻仁成，他们两人分别从女主角崔红和男主角青木润吾的角度，将这个恋爱故事各自用韩文和日文讲述了一遍，分成两本书出版。其实这种分别以男女主人公为聚焦人，通过他们的视点来展现故事进程的双聚焦手法，本是辻仁成情有独钟的拿手好戏：早在多年前，他就曾同江国香织携手，合作过一部双聚焦小说《冷静与热情之间》，并且大获成功，两本小说共销出了约550万部。尝到了甜头后，他们俩还曾再度携手，用同样的手法创作了《左岸》《右岸》，在杂志上的连载早已结束，但不知何故尚未见单行本上市。倒是这跨越国境的协作先见成果，《爱过之后来临的》推出不久后便成堆地出现在了东京大大小小各家书屋店头显眼的位置,两本书腰封上一红一蓝,印着四个大字:爱的名作!

虽然是同一个故事,但却是两部作品、两位聚焦人,并且这两位聚焦人同时还在对方的视野里成为被聚焦的对象,于是这种双聚焦小说改变了传统单聚焦小说的单向叙述所难以避免的独断性和偏向性,让故事的展开由平面转向立体,叙述由单向转为双向,从而形成了互补与互解关系,为小说创作提供了崭新的手法和可能性。恕笔者寡陋,这样的实验手法还不曾在别处看到过,恐怕是国人往往以为仅以模仿他人为长的日本人的独创。

奇遇

文学作品，尤其是小说，基本上大约应当视为想象力的产物。向壁虚构、闭门造车的本领高下，往往便决定了小说家的成就。然而历来好像不乏对此不甚了了者。比如红衣主教伊波利托·德思特身为艺术护持人（patron）都不明此理，居然要那位把《疯狂的奥兰多》奉献给自己的洛多维科·阿廖斯托从实招来："你是打哪儿找来这么多故事的？"（Where did you find so many stories, Lodovico?）——他大概还以为诗人挖到了个阿里巴巴的藏宝洞吧。当然想象力的基础恐怕仍是周遭的现实：上帝全知全能，想象力理该是登峰造极的吧？可他老人家创造人类的时候，据说还是依凭了自己的形象作为模特。而既然读书也是现实之一部分，则其被用作想象和灵感的源泉，也是无可厚非的事了。罗兰·巴特甚至说文本就是"引用的织物"（le texte est un tissue du citation），弗莱（N. Frye）也认为文学"自给自足"（literature shapes itself, and is not shaped externally）。倘从任何一位作家都只能运用迄今已为无数前人所反复使用过的语言来进行创作这个角度而言，这样的论断固然是不错的——他笔下的每一个单词，都背负着整个语言体系及其成长发达的历史。然而引用与抄袭，其间差异恐怕薄于一张纸，应当慎重待之才是。

在日本小说家芥川龙之介而言，其重要灵感源泉之一，便是古今中外现成的文学作品，那无疑才是他的阿里巴巴藏宝洞。1921年3月，芥川在访华前夕写了个短篇《奇遇》。小说开篇是一段"编辑者"与"小说家"的对话。编辑想赶在小说家出国之前讨他篇把稿子来，小说家却东扯西拉顾左右而言他，引逗撩拨足了之后，才递给他一篇"小品"，题目就叫《奇遇》，写的是至顺（元文宗图帖睦尔的年号）年间的故事。长江岸边"古金陵"的富家子王生风流倜傥，人称"奇俊王家郎"。因见夙好声色犬马花天酒地的他居然一年多规规矩矩地守在家中不出来游冶，好友赵生颇感好奇，遂前往王家探访。王生出示一篇昨夜新做就的"元稹体会真诗三十韵"，并道出一段奇遇来。原来王生去岁秋日赴松江收租归来，途径渭塘，在酒肆沽酒而饮时，见店主女儿躲在帘幕后偷窥，两下眉来眼去，若莫能舍。当晚王生梦至少女绣楼，极尽缠绵缱绻，醒来时却见自己睡在船舱之内。回金陵后，王生每夜必定梦见去闺房中与少女相会。前天夜里，王生梦中将水晶双鱼扇坠送给少女，少女则回赠以紫金碧甸指环，早晨醒来，见枕边果然放有只紫金碧甸指环，而扇坠也不知去向。赵生闻之惊讶莫名。十日后王生再度赴松江收租，归来时更令赵生等人大惊失色：他带回一位妙龄美女，即那位酒肆店主的女儿。原来少女也每晚梦见王生前来幽会，并且王生的扇坠果真就在她手中，而她的指环也于梦中赠予王生之后便不见了……赵生从此逢人便说王生的奇缘，最终这段佳话传到钱塘文人瞿佑的耳中，于是他据此写下了美丽的《渭塘奇遇记》。

至此，凡读过明瞿佑《剪灯新话》者，都明白这个故事几乎原封不动地抄自瞿佑，芥川只是添加了赵生这个无关紧要的角色，以及编辑和小说家的插科打诨而已。然而在此之后，芥川又"狗尾续貂"，续上了两段对话。其一是王生携少女离开酒肆后两人在返回金陵的船中的对话，由此读者明白了梦中相会原来是两个有情人事先商量好、用以瞒过少女父母的虚言。第二段是酒肆主人与其妻在送走女儿女婿后的对话，向读者捅明其实两位老人早就洞知真相，只因爱女心切，才故意装痴，听任两位有情人瞒天过海，玉成其好事罢了。在芥川笔下，王生不无狡黠之处，似颇长于算计；而老夫妻俩则善解人意，温厚善良，大有长者之风。

现代人芥川龙之介似乎容忍不了原作中中国传奇特具的非科学、超现实的神秘演绎，必欲为其寻觅出合理的、仅依赖普通常识便可以理解的解释而方甘休。这也许正是他曾被称作"理智派"的理由之一，亦未可知。然而原作的浪漫风味也因此变得荡然无存，缥缈的浪漫幻想为坚实的现实感觉所击退、驱逐。但这也许并非芥川的本意——正是《渭塘奇遇记》的浪漫故事刺激了芥川的艺术想象——也不是他的一贯风格。不过，最值得注意的恐怕还是小说的结尾技法。芥川采用的收敛方式是一而再再而三地导出意外的新展开，每次都将先前的结论否定、推翻，连续颠覆摧毁读者心中刚刚形成的心像，并迅即植入新的。其实，芥川早在初期作品、取材自《聊斋志异》的《酒虫》中就做过类似的实验，而这一技巧的集大成者，则是写于九个月之后的名作《竹林中》。在《竹林中》里，嫌疑人多襄丸、被害人之妻、被害人依次逐一否定前人的证言，各自强力推出自己新的结论，两次三番地颠覆预设的心像，将一桩杀人疑案弄得更加扑朔迷离，浑然无解。至此，芥川反复实验的收敛方式方才得遇最为合适的内容，收到了最高的艺术效果。而最初启迪他去思索这一方法的却是他少年时代就爱不释手的《聊斋志异》，这应当是另一篇文章的话题了。

博览群书，从古今东西的文艺作品中借取灵感、用以激发自身的艺术想象力，乃是知识分子芥川龙之介小说创作一以贯之的重要手法之一。换言之，"引用"正是芥川文学的一个重大特征，《奇遇》，其实恐怕不妨说芥川龙之介的全存在，可谓是"文学即引用"说的一则绝好例证。毋庸赘言，读者诸君刚刚读完的这篇短文——当然不属于文学创作范畴——其实也是通篇充斥着"引用"的。

阴错阳差《杨家将》

阴错阳差。这不妨说是我与《杨家将》一书关系的写照。

如今读书，恐怕难以否定，多少不无糊口之道的意思。相比之下，少时读书则要纯粹得多了，完全出自对阅读的渴望，毫无物质的功利理由。然而可叹的是，在我能够最纯粹地读书的年代，却无有什么书可读。记得有一次，好像是小学五年级时吧，我躲在教室的后窗下，偷偷地阅读一本几经辗转好不容易才借到手的、既无封面亦无封底、书页拳曲得如同咸菜疙瘩一般的《水浒传》，不幸被新来的军代表当场抓获。这位齿白唇红、漂亮得好似奶油小生的军代表，将我的祖孙三代细细地盘问了一遍。大概是早在我父母成家之前就已去世的祖父的贫农成分救了我，军服上只有两只口袋的军代表同志仅仅将书没收了去，而没有把我定罪为现行反革命，大概应当说是不幸之中的大幸吧。只是直接借书给我的同学后来被书主追逼得甚惨，至今思之，犹自感到内疚不已。

就这样，在我的少年时代，从未见到过什么《杨家将》之类。而等到后来什么书都可以读到的时候，我却早已过了对这类书深感兴趣的年龄。于是乎直至今日，我对于它其实只拥有耳食得来的零星知识，依然缘悭一面。而有生以来第一次读到的《杨家将》，却是日本人北方谦三写的，用的当然是日文而非我的母语中文，尽管他也大量使用汉字。一个中国人首读中国的古典，居然是外国人用外文重写的二手货，这也是让我产生阴错阳差感想的直接理由之一。

日本人的偏爱中国古典，可谓盖世无双，我甚至怀疑和担心超过了我们中国自己。喜爱到了极致，便不再满足于仅仅阅读译本了，以舞文弄墨为生者，便禁不住名作的诱惑，跃跃欲试地也想"一不小心弄出他本《红楼梦》来"，纷纷大动刀笔，篡改经典。受难最深的当数人气最旺的《三国志》和《水浒传》，迄今为止不知曾有多少小说家炮制出自己的《三国志》和《水浒传》来。北方谦三就曾重写《三国志》，长达十三卷。他最近正在执笔写作的是《水浒传》，已经出版了十四卷，尚无就此打住的意思。然而重写《杨家将》，北方谦三恐怕还是"始作俑者"。此前只有日本关西大学中文系发表于网上的《杨家将演义》译本。不过，倒是有一个名为《一门忠烈杨家将》的电子游戏，似乎也颇有人气，可惜我不曾玩过。

《杨家将》2003年12月出版后，便于2004年初获得第38届吉川英治文学奖——吉川英治也曾重写《三国志》。据书评，北方的《杨家将》完全脱离了原著《杨家将演义》羁束，与其说是重写，毋宁说是近乎原创。而我读了之后的感觉是，这是一本现代意义的小说。人物之间的纠葛错综复杂，性格和心理的刻画合情合理却又出人意料。比如说北方把辽主萧太后与勇冠三军的智将耶律奇哥写成彼此在内心深处相互吸引、却碍于身份立场无法终成眷属、表面上分别表现出冷淡甚至厌恶的关系。独守孤寨牵制辽军的杨四朗尽管富于军事才能，然而在潜意识里却憎恨战争，心地温柔善良，其实并不适合做一名军人。他两度击败辽国公主统率的辽军，却两度不忍痛下杀手，放走了公主，而自己最终却因寡不敌众，身负重伤后被耶律奇哥擒获。宋国内部文官和武官之间的对立放到建国方略的龃龉中去描画，个人的欲望与国家的运命纠缠交错，使得历史临场感倍增。对于杨家一族悲壮的命运，读者不禁会掩卷长叹。

单骑走千里

这是最近读的一部日本小说的标题。可能有人会觉得眼熟，那也难怪，这标题其实也正是张艺谋导演的新作《千里走单骑》一片的日文片名。依日文语法，主语不可放在句尾，因为那个位置是要放谓语的，而上面的书名也已然经过了我的处理，日文原来的排列顺序是《单骑千里走》，很有些像旧体诗的句式。

张导演的这部新作上个月（1月）28日开始在日本各地上映，笔者还没来得及去看，不过同名的小说，却是在旧年12月里便已经读过了。由于各家电视台连日连夜地大做广告，声势浩荡，不知不觉之中大脑皮层里便被植入了这五个汉字及一连串的镜头，以至于在书店里看到堆得高高的此书时潜意识使然，未加思索便买将下来。老实说，那时我还以为此书是电影的原作、张导演是根据日本人写的小说改编的呢。一面读，一面心里还直佩服：这位作家对我们中国的事情居然如此熟悉！情节不妨说十分朴素简单，但因为讲述的故事是最能打动读者的亲情主题，所以颇具震撼力。与唯一的儿子失和多年的主人公高田刚一得知儿子建一身患不治之症余命无几之后，决定前往从未去过的中国丽江，代替专门研究中国面具文化的儿子摄录假面剧《千里走单骑》；历经了种种意想不到的曲折艰难，终于在当地众多中国人的帮助下完成了拍摄，可儿子却已经溘然长逝了……

看完最后一页，再翻过去便是版权页了，却发现就在那正文末页的背面，细字印着这么一行：本作品系根据电影《千里走单骑》创作的小说。记得小时候看电影，常见片头大书：根据某某小说改编。而这部作品与我习以为常的惯例恰恰相反，竟是先有电影而后有小说的！好像从前电影每每源自文学作品，后来便有漫画改编的电影问世，进入电子时代后，甚至出现了根据电脑游戏改编的电影。看来副文化取代文学主流文化地位的争夺战，早已杀进了电影产业。由游戏衍生出小说的例子已经不觉新鲜了，比如听说在我国也有不少粉丝的水野良，原先就是一个游戏设计师，其名著奇幻小说《罗德斯岛战记》，最初就是个 role-playing game，后来还被编制成电脑游戏。但是由电影而生出小说，恕我孤陋，《单骑走千里》是我见到的第一本。作者白川道，1945 年出生于我国北京，是位大器晚成的小说家，49 岁才出版处女作，《通向天堂的阶梯》（2001）问世后曾畅销一时风靡日本。而由高仓健主演的《千里走单骑》公映以来也十分叫座。为配合造势，还有两家电视台相继播放了长纪录片，介绍高仓在电影拍摄过程中与参与该片制作演出的丽江人的心灵交流，诚挚感人，在这中日关系由"政冷经热"到"政冷经凉"、令人忧虑的时节，送来了一丝友好的暖意。

汉方小说

思巴庐，乃是汉字"昴"的日语读音——笔者只是为便宜计借此三字表音而已，日本人用的自然是假名，否则"思巴庐"倘让他们去读，则势必非念成"戏哈老"不可。昴者昴宿也，二十八星宿之一，亦即西方星座学之Pleiades，被用作文艺刊物名称，当属明治末年石川啄木、吉井勇等人的新浪漫主义同人志《昴》为最早，未几改昴作片假名，文学史上于是便称这班人马为"思巴庐派"。这本1909年创刊的杂志存命四年即告匆匆废刊。如今的《思巴庐》则是集英社于1970年创办的纯文学月刊，在当下日本文坛颇具影响，然虽系袭用现成旧名，却与前者风马牛不相及，刊名也用平假名书写。集英社原为小学馆的娱乐杂志出版部门，1926年另起炉灶分离独立，于今已有近八十年的历史，由于历代老板经营有方，今已发展壮大为文艺出版的重镇。而其最为成功的得意之笔，恐怕当数1965年推出"考巴鲁特不可思"（Cobalt Books 的讹音。现已不出）和1976年发行"考巴鲁特（Cobalt，即金属元素钴）文库"，大走"少女文学"路线，俘获了一代又一代少女们的心，诱导她们沿着既定阅读轨道长大成人，从而造就了文学作品的读者乃至作者后备军，确保了出版消费群体的后继有人。此外1966年祭出《扑来宝爱》，活剥那本大名鼎鼎儿童不宜的老牌成人杂志 Playboy，1975年又进而购得宗家 Playboy 的日本版发行权，双管齐下，赚进了不少白花花的银子，功不可没。也许我们应当称许集英社贵不忘本，永葆"娱乐杂志出版部门"传统不退颜色呢。

《思巴庐》杂志自1977年起开办思巴庐文学奖。这是个新人奖，面向整个社会公开征募小说新作，经四轮筛选，评定五篇候选交给由五名评委组成的评审委员会讨论，最后投票决出获奖作。每年一期，至今业已举办了28届，发掘并培育了不少优秀作家，如第二届得主森瑶子、第四届得主又吉荣喜、第十三届得主辻仁成等，如今都是叱咤文坛的风云人物。去年芳龄二十便攫走芥川奖、引发了一场不大不小旋风的金原瞳，其获奖作《裂舌》前一年便是先得了思巴庐文学奖，因此最先发现这位文学新星的殊勋当之无愧地应归于思巴庐。现任评委为川上弘美、笙野赖子、辻仁成、又吉荣喜和藤泽周。

最新一期获奖作《汉方小说》，命名颇为诡谲，仿佛"战争小说""恋爱小说"的同类，让人望文生义误以为学术著作。它与《白色咆哮》（朝仓佑弥著）一道，从1533篇应征小说中脱颖而出，分享了去年第二十八届思巴庐文学奖一百万日元奖金。汉方，是日文对中国传统医学的称呼，中医则称作"汉方医"，中药被称作"汉方药"。汉方在日本，曾经历过一波三折的大起大落：自古以来，汉方非但是主流，而且是一花独放，说到医，便仅此一家，别无分店；明治维新后，独尊西方医学，汉方被目为不科学而遭废黜；近年来，汉方又渐次复辟，形成了一个隐然的热潮，连厚生省也将部分"汉方药"划入医疗保险范畴，亦即是说升格为可以"报销"医药费的对象了——此前竟然连这种资格都无，足见何等地被视作左道异端。

《汉方小说》采取第一人称叙事。主人公"我"31岁，独身女性，得知早已分手的前恋人即将娶妻成家，当晚便突发原因不明的剧烈痉挛，苦痛难禁，大大小小辗转连去四家医院求医，却均被告知"未见异常"，就是说没病！百般无奈，只得去敲最后一扇门"汉方医"碰运气。不承想这一敲门，居然大大地改变了"我"。汉方不仅解除了"我"的病苦，而且为"我"昭示了一个新奇的世界：无论是治疗方法还是病理诠释，汉方都迥然异于"我"习以为常的西医，其深奥与神秘，伴着汉方医坂口的健美英俊一道，令"我"深被魅惑。可惜有一半中国血统的大夫回了上海，罗曼司刚欲启幕即告剧终。小说还平行设定了一条副线：大学时代以来形成的"我"的交友圈子，四女二男，不定期地在站前小酒馆"蓝帐篷"聚会。六人不是离婚便是失恋，借用"我"的表达，便是人人似乎皆患有"辣务（love，如今的日人爱使洋文，且多用音译，意译者甚罕）缺乏症"，尽管具体情况各各不同。小小的交友圈子似乎便是当代社会的缩影。

印象深刻的还有一处。"我"急于知道自己的病名，坂口大夫却回答说"没有"，并进而解释说病名并非必要，患者体力、体质、染病的前因后果及病变过程皆彼此各异，"你的病就是你自己的，独一无二！"汉方将种种个人信息综合权衡，不仅对症而且对人下药，不像西医，"某病一律服某药"，任患者千千万万，却共有同一病名服用同一药物。这番言说指斥"名的异化"，仿佛意图借作品人物之口为时代诊断病灶的所在。

作者名叫中岛太子——"太"字又是笔者信手拈来表记读音的，原文为平假名——体态修长，身高172厘米，比同时获奖的堂堂须眉朝仓佑弥高出了好大一截，1969年东京生，多摩美术大学毕业，主修电影制作、剧本写作和摄影。念小学时便热心写作，明明不曾布置作业，却自作主张写了长文去寻老师："老师帮我看看嘛。"弄得为人师者心下叫苦不迭，口头却不便明言。大学期间即写作相声脚本之类崭露头角，24岁时夺得"日本电视台"第一届剧本大奖，后长期参与电影制作，也算得是一名脚本家，然而工作收入极不稳定，自叹"穷极"。50万日元奖金固然只是杯水车薪，但集英社秉依惯例为每篇获奖作推出单行本，倘能热销，自会有助于作者"脱贫"。笔者也早早地买来了一本，一则是为了书名中的"汉方"二字，二来算是向这位甚有才华的小说家遥致声援。

关于分一杯羹的公理

片山恭一出道较早，27岁时就曾获取颇有影响的文学界新人奖，然而此后却堕入了漫长的低谷。惨淡经营的片山恭一的名字，近来在日本传媒上每每与村上春树相提并论，原因是他那本恋爱小说《在世界中心呼唤爱》（以下简称《呼唤爱》）持续热销，最新的数据是业已突破201万部（按：该书最终销售纪录为700万部，创历史纪录）。而村上至今卖得最好的小说是1987年9月出版的《挪威的森林》，上下两册加起来据说共销售了500万册，创下了尚未有人打破的纯文学销售最高纪录。于是传媒纷纷揣测自那以来最为逼近这一纪录的《呼唤爱》能否改写历史再创新高，因为作为一部完整的小说，《挪威的森林》售数其实得打对半折扣，即应为约250万部。当然，这个数字仅仅指硬面普通单行本，不包括袖珍软面文库本。否则辻仁成和江国香织的双体小说《冷静与热情之间》红蓝两版就各自迫近或超出了300万部，那是将单行本与文库本两者相加后的数据。

《呼唤爱》的畅销，还展示了阅读市场的新趋向，即它基本上与出版方面的宣传诱导无关，而不妨说是读者们自主选择的结果。该书2001年初版时只印行8千册，出版社也未炒作，一般读者更没注意到此书的悄然问世。正因为如此，它静静地在读者中流传了两年，一直到了2003年春天，才水到渠成，猛然畅销起来，连续在月季书榜上雄踞首座。造成热销契机的，倒是喜爱此书的普通书店店员们自发的介绍推荐，形成了"读者炒作畅销书"现象，对此笔者曾撰文介绍过，认为前所未有、值得肯定。

然而后来的发展却又蹈袭从前的老谱，重复见有利可图便一哄而上的商业主义公理，众人都来分羹拔毛搭便车，验证了这条百足之虫的强大生命力——死且不僵，更何况还没死呢。先是拍摄电影。东宝映画请来了名列当世最走红男女新星行列的大泽隆夫和柴崎幸主演，并动用报纸杂志电视因特网等所有新旧媒体广作宣传，声势浩大铺天盖地而且炒作期长达半年以上，弄得日本列岛几乎无人不知今年5月8日该片即将面世公映。其次是导演兼脚本行定勋氏突发天外奇想，为男主人公朔太郎增设了一个新恋人藤村律子，于是秉承行定氏的旨意，一位曾与他合作写过脚本的益子昌一氏，居然炮制出一部《水浒续传》《红楼后梦》来，由出版《呼唤爱》的同一家出版社直接推出廉价文库本。这部"续编"题为《指尖的花》，从律子的视角讲述女主人公亚纪死后朔太郎的故事，编织出又一段新的纯爱物语。为了制造原作中所无的人物律子与亚纪及朔太郎的接点，《指尖的花》强行从原作劈开一条缝来，将律子硬塞进本已相当完美的故事里去，甚至不惜改动原作的人物关系与性格。不过，这些做法倒真不愧百试不爽的法宝，关心《呼唤爱》者自然会难免动心。譬如笔者就毫不犹豫地买下了《指尖的花》，并且还打算5月8号以后去亲眼看看那电影究竟将小说改编成了什么模样。

《呼唤爱》的故事其实非常单纯：十几年前，高中时代，一对少男少女倾情相爱，少女却死于白血病。类似的悲恋故事我们曾经读过无数，要说特色，恐怕就在于它是时下鲜见的异常洁净的纯爱小说（与它相比，《挪威的森林》的性爱描写诚如同盐泽实信所说的，"甚至可以认为充溢着色情小说的氛围"），而非描写早已成为小说电影电视剧理所当然的主要题材、被著名男优石田纯一断言"就是文化"的"不伦"（婚外性爱）。在日本这样一个后现代社会，男女情爱几乎濒临无政府状态的边缘，一部纯爱小说竟然受到如此欢迎，而且主要得到"青年一代的压倒性支持"。莫非果真像维吉尔在《牧歌》中所吟唱的那样"爱征服一切，我们臣服于爱"（Omnia vincit Amor, et nos cedamus Amori）了吗？但且不问理由如何，与

《失乐园》之类的流行相比,《呼唤爱》这种纯爱小说的渗透总不失为值得嘉许的社会现象。作者新作一篇篇地被扔进了废纸篓,直到36岁才以一部《世界在你不知道的地方运转》重新引起瞩目,之后连续发表5个长篇,最新的作品是本月出版的短篇小说集《雨天的海豚们》。他的小说主题基本都统一在"爱"的纛旗下,拥有一批忠实的读者。这位职业小说家目前的生活形态是:早晨6时起床,整个上午写作,午饭以后便不再执笔,而是专心从事家务——他还是一名堪称称职的"主夫"。

2004 年 4 月 25 日

"9·11"后的现代骑士

大江健三郎的新作《别了，我的书》(《群像》杂志2005年1、6、8月号连载，9月29日讲谈社初版发行)系其前作《愁容童子》的续篇，主人公依然为曾前往斯德哥尔摩领受过某项国际文学大奖的小说家古义人(Kogito)，即那位以长江(Choukou，影射大江)为姓、以"我思想"(Cogito)为名的思考者。这部日文约36万字的长篇小说写的是"9·11"事件之后古义人半自觉地被卷进了一场"恐怖"游戏的经历，曲折隐晦地反映了古义人这位知识分子对所谓恐怖主义及反恐战争的思索和认识。

古义人伤愈出院后，他的儿时旧友、后来却绝交多年的著名建筑师椿繁(Tsubaki Shigeru)特意从长期执教的美国赶回日本，买下了古义人在避暑胜地轻井泽拥有的两套别墅中的一所，伴他比邻而居，声称要与他重温旧谊共度余生。然而其实椿繁是携着一个惊人的秘密计划重归故国的：他要在东京这座人口逾千万的大都会制造一次大爆炸！买下古义人的别墅正是为了用作据点，以便在此训练行动队员、制造爆炸装置。具体的构想是利用自己的建筑专业知识，精确计算出超高层建筑的最脆弱之处，然后用最合理分量的炸药将其炸毁。他还带来了一男一女两个年轻同志共同行事。男的名叫弗拉基米尔，俄国人；女的唤作清清，系出身于青岛农村、现在美国居住的中国女性。两人都曾是椿繁在加州大学的学生，此时身为一个世界性的秘密组织"日内瓦"的成员，而椿繁的爆炸计划无疑需要仰仗"日内瓦"这样无所不能的组织在器材（可以想象大约多为无法从市面上直接购买者)等多方面的协助方才可能得以实行。椿繁为了赋予爆炸事件更强烈的冲击效果,计划让古义人这位世界级的著名文化人也在事件中充任个角色:待爆炸装置安装完毕之后,古义人便将赶往 NHK 电视台报警,通过电视直播呼吁楼内居民撤离,这样既不会死伤一人,爆炸场面及其完整过程又可现场实时地传向世界各地。椿繁制造爆炸事件的目的并不在于杀人,而是要将自己提出的"破坏"(unbuild)理论付诸实施,开发小型破坏装置,用以"个"为单位的暴力装置,去对抗"事实上为美国所垄断"的、巨大无俦的国家暴力装置。而古义人对此非但不表示反感,而且在理解的基础上予以积极地协作。虽然这样迹近疯狂的行为好似堂吉诃德骑士大战风车,注定只能以失败告终。

和前篇《愁容童子》一样,大江健三郎以超人的广阔阅读视野为参照系,通篇大量引用 T.S. 艾略特的《四个四重奏》、路易·费迪南·塞利纳的《茫茫黑夜漫游》、皮埃尔·加斯卡尔的《野兽》(1953)以及《死亡的时代》(1953)等欧美文学作品,用作将自身小说相对化的道具。而作品中表现出的对三岛由纪夫不露声色的批判,以及通篇不形于色却又无处不在的,对于世间一窝蜂地呼作"恐怖"(terror)的行为的思索(作品从头至尾未用"恐怖"一词),都显示出了大江作为博爱的自由思想家的本色和良心。只是,弗拉基米尔何以要加入恐怖组织,因他是俄国人,隔膜自然让我无法理解;然而清清作为我的同胞,如今生活在自由富裕众人憧憬的美国,是否具有舍弃安逸生活投身恐怖活动的必然性,同为中国人,读毕小说之后,我依然未被说服。该不会是大江过高地估价了中国人的精神性了吧——当然,如此胸襟狭隘,也许仅仅因为我是一介俗人,亦未可知。

杂说《寝室》

这是一篇写法经典得有如教科书般的短篇小说。众所周知，东洋美女作家江国香织精于长篇制作，短篇给人的感觉不过是偶一为之罢了，至今仅出过两本短篇集，数量远较长篇为少，然而水准却早有定评：当年攫取直木奖的，便是短篇集《好想痛痛快快哭一场》。

依照 Edgar Allen Poe 的定义，短篇小说应该是"简短之散文故事也，精细吟味之亦仅须半小时乃至一两小时者"（a short prose narrative, requiring from a half hour to one or two hours in its perusal）。这篇《寝室》译成中文不过五千余字，半个小时足可读毕，即便要细细吟味，两小时之内亦当足矣——当然，倘是打算搜索枯肠炮制一篇职业性的批评文字，则吟味所需的时间自然又当另作别论了。这个短篇还恪守单一场景（single setting）、单一事件（single incident）等教科书（譬如 National Textbook Company 的 *Dictionary of Literary Terms*）上强调的原则，始终让主人公文彦孑然一人泡在自家的盥洗间里，痛定思痛地追忆与相好五年的小蜜、刚刚谈定分道扬镳的理惠之间的情事，从在理惠供职的药房里初次相逢起，直至今晚刚刚吃完的那顿散伙饭，其间当然还穿插些文彦难忘的细节。亦即是说，小说的单一事件即为文彦的婚外情史，而单一场景则似乎设定为盥洗间。因此，初读时我还颇感狐疑：叙述分明是在盥洗间内展开的，题名何以却叫作《寝室》，而非《盥洗室》或《洗澡间》呢？及至读到最后，文彦洗浴完毕，"拖着沉重的脚步"由盥洗间走进妻子正沉睡着的寝室，感到这个其实一成未变的房间与迄至今晨为止的景象完全不同，才恍然悟到作者将题名定作《寝室》的用意所在：这间寝室的存在，正标志着文彦的婚外艳遇正式地寿终正寝，他从此再也不会透过"理惠"这副有色眼镜去观察周遭的世界了。文彦终于完成了由婚外恋情向法定婚姻的回归，尽管他刚才还"忽然意识到自己已经永远无法返回原先的自己了"。小说的单一场景其实应当是包括了盥洗间和寝室以及妻子女儿在内的文彦的"家"。

江国香织素有"恋爱小说圣手"之誉，不妨说她的全部小说，不论长篇抑或是短篇，主题都是写的爱情——日文是将爱情小说称作"恋爱小说"的。爱情是"江国文学"一以贯之、始终不渝的主题。然而江国笔下描绘的，已然不再是传统意义上的"爱情"了，不再是情窦初开的好男好女倾情相许奋不自顾，不再是对爱情的自惜自珍，更无所谓矢志不移终身相依。江国描写的"爱"，可以说十之八九都是婚外情悖德恋，坚贞、忠诚、守身如玉等传统上曾被视为美德的东西一一销声匿迹，良心的苛责、背叛的罪咎、道德的自省也不复具备价值，唯有眼下这份爱的情热才凝缩着生的全部意义。而对眼下这份情热的执着与坚定，总是被江国写得极其美好极其娟丽。至于道德的断罪，则每每被省略了去，仿佛它从来未曾，并且永远不会存在。在这一点上，日本社会及读者似乎远较宽容。也许，我们可以这样去理解小说主人公文彦的情感航路以及对此表现出的态度。

《寝室》发表于老牌文艺杂志《新潮》2004年6月号上，这是该杂志的"创刊一百周年纪念特大号"，同期还发表了多篇其他今世小说名家的短篇新作。

2005年11月2日于呷奔国暗疏乡红木山房

网虫的恋爱小说

其实不管人们喜欢和意识到与否，小说作为文学作品，似乎都命中注定摆脱不了时代的影响。而在我国，从前如此，现在似乎依然如此，却每每喜欢反过来进行表述，曰：文学必须反映时代。最近在东国日本走红畅销、占尽了一时话题的恋爱小说《电车男》，便是这样一部"紧跟形势"的作品，宛似 IT 时代的晴雨表，让我这样拥有一厢情愿地希望看到文学反映论遍地开花称雄天下的教育背景者暗喜不已，心中体味到一种类似天理昭昭的感觉。

主人公电车男是个典型的网虫，业余时间全用来煲网，上聊天室聊天。这位蔫头蔫脑懦弱内向的青年一天突如其来地做出了连他自己也思之后怕的惊人之举：在夜晚的电车里英勇地出手制止了一个对年轻姑娘胡搅蛮缠的男子，成了姑娘心目中的英雄，而他也开始心中暗恋该姑娘。然而平生从未受到过女孩子青睐的他面对自己的情感手足无措，于是习惯性地上聊天室告白，并请匿名聚集在 2channel 聊天的网友们指点迷津。众网虫都是所谓"秋叶系"（经常出没于秋叶原电气街、渔猎最新电子产品的）电脑迷，人人独身，个个与爱情无缘。他们同病相怜同仇敌忾，纷纷热心地为他献计献策。那位富有而美丽的姑娘其实也由衷地喜欢他，最终两人功德圆满终成眷属。

小说的情节蹈袭老谱并无新意。两人在电车上结识的一段戏百分之百套用"英雄救美"的原型，只不过速成的英雄与平素的屌夫间的落差颇为搞笑而已，而这种处理恐怕也非此书独创；家境过人且才色兼备、工资亦似乎甚为可观的美人与一无所有的底层青年的结合，也无非是演绎了一场现代版的"公主下嫁穷小子"。该小说的出新之处，就在于其迥然不同于众的叙述手法。作者虽然署名中野独人，但出版方新潮社在版权页上专门注明这是个假名字，意为"聚集于因特网聊天室的独身网民"，号称该小说当真是将他们的网上砸贴编汇而成的，因此整个作品便是通过众网虫的聊天帖子连缀来讲述故事的，情节展开也充满了剧场型特征。"电车男"（因其在电车里的救美行为而被众网虫冠以此诨名）是故事的主角，同时也兼任报道故事发展的主播人，实时地现场直播实况，逐一向网上的观众演示情节的进展。比如当姑娘打来电话时，他便是一面接着电话一面敲击键盘，向聊天室的匿名同伙讨教如何回答的，以至于一位女性网虫连声惊呼（其实是在屏幕上写）"临场感强烈刺激"。而众匿名网虫们不仅仅是观众，他们还为电车男分难解忧制订作战计划，直接参与并影响故事的展开。

还有一个现象也很能显示《电车男》不愧为IT时代弄潮儿的特点：网上对该小说的反应大大超过了传统纸质媒介，网民们的大量品评好似洪水泛滥。不过，说到底它依旧是一本畅销"书"：包括众多网民在内的读者似乎还是通过购买堆放在书店的纸质印刷品来阅读该书的。至于我嘛，毋庸赘言，当然就更其如此了。

斯多葛小说家

颠覆"艺术家"的形象

这大约可以说是日本人的共识：村上春树彻底颠覆了"作家"在他们心目中的形象。批评家川本三郎就曾从如下几个方面总结了村上的"颠覆"：首先，此君异常勤奋，黎明即起不睡懒觉；严于律己，每日按时伏案写作；坚持运动锻炼身体；从不会去银座的夜总会之类纵酒作乐；几乎不与业界人士及同行交往；只爱太太一人；而且还严守截稿日期！

不再是放浪形骸外醉眼向世间的阮籍刘伶，不再是醉令高力士脱靴、天子呼来不上船的李太白，也不再是风流不羁视丑闻为勋章的王尔德、愤世嫉俗赞美恶之华的波德莱尔，甚至不再是因朦胧恍惚的不安而自杀的芥川龙之介、放荡无行世称无赖派的太宰治。一句话：作家不再是天才奔放我行我素的"艺术家"了，他和你我一样，只是安分守己循规蹈矩的一介市民而已。也许我们不妨说，是村上让日本的读者也让作家自己抛弃了一个过了时的幻觉，还原了一个当代小说家应有的真实形象。

不宁唯是，村上的严于律己，令人不禁要联想起一个词来：斯多葛派。不折不扣，他简直就是一个斯多葛小说家，我以为。而他几十年日日不断坚持跑步的跑者生涯，便堪为一例明证。

"奔跑"的文化意义

日本人的热爱奔跑，每每让我这个曾经热爱过乒乓球篮球和足球、如今却仅限于通过电视转播欣赏别人参战的体育爱好者惊愕不已。日本主办且为国际田联所公认的国际马拉松大赛究竟有几种，我不知其详，但好像东京、福冈、名古屋每年都要举办一次，似乎还有一个北海道半程马拉松也颇著名。这么说吧：休息日斜躺在家里的榻榻米上，漫不经意地打开电视一瞧，往往你就会看见一群身穿各种颜色背心短裤的选手，默默地、面无表情地正在你追我赶。这类长跑赛事的转播，各大电视台都乐此不疲，似乎总能保证一个令人满意的收视率。

奔跑固然是各类体育运动的基础，然而其本身作为一种运动项目，恐怕是最最缺少游戏性的了。至少我丝毫不觉得长跑有什么"好玩"之处。然而就是这朴素、单调、坚忍的长跑，却是日本民族的至爱。从中我以为似可看到这个民族的精神底蕴。他们还酷爱一种叫作"驿传"的长跑接力比赛，我觉得其更能体现出日本的民族精神。新年伊始，许多日本民众都要一睹为快的，就是每年由"日本电视"实况转播的"箱根驿传"，20个经过选拔进入决赛的大学各派10名选手，每人分跑1区，或5公里或10公里不等，在1月2日从东京大手町出发，分5区跑至神奈川县的箱根，再于次日原路跑回。沿途还可见到许多不满足于电视观战的热心支持者。

朴实无华却永远向前的奔跑者，是不是可以视为日本民族的形象呢？

"跑者"的文字

选择了堪谓"国民体育"的长跑作为其锻炼身体保持体力之手段而终生不渝的村上，尽管每每有论者论及乃至强调他的"非日本"因素，我们却仿佛看到了他那典型的"日本人"性。仅仅是透过奔跑,似乎也足以将村上与日本文化紧密地相连为一。而一部关于奔跑与跑者自身的文字作品,也如同奔跑这一朴实无华的运动一般,铅华洗净素淡平白。

奔跑,不独是小说家村上春树的生活方式,恐怕更是他的文体写照。

《源氏物语》的容受：在世界，在中国

当今之世，优秀的文化遗产不论其有形无形，已然不再仅仅属于将它创造出来的那一民族那一国度，而是全世界共享的。《源氏物语》也不例外，如今它不但是日本民族的骄傲，而且也成了全人类共同的财富。

这里就有一个现成的例子：为了纪念《源氏物语》诞生千年，巴黎的 Diane De Selliers 出版社于去年 9 月隆重推出了法文新版 *Le Dit de Genji*，译文采用日本文学研究耆宿、曾任法国国立东方语言文化研究所所长的 René Sieffert（1923—2004）的完译本，并收录彩印绘画共 520 帧，附录人物谱系图及历史地图等资料，编辑制作耗时七年，全书长达 1256 页，分三卷，总重量达 12 公斤。还配有套箱，豪华至极，售价高达 480 欧元，可谓不斐，然而初版 3500 部却在三个月之内便悉数售空，足见"源氏"人气之旺。该书封面印有 1922 年诺贝尔文学奖得主、爱尔兰诗人叶芝的一句话，验证了笑夷在本文篇首表达的观点：*Le Dit du Genji* est un des plus grands classiques au monde, et j'aurais trop à dire sur ce chef-d'œures pour pouvoir en dire quoi que ce soit. （《源氏物语》乃是最伟大的世界经典之一；而关于这部杰作我有太多的要说，以至于什么也说不出来了。)

法文全译本似乎只有 Sieffert 的一种，而据笑夷所知，英文全译本则至少不下三种：分别出自英国 Arthur Waley（第一册出版于 1923 年）、美国 Edward G. Seidensticker（1976 年）和澳大利亚 Royall Tyler（2001 年）之手。其中 Arthur Waley 译本由于问世最早，因而影响也最大，他首译的书名 The Tale of Genji 得到英语世界公认，已成为定译。德国、西班牙等国在培养出自己的拥有从日文直接翻译《源氏物语》实力的研究者之前，大体都是通过威利英译本转译的。而意大利迄今为止的三种译本中便有两种（Adriana Motti 的 Storia di Genji il Principe Splendente 和 Piero Jahier 的 La Signora della Barca il Ponte Dei Sogni）转译自威利英译，另外一本 Ivo Domenichini 的 Il Romanzo di Genji 则是 Kikou Yamata 的法译本 Le Roman de Genji 的转译。而丰子恺的汉译本据称也参考了威利的译文。

相比之下，我们中国在《源氏物语》的翻译上，也堪谓无愧于泱泱大国的地位了，至少就数量而言。第一个译本由丰老先生在1965年完成，却由于众所周知的原因，直至1980年才得以由人民文学出版社出版，在时间上落后于西方半个世纪以上，虽然起步晚，然而后来居上，迄今为止译本已然超过了5种，而其中3种以上系进入21世纪之后推出的新人新译，即梁春（云南人民出版社，2002）、姚继中（深圳报业集团出版社，2006）和郑民钦（北京燕山出版社，2006）的译本；还有1种系出自海峡对岸的译家之手，即林文月译本（中外文学月刊社，1989）。林女士出生于上海，台湾大学中文系名誉教授，其源氏译本曾于1994年获得台湾的翻译大奖。她的和歌翻译颇具特色，将五顿31音节（5—7—5—7—7）的短歌译作三句22字（7—7—8），一、三句末押韵，诸如"生有涯兮离别多，誓言在耳妾心苦，名不可恃兮将奈何"之类，比诸丰译的七言二句，异国情趣似稍浓烈，不至于被人误以为是汉诗的断片。

《源氏物语》还是我国日本文学研究界最受关注的对象之一。恐怕打开任何一本研究日本文学的论文集，总能发现讨论"源氏"的论文，参加任何一次日本文学研讨会，总有机会听到以"源氏"为论题的发言。而其中为数不少的可能是谈论"《源氏物语》与《红楼梦》比较论"之类。还有一个似乎曾经流行一时的语词，说《源氏物语》是什么"日本《红楼梦》"。其实此类"外国《红楼梦》"不过是早已有之的老谱，于今已觉不新鲜了：依稀记得是"文革"末期吧，公映过一部其时甚为稀罕的外国影片，罗马尼亚（因是友好国家方才获此殊荣）的《奇普里安·波隆贝斯库》，当时就曾赢得过这一美号。然而11世纪初的文言小说《源氏物语》标志着日本古典文学的起点，与之相对，18世纪的白话小说《红楼梦》则是矗立于中国古典文学的终点线上的，两者之间的可比性尚可斟酌。当然风马牛不相及毫无可比之处的事物大概也是不妨拿来比较的，我们中国人可谓是这方面的专家，看看两句俗语便知笑夷此言不差：一朵鲜花插到了牛粪上；癞蛤蟆想吃天鹅肉。鲜花乃是植物的生殖器官，而牛粪则是动物的排泄物；癞蛤蟆丑虽则丑却是鲜活的生命体，天鹅肉却是曾经美丽过的尸体的一部。将它们捏合在一起，恐怕得掌握超凡的逻辑，却偏能营造出惊人的修辞效果来，正所谓奇迹是也。不过，为比较而比较或许便可成为充足的理由，就像为艺术而艺术一般，然而文学研究毕竟不同于奥运会，"意义在于参加"。光强调比较的意义就在于比较本身，恐怕还不足以令人心悦诚服。诚然，近来海内"源氏"研究似乎已然超越了这一水准，可喜可贺。

《源氏物语》在日本

作为人类文明史上的第一部长篇小说，《源氏物语》无疑是日人永远的骄傲——毕竟是她为日本赢得了最古老的一个世界第一。众所周知，在欧洲，成书于1353年的《十日谈》一般被视为小说的原型，然而它长则长矣，却非长篇小说，不过是由百篇小故事构成的短篇集而已。欧洲最古的长篇小说恐怕当非塞万提斯那本被目为现代小说之祖的《堂吉诃德》莫属，此书出版于1605年。而我们中国问世最早的长篇小说大约首推《水浒传》和《三国演义》了，作者施耐庵与罗贯中活跃于元末明初，就时代而言，大致同薄伽丘（1313—1375）相去不远。亦即是说，在中国，长篇小说的出现，要早于欧洲约两百年！然而若同《源氏物语》相比，却又要晚上约四百年了！根据《紫式部日记》中宽弘五年（1008年）霜月、即阴历十一月一日的记载，当时这部小说就已经流传于宫中了，据此一个名为"《源氏物语》千年记委员会"的团体早早便已在日本发足，意欲借此机会展开多种纪念活动，大张旗鼓地庆祝一番。

倘若仅仅只是古老的话，当然还不足以令人为之如许自豪，因为古老每每不免与"原始""过时"等殊词同义。《源氏物语》之所以千古常新，不独在于她的古老，更在于其高卓的艺术达成度，其作为古典文学之巅峰给予其后物语文学绝大的影响，它对后世"和歌"创作的影响也堪称巨大，例如平安末期的和歌重镇藤原俊成就宣称"不读'源氏'，乃歌人之恨事也"；尤其在于其深刻的现实认识与强烈的批判精神，而这种批判精神不妨说是文学得以伴随人类而存续至今的命脉所系。加之人物心理描写精细入微，更使得"源氏"十分接近现代小说。换言之，在思想性和艺术性两方面，这部小说均具有相当的现代性。

这样一件"国宝"，自然会吸引大批的学者来研究。在日本，但凡大学大体皆设国文专业，而国文专业中则几乎必有专攻《源氏物语》的教授。研究者之众，鲜有堪与之比肩者，研究专著汗牛充栋，不可胜数。

"源氏"不仅是学者们的至爱，而且也赢得了诸多著名作家的青睐，大约是爱之不足还欲与众人分享国宝的魅力和一己的心得吧，他们各显身手，将源氏译成现代日语，为众多不通古文的同胞提供了也能够欣赏自家国宝的机会。现代作家中，第一个推出《源氏物语》今译本的，是杰出的女歌人与谢野晶子，她一生之中将《源氏物语》译了两次，初版《新译源氏物语》问世于明治四十五年（1912年）。另一位著名小说家谷崎润一郎更是令人咋舌，竟然在创作了大量小说名作之余还将一部"源氏"前后译了三次，精益求精追求至善至美，并且还口出豪言："再译一次（即第四次!! 小炜注）也未始不可!"可惜他在第三次译本刊行期间去世，遂令这势必将空前绝后的纪录化作了虚幻。译过"源氏"的著名小说家还有圆地文子、田边圣子、濑户内寂听和桥本治。其中销路最好的，当数田边的《新源氏物语》。由于未见更新的统计出炉，小炜手头只有截至1999年11月的数字。当时雄踞畅销榜首的是田边的250万部，其余依次为濑户内210万部，与谢野172万部，圆地103万部，谷崎83万部，桥本42万部。此外还有众多出自学者专家之手的注释本和（包括附于注本之后的）现代语译文。由这些数字我们可以知道，《源氏物语》在今天的日本依然是拥有许多读者的，尽管读的是今译。

《源氏物语》还曾多次被改编成电影，光在战后便有过五次，以影像形式阐释传播古典，顺应时代新潮，与时俱进。从1951年新藤兼人担任编剧的《源氏物语》到2001年由吉永小百合出演紫式部的《千年之恋之源氏物语》，五部作品都拥有一个共同的特征：出演者皆为红极一时的俊男美女演艺明星,从1951年的长谷川一夫、乙羽信子到2001年的天海祐希(反串光源氏)和常盘贵子,无一例外。幸乎不幸乎,如今要想光大传统,将芸芸众生吸引在国宝周遭,看来也非得借助明星偶像的一臂之力不可呢。

著名小说家,也是"源氏"今译者之一的尼僧濑户内寂听就曾对读者渐少一事表示忧虑:"听说海外传媒人士来日本时,以为不读'源氏'便难以理解日本人的思维和感受方式,所以拼命阅读'源氏',可是遇到日本人一谈'源氏',却没有一人读过。他们问我究竟咋啦,我无言以对。"此说原系小说家言,恐怕难免文学修辞的成分,未必就可以照单全收。不过倘若说现代日人很少阅读"源氏"的古文原著,则恐怕的确是"虽不中亦不远矣"。前述今译诸本的热销即可视作一例明证。而销售额高高君临于今译诸本之上的,却是一部题为《黄粱一梦》(『あさきゆめみし』)的译本,早在十年之前就已然销出了1700万部,几乎是田边"源氏"的7倍!译家大名叫作大和和纪,本是一位漫画家。对了,其实这部畅销之王原来竟是一部长篇漫画!尽管说从平安时代的各类"绘卷"到江户时代的"黄表纸",日人先天性地就有嗜阅漫画的传统,但漫画"源氏"的畅销,却无疑表明了当代日人"疏远活字"现象的日趋严重。据说当今之世,甚至连大学国文专业的学生,每每也对文言原文敬而远之,关于《源氏物语》的知识,居然也只限于看过大和和纪的漫画而已。了解了这一现实,对于日人何以要借用《源氏物语》诞生千年之际而大加炒作的苦心孤诣,大概也就能够理解了。

他　　　山　　　篇

汹涌的"携带小说"

手机一词，在日文里叫作"携带电话"，略称"携带"。据说在时下日本，"携带"总数超出一亿，几乎与人口相等。而且功能之齐备简直不逊于一台电脑，至于摄影功能则更是令电脑也要望洋兴叹了。可以用它来付账购物，代替信用卡；还可以用它来写作，赛似文字处理机：最近以一部《修比整可怕一百倍》勇夺《野性时代》（出版巨头角川书店麾下的小说杂志）主办的首届青春文学大奖的木堂椎还是个年方十七的高中生，此君便是"用两根指头在携带电话上写小说"的。

既有人用手机写书，就有人用手机来读书。据估计，日本手机读书市场规模高达10亿日元，这块令人垂涎的肥肉难免招惹群雄觊觎，于是众多出版大鳄纷纷开设手机读书网站，总数于今已40余家。与漫画一道，各社均将小说定位为主打商品，不仅积极投放尚未印刷上市的最新作品，还将业已发行的单行本及袖珍文库本电子化，推上网站。收费形态也多种多样，便宜的月额仅须300日元，即可随意阅读不限数量；具有珍稀价值的则按册计费，读一本小说就得付一笔款。这些通过手机网站阅读的小说有一个专门的名字，叫作"携带小说"。

携带小说诞生只不过数载，历史虽短，势头却咄咄逼人，自降生伊始便澎湃火爆，形同飞流直下的狂潮，而这狂潮的点火者，是2002年问世、在女高中生中风靡一时的匿名作者Yoshi的系列恋爱小说《Deep Love》，4部作品共吸引了2000万读者造访，以传统的纸质书籍形式发行后，也热销了270万册，成了携带小说史上的第一部畅销书。但同时也因其高中女生与男色风尘业中人程式化的恋爱故事、过剩的性描写以及缺乏表现力的行文而招致成年读者对于携带小说这一形态的反感。而2003年以来，各大手机通信公司相继导入数据通信定额制，导致手机读书费用大幅度降价，加之读书网站纷纷投入实力派作家的优秀作品，携带小说获得了飞跃性的发展。如今在手机上可以读到的，既有森村诚一这样的元老级推理大家，也有铃木光司、内田康夫这样的时下当红流行作家，前年度的芥川奖得主阿部和重的首部携带小说也已在几家网站同时开始连载。

不过左右读书网站人气的，不仅仅是执笔者的阵容。不少网站推出了各种读者参与型的服务，牢牢抓住文学爱好者。角川书店的子公司"角川数码图书"推出了"三百字小说讲座"，请来职业SF作家川又千秋主持，为读者修改习作，不到半年就收到六百多件投稿。集英社的网站"携带杂志·the读书"便针锋相对，打出个"一千字文艺"的招牌，也十分红火。各出版公司关注携带小说投稿还有一层目的，即从习惯于以手机为书写工具发邮件写日记来表现自己的新生代中发掘文学新星。"携带网站上遍地是素材"，如今已经成了出版界不容置疑的共识。

携带着小说出行

出生于1971年的内藤美加有个别名,叫作"携带小说女王"。这当然是传媒奉送的封号,贫苦出身的内藤女士还不至于高傲到自称"女王"的地步,不过对于"携带小说"这一定语,她倒也并不拒绝,在自己博客上打出的旗号便是"携带小说家"。携带,乃是"携带电话"的简称,即我们中国人从前喊作"大哥大""大姐大"、如今唤作"手机"的文明利器。内藤开始写作8年,业已出版小说、散文共59种,今年(2006年)6月份第60部、小说《让我进来》即将问世,其小说的基本主题是恋爱,而绝大部分作品都是先期在手机读书网页上连载的所谓"携带小说",然后再改由传统纸本媒体形式出书的;去年7月起半年期间在免费网页上每天连载的恋爱小说《LOVE※》(日文读如"辣务考眉",因 ※ 这个记号颇似"考眉"即米字),点击数累计达1400万。"携带小说女王"头衔,看来是当之无愧的。

除了无须付费这个原因之外,手法新奇、故事诱人也是《LOVE※》赢得人气的重要理由。正如其宣传口号所说的,这是一部"男女同时进行携带小说",故事写的是一位在IT企业工作的女白领同某男大学生的别离与重逢,分别由内藤美加和另一位男作家尾谷幸宪各自从男女主角的角度展开叙述。其实这种双聚焦小说手法早已由辻仁成和江国香织尝试过,他们的《冷静与热情之间》当年曾大获成功,以至于尝到了甜头的他们后来还试着用同样的手法再度合作过一次,小说题名欲断而不断,就叫《左岸》和《右岸》，连载早已结束，但不知何故至今未见单行本出版。而辻仁成乐此手法而不疲，其尝试的触角甚至伸出了国界之外：他同韩国流行女小说家、号称在韩国拥有200万女"粉丝"的孔枝泳合写的双聚焦小说《爱过之后来临的》两个月前便已经出现在了东京的书店里。

在出版巨头新潮社专门面向手机用户的读书网页"新潮携带文库"上，内藤美加是最受欢迎的作家，最近一部小说《辣务临客》写的是一个女子同时爱上了两兄弟，虽然这是个收费网页，可《辣务临客》还是赢得了超过150万的点击数。内藤的成功恐怕与寻觅到了与手机十分匹配的文体不无干连，其特点一是句子短，二是换行多，非常适合屏幕面积扩容有限的手机阅读。她另外一个经验之谈是："最后一两行至为重要。比如说你在结束时写道'她摆了摆头'，这样既可理解为点头同意又可理解为摇头拒绝，于是读者便会想知道下面的展开究竟如何。"一言以蔽之，就是要尽可能写得吊读者的胃口。

携带小说主要受到年轻受众的支持，借用内藤的话说，就是："只有不读书的年轻人，没有不用携带的年轻人。"她的读者大多为十几岁到三十几岁的女性，据说多是在夜里临睡之前阅读。读者们还常常顺便给作者发来个伊妹儿，谈谈体会，道声平安。有位二十岁的男读者在伊妹儿中称："平时生活中我是绝对不读小说的，不过对这部《LOVE※》我却是神魂颠倒了。"显然，内藤的论断是有现实根据的。

对于携带小说的风靡一时，也有有识之士表示了忧虑。文艺评论家富冈幸一郎就从写作技法的角度指责它"过于追求故事情节的展开，从而将近代以来的小说所注重的'描写'置之于不顾"。他甚至还认为携带小说对传统纸本小说产生了不良影响："最近连纸本小说中，描绘简单直白的感伤和悲哀，一览无余直奔结局的程式化作品也有所增加。而电子化恐怕是加剧这一趋势的要因。"看来，急速发展的携带小说已经走到了歧路口，需要对自己的针路航线重加点检，在质上努力争取提升，以避免沦为时代的谎花。

文坛"双打冠军"?

一般而言,小说创作从惯例来看,基本上都是一种独立的个体行为。当然也曾听说过有成名大家暗下里雇用大批 ghostwriters 捉刀,以现代工业的流水线方式批量生产小说的流言,但起码其公开署名方式依然还维持着个体创作的做派。像我国"文革"期间曾君临一世风靡一时的"某某工农兵创作组集体创作",虽属中外文学史上独树一帜的创举,然而如今回首反思,却毋宁当视之为昙花一现的例外,只能徒然充作供人解颐的材料罢了。不妨斗胆断言,文坛本是独往独来的独行侠们各显身手的地方,小说家们则人人皆是孤身作战的"单打选手",好像是意大利人说的吧:Gli scrittori sono sempre individuali.(作家们永远是个体户。)

日本亦如是,纵览千余年一部文学史,小说也罢和歌也罢,自古至今好像找不到什么作品是由集体创作的。虽然大和民族夙以团队精神著称于世,但他们的歌人或小说家们却倒也都坚持单打独斗的方式。然而在时下的日本文坛上,却活跃着一对联手创作联名出书的"双打选手",自从公元 2000 年两人首次联署"松久淳+田中涉",推出第一本合作小说《天堂里的书屋》以来,这对别具一格的"双打"作家人气逐年上升,迄今业已出版了《蓝色的爱情》(2002)、《恋火》(2002)、《游泳池》(2002)、《四月愚人》(2003)、《白色的告别》(2003)、《恋爱喜剧》(2004)、《船夫》(2005)等八部合作小说。其最初的一本《天堂里的书屋》系由一家名不见经传的非主流出版社镰仓春秋社发行,悄然登台之后,在读者中间口口相传,虽无人炒作却大为畅销。于是他们的"书屋系列"日益引人注目,终于,第三部作品《恋火》在2004年被改编成电影搬上了银幕,结果又为两位作者赢得了大批忠实的粉丝。

松久淳1968年出生,毕业于东京的上智大学新闻系,这是一所以重视英语教学闻名的教会大学,然而他却坦承自己"英语根本不会",原因是他"不思苦学,整日游荡",结果英文各门考试"一路红灯",若不是"走后门通路子",差点就毕不了业——"此系实话,未经编造",他说。好在大学毕业之后做了职业写手,而且反正是用日文写字,不懂英文似乎也并没有难倒他。不过只知母语不通外文便甭想拿到好工资,这在业已跻身发达国家行列、在富国俱乐部中据有一席之地的日本也是一样,松久纯靠一支秃笔卖文为生,为生活计,没奈何但凡订单上门,一律来者不拒,什么文章都得写,这窘态一直持续到与好搭档田中涉邂逅、携手同闯江湖而终于一鸣惊人为止。此前此后此君虽然也都曾单独发表小说,但不知何故,人气销路均无法与"松久淳+田中涉"的合作小说同日而语。其搭档田中涉比松久早一年出生,此人其实是位才气焕发的画家,在两人的合作小说中承担绘画之任;而文章则全部是由松久一人独力创作的——他们俩合作小说的最大卖点便是在文中穿插了大量的图画,同时又完全不同于绘本,其画页远较绘本为少——毕竟还是小说,却又远较一般的小说插画为多。因此虽号称"合作小说",实质上万变不离其宗,依旧应当视作个体创作形态为宜。"双打"恐怕难免有些名不副实。然而田中涉淡雅飘逸的画风和温馨可爱的造型,不唯画龙点睛地凸显了小说的人物故事,成功地将其具象化,而且这些画作本身也足可以当作水彩画来独立欣赏,是拴住粉丝眼球不令其逃逸的不可或缺的重要因素。二人一文一图,相得益彰同明相照,俨然是一莲托生的命运共同体,构成了当下日本文坛独此无二的一道绝景奇观。而究明了"松久淳+田中涉"的实态后,我们恐怕不由得会更加相信"小说创作乃是独立的个体行为"了吧。

松久田中二君的合作小说中最为成功者要算"天堂书屋"系列,如若分门归类的话，这三部小说恐怕应当划入奇幻文学的范畴，它们写的是死后世界与此世人生的纠葛，故事因纯粹而感人。第一部《天堂里的书屋》更称得上是就中白眉：主人公悟是毕业在即的大学生，正忙于"就职活动"，一连报考了二十家公司，统统被拒之门外，却偶然被招到天堂里的一家书店去打临时工，为顾客们朗读感人的文学作品。在那儿，悟喜欢上了一个绿眼睛的女孩唯，可唯却是由于心灵受到重大创伤而自杀的，并将一颗紧紧封闭于硬壳内的心带来了天堂。经过周围的努力，唯终于敲开了心灵，恢复了生活的勇气，并将重返人世，继续被她自己中断的人生。临别时，悟方才明白唯也爱着自己，决意待打工结束重返人间后一定要找到唯。然而像唯这样因突发的变故而来到天堂、经过天堂的康复治疗后重返人世者，脑中有关天堂的记忆已被完全抹消，而悟也无从知晓唯究竟身在何方。大学毕业后悟进入书店工作，他瞒着店长，一直将唯最喜欢的书、英国作家C.S.路易斯的《纳尼亚传奇》放在书架上最醒目的位置，一俟卖出旋即补上——这便是他在茫茫人海中寻觅唯的办法，而且，悟果真找到了唯！两人终成眷属。

这是一部充分展现了人类的温情善意和纯爱至诚的小说，读之让人不由得要反思我们人类在现实生活中的所作所为是否当真如同这本小说中描绘的那般美好真挚。可惜似乎尚无国内出版社愿意翻译出版此书，其实读读这样的小说，于我们全面地认识当代日本人，恐怕是有益无害的。更何况抛开功利主义的目的论不谈，即便单纯地论"为阅读而阅读"，这小说也足以为读者带来快感和美感。而"松久淳＋田中涉"的协作方式，对于创作家们来说，或许也不无可资借鉴之处。

目标："文化"发信国"

第一次记住宫崎骏这个名字，是多年前初到东京时。学校包了辆大巴，送留学生去迪士尼乐园玩了一天，回程的路上，车内电视播放了一部卡通片《魔女宅急便》。二十世纪八十年代，许多日本通俗卡通片已经打入我国市场，然而这部影片显然不可同日而语。虽然玩得甚累，可我还是看得蛮投入，看罢心中甚至闪过一个念头：这样的艺术颇值得介绍给我国同胞。及至某年暑假回沪，只见满街是卖 DVD 的，不费吹灰之力便将宫崎骏的几乎全部作品都买齐全了——配有中文对话的碟片是女儿练习母语的好教材——令我顿生恍如隔世之感。

不独我国，日本产的卡通片几乎风靡世界。早在 1996 年，巴黎的客舍里，电视台播放的卡通片似曾相识，一问女儿，果然是日本的《龙珠》(*Dragon Ball*)。曾几何时，日本的文化出口渐次由通俗卡通升格到了文艺卡通，进而不再限于卡通之类，更拓展到了文学分野。设在纽约的倭体客（疑是 Vertical [垂直] 一词的音译）公司，便是一家专门向美国读者介绍日本当代文学的出版社。自去年四月翻译出版铃木光司的恐怖小说《环》大获成功以来，业已推出了十七部当代小说的英译本，引起了美国文化界的注目，《纽约时报》还特意撰文介绍，称之为"Cool 的日本，蔓延到了小说"。

倭体客是一家日资企业，十分关注阅读市场的动态。看到《哈利·波特》《指环王》的席卷全球，他们也一反从前欧美各国侧重纯文学翻译的传统，将市场攻略的重点放在大众文学，尤其是魔幻文学（fantasy）上。

去年六月甫一推出栗本薰的长篇魔幻小说《豹头王传说》第一卷（该书长达九十六卷），好莱坞便悄然伸出触手，筹谋将该小说搬上银幕。而获得优先交涉权的，正是红片 Kill Bill 的制作人劳伦斯·本德，他断言该片将"在各方面都不让于《指环王》"。

长期以来，日本基本上是个文化上的"受信国"，单方面地接受来自起先是中国后来是欧美的先进文化信息；其民族文化特征在于巧妙地吞噬、消化外来文化，并在学习和消化的过程中，孕育出异于他人的细节。历史上唯一的一次变身为"发信国"的尝试，是在大炮和刺刀的佑护下的"文化输出"，而输出的是所谓"王道乐土"，强行将神社一类的神道寺宇建到了东亚各国，并在我国台湾和朝鲜半岛普及日本式的姓名，称作"创氏改名"，好像人家原先没有姓氏一般。由于太不合时宜，这样的文化输出最终只能以失败告终。然而当下这新的一轮文化输出却大不相同。首先它是一个民间主导的、和平的商业行为。其次，经历了长期的发酵和锤炼之后，日本文化已经在世界市场上为自己觅到了立足之地。不妨说，日本正处于由文化"受信国"变为文化"发信国"的转型期。

西班牙出生的美国哲学家兼诗人 Santayana 曾经指出过文化的尴尬："文化处于这样一种窘境：倘使深奥而高尚，便只得甘于寂寞；如若适于万人，则又难逃庸俗。"(Culture is on the horns of this dilemma: if profound and noble it must remain rare, if common it must become mean.) 否定了大众文化有鲤鱼化龙、升格为艺术的可能。而我们从前一贯采取的方法，也是一味地敦促创作一方的改造，以降低艺术性为代价，让文化艺术为"工农兵"所接受，而不曾考虑到发挥接受方的能动性，提升其鉴赏能力，谋求文化受体与文化自身的共同提高。无疑在可行性上，前者要容易得多；然而为人类文明进步计，恐怕还应当提倡后者。倭体客的老板酒井弘树似乎对自己的事业充满自信，认为不管是论质还是论量，日本的大众文艺"都在欧洲之上"。但愿我们能够在倭体客今后的活动中，看到艺术性与大众性的交融。

因为感激

常常觉得阅读前贤先哲们的妙文奇篇，固然是绝佳的精神享受，但是由于他们每每思想太过尖新，目光太过犀利，表达又太过一针见血，往往难免会在惊叹眼界大开之余，突然感受到被刺痛的尴尬——这也许仅仅因为笔者是痛点太多的一介俗人吧。如果不幸遇上像拉罗什富科（La Rochefoucauld）这样字字带毒、下笔无情、专以惊世骇俗利嘴伤人为快事的大角色，恐怕就更加是如坐针毡了。比如他说过这么一句名言："La reconnaissance de la plupart des hommes n'est qu'une secrète envie de recevoir de plus grands bienfaits."（大部分人的感谢，无非仅仅是一种意在获取更大利益的隐秘欲望而已。）别人如何不得而知，反正笔者自打读了这行文字后，吓得甚至向人致谢时也颇感惴惴不安，无法坦然了。

感谢活人也许难逃拉罗什富科的讥讽，那么感谢业已辞世者，总可以不必在意拉大人的毒舌了啵？其实不然：他很可能还会说这是千金市骨，意在活人哩——虽然我还不曾读到。总之逃不脱左右为难。不过，不知是觉得拉大人是无理取闹而不予理会呢，还是根本就没有听说过他的这句逆耳忠言，最近有一拨日本人正在大张旗鼓地纪念一个谢世一百周年的人，撰文出书编特辑，字里行间毫不掩饰他们的感谢之情。此人名叫拉夫卡迪奥·赫恩（Lafcadio Hearn）。

赫恩1850年出生于希腊，父亲是爱尔兰出身的英国军医，母亲是希腊人。他的童年十分孤独，4岁时受丈夫冷遇的母亲弃他而去，7岁时父母离异，父亲遂携新妻远去印度赴任。他是由亲戚收养、在爱尔兰和英国长大并接受中等教育的。然而中学未毕业便因贫困而被迫辍学，19岁时移民美国俄亥俄州辛辛那提市，刻苦自学，24岁时当上了一名报社记者。25岁因与一黑人女子结婚，违反禁止白人与黑人通婚的州法而遭报社解雇，27岁婚姻破产后移居新奥尔良重开记者生涯，31岁时做上了《民主时报》(Times Democrat)文艺部长，一直干到37岁。其间翻译了戈蒂埃等一些当代法国文学作品，写了两本小说《齐塔》和《尤玛》，还出过一本《中国鬼怪故事集》。1890年40岁时接下一个赴日本采访的合同，于同年4月抵达横滨，两个月后便解除合同，去远离东京的松江市岛根县寻常中学校做了一名英文教师，月薪100元，未几与生病时雇来看护自己的小泉节同居。一年之后转赴熊本的第五高等学校教授英文，月薪翻番，涨到了200元。1896年46岁时入日本籍，改名小泉八云，并受聘为帝国大学文科大学讲师，每周讲12节课，年俸4000元。1903年53岁时，作为日本政府派遣留学生赴英游学两年的夏目漱石学成归来，要顶替赫恩的教职，他遂遭突然解雇。做了一年失业游民后，方于翌年3月受聘于早稻田大学任教，却在半年后因心脏病发作骤然谢世。

赫恩到了日本后，几乎每年出版一本著作，体裁和内容广泛多歧，有游记，有随想，有童话故事，有鬼怪传说，但主题却只有一个，那便是：日本。由于他是用英文写作，所以他的作品其实承担了向欧美阐释传达日本的重任，因此除了游记作家的头衔之外，他还被目为民俗学家（folklorist）和"阐释日本者"。一本关于他的评传书名就叫 *Japan's Great Interpreter*，而前者也主要与日本民俗有关，即他在《怪谈》等作品中记录下的民间传说故事类。赫恩不仅独具慧眼，而且对日本人和日本文化满怀善意和推崇，在当时西方文明优越论者居多的西洋人中尤其显得不同于众。而他的作品不仅启迪了西方读者，甚至也教育了日本人。芥川龙之介就曾说："小泉八云先生的工作不仅向西洋人传授了日本，而且也向我们日本人自身传授了日本。"他发现的日本的美，甚至连日本人自己都不曾意识到。因此日本人对他念念不忘，松江就有一个专门纪念显彰他的团体"八云会"，其机关杂志就叫《赫恩》；而在大学里，赫恩研究还不算冷门课题呢，赫恩又成了靠研究他显彰他的吃饭者的衣食父母。您瞧，人与人相依互利的关系多么复杂！

然而在英语圈内，赫恩作为研究日本者，所获评价却颇低，理由主要是人们认为他的善意和温情导致了与研究对象之间的距离过近，未能保持客观公正，美化了日本。这种评价自从20世纪前期日本渐次暴露出侵略野心之时便开始占了上风，时至今日，赫恩竟然成了反面教员：研究者们暗暗地告诫自己不能成为像赫恩那样的人。他们还不无幽默地讽刺立场类似赫恩者，说"他染上了赫尼亚疝气"（He suffers from Hearnia），谐音Hernia（赫尼亚，即疝）。

研究者的客观冷静与给予研究对象的必要爱心，其间的正确比例应该是多少？这倒是个问题。不过说到底，这个问题仅仅是研究者一侧的问题而已。在被研究的对象而言，喜欢美言动听者，讨厌恶语伤己者，恐怕理所当然得近乎天经地义。反正，现在有一拨日本人正在大张旗鼓地感谢百年前去世的那个名叫赫恩、又称小泉八云的人。

吟哦在时代的阴影里

从多元的意义来看，1966年恐怕是后世的人们不得不大书特书的一年。这一年，故毛泽东同志亲自发动了史无前例的"无产阶级文化大革命"，红卫兵运动汹涌勃发，不仅迅速地吞噬了整个中国，而且震撼了多半个世界。与之遥相呼应，未几，美国出现了发端于柏克利加州大学的学潮，并最终演变成为声势浩大的反对越战抗议运动；1968年，巴黎爆发了五月革命（les événements de Mai），学生们挺身而起，走上街头拆路石筑街垒，与工人、市民一道，大造政府的反。毋庸置疑，虽然这些反抗运动自身存在着本质不同的意义，可是西方各国青年显然主动接受了红卫兵们的影响，而这主动接受的背景中当然有着他们对并无感性认知的社会主义社会的憧憬。大约近二十年前吧，笔者在上海宁波路上专放"内部电影"的新光电影院看过一部英国片 IF，描写的不知是伊顿公学（Eton College）还是哈罗公学（Harrow School）的年轻人充满叛逆与抵抗的校园生活，而学生宿舍的墙壁上，便赫然地贴着一幅颇大的身穿草绿军服的毛主席像，在形形色色的招贴画包围之中分外夺目。

日本也一样，1968年以降爆发了被称作"大学纷争"的学生反抗运动，各大学的学生组织还联合起来，成立"全学共斗会议"，共同斗争，连教授阵营里也出现了不少同情支持学生者，停学罢课，学校机能一度瘫痪，与当时中国的"停课闹革命"颇相类似。学生们占据教室，用课桌堵死门窗构筑壁垒，坚守其内与校方乃至社会对峙，同我在"文革"中目睹的一般无二,而他们管这虚渺短促的自由空间叫"解放区"。虽然时至今日,不知何故,无论是当事人抑或是后来周边的记述者们似乎都忌讳提及这场运动与中国红卫兵运动的关联,然而当时最为流行的"全共斗"的共同口号恰恰就是"造反有理!"这一事实却是无从否认的。不过大相径庭的是,红卫兵们不惟不受弹压,甚至反而得到了国家最高领袖的支持和庇护,无有坐牢砍头之虞,开天辟地第一回造反居然是安全的,得到政府的奖励,故不妨说是假造反;而各国的青年学生就没有这样的好运气了,造反犯法,得承担相应的法理责任,甚而至于要身陷囹圄——而这,才说得上是真正的造反。

1967年,道浦母都子考进早稻田大学。这年秋天,大批学生聚集在东京羽田空港,开展斗争,阻止首相佐藤荣作访问南越,一名京都大学学生在与警察的冲突中死亡。道浦感受到莫名的冲击,从此投身学生运动,集会和示威成为她日常生活最重要的部分。1968年10月21日被定为国际反战日,道浦当然义不容辞地积极参与,多年之后她在一首短歌中如此吟咏这个日子:わが縫いし旗を鋭く震わせて反戦デーの朝を風吹く。大意是说:我手缝的旗帜锐利地抖动,风儿吹过反战日的早晨——诗原是不可翻译的。只有节奏而没有韵脚的和歌尤其不易移译,依稀记得当年周氏兄弟之才,好像也每每避而不译,仅以一句大白话对付着说明而已,以免因词害意。但也因此而牺牲了和歌的形式美。如若硬译,也许可以蹈袭冯延巳的陈套:风乍起,吹皱我家旗锐利,反战日,清晨里。然而句断又与原作不合,仅仅维持了有长有短的句式罢了,不佳。以下还是仿效周氏昆仲的老例。

支持美军侵越的日本政府断然采取措施——顺便提一句:近来日本政府再三强调战后60年来日本坚持走"和平国家"的道路,表示对没有得到理应享受的评价深感不满,然而它忘记了两个重大的事实。一、60年来日本始终是世界第一军事大国美国最大的海外军事基地;二、在"二战"后最大的两次战乱朝鲜战争和越南战争中,日本一贯充任美军最重要的后方支援基地——宣布反战日示威触犯了"骚乱罪"。因为是女生队的小头目，道浦也遭到逮捕。伤心的父亲为她请好了女律师，她却拒绝律师的劝说，二十余日坚持缄默权，拒不供述。在国家机器的弹压下，学运势头日渐衰落，1969年1月19日，学运的象征、造反学生占据的东京大学安田讲堂在警察机动队高压水炮的围攻下，陷落在即。来自日本全国的学生们结阵奔赴东大增援，展开"夺还斗争"，道浦也是早大队伍中的一员。然而队伍半途便被警棍和催泪瓦斯驱散，溃不成军，增援失败，安田讲堂终于被攻陷。当夜，在居处的斗室里，仿佛是有股不可抗拒的力量驱动着道浦的手，她一气呵成，奋笔写下了一首短歌：炎あげ地に舞い落ちる赤旗にわが青春の落日を見る。（在烈焰升腾、飘舞坠地的红旗里，我看见了自己青春的落日。）这便是宣告一个时代歌人诞生的瞬间。

运动落潮，道浦们发现自己既缺乏对社会实情的了解，又不具备赖以维生的专门知识，被捕的前科也成为瓶颈，求职屡屡受挫，幸而因为会弹钢琴才找到了一份幼儿园教师的工作。后来她结过两次婚，分别维持了两年半和十年，一个满怀拯救人类的理想的少女成了持家相夫的专业主妇。然而世俗生活和家庭的樊笼拴得住躯体却禁锢不了她那永远渴求着的心。难忘往日的情怀，渴望至高的爱，道浦自然而然地操起短歌的笔，一篇篇地记录下自己的追忆与憧憬：明日あると信じて来たる屋上の旗となるまで立ち尽くすべし。（相信明天会来临，我站在屋顶，直站到自己，变为那面红旗。）全存在として抱かれいたるあかときのわれを天上の花と思わむ。（作为全存在，拥我入怀，我觉得拂晓的自己，就是天上的玫瑰。）

1980年，道浦母都子33岁，一本装帧简素、几乎全黑的短歌集《无援的抒情》悄然问世。自费出版，只印了500部。在当时，歌集仅在同好者之间交流，能销出数百本便是上上大吉了。负责发行的雁书房是东京神田一家无名小出版社，甚至未加入出版流通渠道，更甭提做广告了。然而歌集名声渐起，众多读者络绎不绝地直接找到雁书房，登门索书。负责人又惊又喜，一版再版，《无援的抒情》成了大量同样经历过那个波澜壮阔的时代、身后始终曳着那个时代阴影的读者们的《圣经》，并荣获第25届现代歌人协会奖。道浦母都子则成了那个远远逝去、却永久地矗立在记忆的远景里的时代的桂冠诗人，成了那一代人的代表。

2005年，58岁的道浦母都子已出版多部歌集和散文集，如今孑然一身寓居大阪，在市民文化中心教授短歌创作，同时担任短歌同人杂志的编辑、并常常接受邀请赴各地演讲。还不时去海外旅行，也来过我们中国。

"女流文学"

"女流"一词，在中文里恐怕是含有贬义的，虽然由黎锦熙主持的前中国大词典编纂处编的《国语辞典》给了它一个中性的释义：妇女之总称。但只须看一个词——女流之辈，应当就可以一目了然。而北外编写的《汉英辞典》也将"女流"解释为 the weaker sex，显然是要借用后者今日被批判为性歧视主义（sexism）的价值取向，来传达编纂者对该词的理解。

然而在日文中，女流一词却似乎更接近黎锦熙们的释义，是没有丝毫贬义的，甚至让人感觉这是一个尊称：此词仅限于用在艺术家和身怀特殊技艺的女性身上，比如"女流作家""女流画家"，以及下围棋的"女流棋士"等。他们还创造了一个批评术语，叫作"女流文学"，不是按照文学主题、题材，而是根据写作主体的性别来做区分，专门用以指称女作家们的创作。好像在我国的文艺理论界看不到类似的做法，也体会不出必要性。在日本，出版界的老铺中央公论社还曾专门设立过一个女流文学奖，旨在奖励女性作家，繁荣女性文学创作。坚持每年评选一次，一连举办了39届，直到2001年才宣告终了——大概是主办者觉得该奖业已完成历史使命了吧。专门以女作家为对象的文学奖，此外还有一个紫式部文学奖，由京都府宇治市于1991年创设，也是每年评选一次，面向全国，获奖者可得正奖纪念品1份、副奖日币100万元，至今已评了15届，目前仍属现在进行时，似乎暂时尚没有收张的势头。这类由地方政府主办的文学奖此外还有不少，其中影响力较大的就有石川县金泽市的泉镜花文学奖、冈山县冈山市的坪内让治文学奖等，多以本地出身的文学家名字命名，而其整个评选审查流程都是"委托承包"，全权交给一个由著名小说家和批评家组成的"选考委员会"，作为主办者的政府则默不置喙，只管提供奖金，甘于扮演财神爷的角色。

究竟是否由于文学奖的效应，个中因果关系不甚明了，不过眼下日本文坛倒的确活跃着大批的"女流作家"，与男性作家们争奇斗妍分领风骚，支撑着文学创作的半边天，否，恐怕应当说大半边天还不止呢。如此断言，并非随心所欲地信口开河，而是有具体坚实的数据支持的：我们不妨看看近年来（姑且以女流文学奖停办的2001年为起线）各类文学奖得主的男女比例——尽管文学奖囿于评选者的眼界好恶而自有其在所难免的局限性，但迄今为止多数获奖作品和作家似乎还是经受住了历史考验的。

首先来看在我国也具有极高知名度的芥川龙之介奖，没准这是许多我国读者唯一能够说出名字的日本文学奖，亦未可知。这个一年评选两度的奖，自跨入21世纪以来业已评了10次，共有11人得奖，因为2003年后期（2004年1月评出）系两人同时获奖；其中女作家4名，占36.3%。上个月17日凭借中篇《在海上等你》摘得芥奖桂冠的新科得主丝山秋子也是一位"女流"。再看看与芥奖齐名的直木三十五奖。该奖与芥奖由同一家出版社主办，也是每年评选两次，而且是同时公布。此前5年10届的获奖者共为13人（2001年后期、2003年前后2期、2004年前期均为2人同时获奖，2002年后期空缺），而女得主为4人，仅占30.8%。倘使仅以此二奖为据的话，则女流作家均未过半，似乎"支撑着文学创作半边天"未免有些言过其实，而"大半边天还不止"之类就更是不知从何谈起了。其实不然，如果我们放宽视野，将更为广阔的文学奖地平纳入视界，便会发现情形大大地有所不同。

且让我们对几种重要的纯文学奖项略加考察。与号称新人奖的芥川奖迥异，这几种奖项都是以中坚以上的成名作家为评选对象的，获奖者中甚至往往不乏大家。先以我国读者较为熟悉的村上春树为例来打个浅显易懂的比方：众所周知，此公不曾获得荣膺芥奖的殊荣，而以他后来如日中天的令誉，如若再不合时宜地将芥奖授予他，则非但不是彰显颂扬他，反而是对他的羞辱了，因为从原则上说，芥奖是专门授予无名新人的，尽管有时也并非完全如此。然而村上却在名扬天下之后获赠过谷崎润一郎奖（1985，《世界尽头与冷酷仙境》）和读卖文学奖（1995，《奇鸟行状录》），而与芥奖则注定只能相对两无奈，彼此抱憾终身了。谷崎润一郎奖的历届得主中还可以找到大江健三郎、濑户内寂听、黑井千次等巨匠的鼎鼎大名；读卖文学奖也曾颁授给檀一雄、司马辽太郎、村上龙等过去及现在堪称大师级的人物，而且大江健三郎的大名也再次跻身其中。由此观之，下面将要言及的文学奖，如果仅论艺术性的话，其实个个分量都遥遥领先于芥奖，虽然在我国——其实在日本国内也是如此——它们的知名度却只能遥拜芥奖后尘。

读卖文学奖最近5届（2001—2005）共有6位得主（2001年由两位小说家山田咏美和伊井直行分享），其中女得主4人，占67%。而谷崎润一郎奖的近5届得主的男女比例为2：3，即5人中3位是女性，也占了60%。上文曾经提及的泉镜花文学奖也是一项含金量甚高的奖项，而其近6届（2000—2005）8名得主（2002年和2003年各有两人获奖）中5人为女性，占62.5%。至于艺术选奖文部科学大臣奖，则是日本堪称唯一的国家文学奖，其地位的特殊不言而喻。根据手头现能找到的资料，该奖从2001年至2004年的4年间共颁赠10位作家，其中小说家为5人，另外5人则为诗人、歌人、剧作家、批评家和学者；而5位小说家中，女性多达4人，竟占了80%之多！岂非"大半边天还不止"吗？"女流作家"们是何等活跃，由此当可见一斑。即便是将上述6奖相加起来平均计算，获奖女性作家所占的比例也依然可达52%，犹自较男作家为高，可谓名副其实地撑起了文坛的多半边天。

其实历史地去看，日本自古以来似乎就有"女流从文"的传统：我们只须回忆一下古典名著《源氏物语》和《枕草子》的作者紫式部及清少纳言的性别即可。而且《源氏物语》甚至还享有世界上第一部长篇小说之誉呢。至于今天日本"女流作家"的大显身手叱咤风云,除却整个社会经济水准等物质条件之外,日本民族在传统上对于文学教养的尊重以及由于这种价值观所带来的文学修养的普及,无疑也应当被归入关键原因之一。

2006年2月12日于暗疏乡

文海新潮：主妇争做侦探小说家

日本虽云是个后现代的发达国家，然而传统文化习俗依旧是隐然支配着整个社会的一大势力。女性婚后辞去工作回家做专职主妇，便是海东四岛几乎一成不变的一道独特风景线，尽管人类社会闯进二十一世纪也已有好几年了，可在东瀛，"结婚不下职场"的女性依然还是少数派。而这一每每遭到欧美国家及女权主义者们诟病的传统，其实也许就是保证了这个资源匮乏的岛国能够在短时期内一跃而变成世界第二经济大国的合理社会分工方式，亦未可知：无论是在家庭内或是家庭外，都可以做到专心致志，毫无后顾之忧，因此效率之高也就可想而知了。

受惠的不独是经济，甚至连文学事业也"利益均沾"，不期然成了利益共享者。即：从庞大的专职主妇群中，涌现出了一批批的优秀作家来！近来两个月之间接二连三地撷取了日本侦探小说大奖新人奖的海野碧和横沟正史大奖东京电视奖的"松下麻里绪"，便都是年过半百的家庭主妇。海野碧的个案颇具典型性。她今年56岁，年轻时便喜爱写作，二十几岁时还曾得过女流新人奖和群像新人奖，结婚后相夫教子掌持家政，无暇分心旁鹜，直到女儿长大成人考进了大学，丈夫也远赴海外长驻，方才得以再作冯妇，"由于闲得太无聊，于是便写小说写着玩，谁知文章却源源不断地喷涌了出来"。

"松下麻里绪"其实是黑川佐枝与田中和枝两人合用的笔名，她们原系大学同学，今年也都是56岁。早在大学时代，她们的毕业论文就是两人合写的——我不知道如今的大学还允不允许以如此方式去撰写毕业论文。离校后黑川长期在法院当调查官，而田中则干过一段时间电台播音员，结婚后也同海野碧一样长年充任主妇，当黑川辞官不做之后，两位旧友再度携手，不过这次写的却是侦探小说，而且一举摘得桂冠。

这几位主妇小说家的共同之处不仅在于有闲，而且还在于年逾五十者的丰富阅历。海野的获奖作《水上帕萨卡丽亚舞曲》就被评论为"人生经验与笔力兼备"；而松下麻里绪描写遗产争夺的《误算》，也随处透露出了深厚的实际人生体验。

然而为什么主妇们纷纷写起侦探小说来了呢？对此，2005年度恐怖悬念小说大奖得主、现年59岁的奈良主妇沼田真帆香留回答说："年轻时我憧憬纯文学。然而在日常生活之中能够将郁闷的自己拯救三个小时的，却还是消闲小说。我写的是自己最想读的小说。"沼田不妨说是年逾五十的新人主妇作家们的先驱者。

在日本，主妇有闲便执笔写作可谓古已有之的传统：试想想紫式部，试想想清少纳言。宫廷女官，说白了，其实不就是皇帝的准小老婆，或者说是小妾候补吗？也算是一种有闲的专职主妇。

2007年3月30日于杉达园安得堂

购书闲谈

孔乙己曾说:"窃书不为偷。"笔者也想依样画葫芦地学说一句:"购书不算购物。"前者恐怕是鲁迅先生笔下的虚构,而后者却不妨说是目下日本的现实。较之于高档百货店的富丽奢华和超大型购物中心的喧阗闹猛,书店,即便是设置在那购物中心之内,不知何故,似乎总能摆脱咫尺开外那种过于物质的喧骚,在物欲的洪流冲天撼地的滚滚红尘中,颤巍巍地维持着一方净土。如果说购物是大音响高分贝的重金属摇滚,购书则是轻歌曼讴,是乐而不淫的古典乐;购物倘是浓墨重彩、只见大涂大抹的色块而不知其何所云的现代主义绘画,购书便是飘逸清新的山水画,是龙飞凤舞的书法、古意苍然的金石篆刻。购物是由物质而物质的物质追求,购书却是物化的精神享受。而在日本,购书时最让笔者觉得可取的做法之一,是店员收款时,必定会细声细语地问上顾客一句:"要为您包上书衣吗?"如果顾客表示需要,店员便会取出书店里预先备下的包书纸将书包好,再递给顾客。这样,在上下班的电车里翻阅时,就无须介意邻人窥测的目光了。

在东京,公司白领们平均"通勤"(这本是个日文词汇,当年作为"协和语"也曾在我国东北地区流通一时,笔者就曾在周作人的文章里看到过,如今却堂而皇之地收入了我国出版的《新词词典》,真令人顿生恍如隔世之感。然而自己动手主动拿来为我所用,毕竟不可与刺刀逼迫下的奴化教育同日而语)时间为一个半小时,除了闭眼打盹,弥补睡眠不足缓解疲劳外，少不得还会有人要听听音乐或新闻，或是弄本什么书籍杂志之类的来读读，以消磨这来回途上的三个小时。于是文具店出售的书衣也昂然跻身于随身听、微型收音机的行列，成了人气长销商品。便宜的是塑料或人造革的，中档的为布制，高级的则有各类皮质的。书店既然是免费赠客，自然不肯花大价钱，只能是奉送一页薄纸包书而已。论其功能，其实仅在于遮断四周的视线，不令他们洞穿自己手中捧着的是何种读物而已。这无疑是日本人谨小慎微的曲折心理的具体表现，也许只配徒然招致神经粗壮结实、视周遭如无物的豪杰们的轻蔑与讥嘲；但"冷眼向洋看世界"的豪杰们自可以拒绝接受那一页书衣——书店仅仅提供一种选择，并非强迫。

尽管不过提供了一张免费赠客的包书纸，书店似乎也力图在那方寸之间争奇斗巧，努力营造出艺术的氛围来，以博得顾客的好感。身为店家，自然也断不会轻易放过这绝好的广告媒体，不忘在包书纸的一角印上店名地址电话。笔者迄今购书时领得的包书纸中，印象最为深刻的应该算上面印着王羲之《兰亭集序》的那种。说来惭愧，笔者孤陋寡"见"，有幸得睹大名久仰的书圣之作，尽管是复制，这还是第一次，而且居然是借了日本书商的光。

书店收银台左近，还常常放着各家出版社的PR（宣传）小册子，如岩波书店《图书》和新潮社《波》均定价100日元，丸善《学镫》150日元，集英社《青春与读书》90日元，等等等等，不一而足。薄薄一册约五六十页，多为月刊——《学镫》2004年起改为季刊了。这些小册子邀请著名作家和学者撰写书评或随笔，有的也刊登连载小说，同时印上大量本社新书广告，目的是为自家做宣传，因此虽然明码标价，但其实往往是免费赠送的，倘如你在店里买了书的话。书店里还放着各家出版社的图书目录，那也是可以免费向店家索取的。笔者就每每讨上一本回家慢慢翻阅，了解最新出版动态，然后再按图索骥有的放矢，进入书店后直奔目标径取想要的图书，省时省力，于提高购书效率是颇为有效的。

同时，作为出版社经营战略之一环，这些薄薄的小册子当然不仅仅只是为了"便民"，其实还担负着潜移默化地给读者洗脑，诱导阅读走向的远大责任呢。

给予消费者最大的满足感，将赚钱的基础设置于方便和服务购买方之上，避免给人以急吼吼地紧盯着读者钱袋的感觉，应当说是洗练的经营典范。这也许就是20世纪60年代美国波普艺术的领军人物、画了那幅著名的毛泽东头像招贴画的A. Warhol 赞美 "Good business is the best art" 的真意所在？在国内图书市场竞争日趋激烈的今天，日本书商和出版商这些业已被证明是行之有效的营销策略，我们似乎也不妨择其可行者巧加借鉴。

唐诗万古

读大学时有门课的老师是日本人，当时单身一人远离故土前来上海赴任，难免怀乡心切，而他抒发思念家人的情怀时，引用的竟是一句杜诗："我现在是'家书抵万金'呐！"立即博得满堂彩。外国人而能如此，同学们都觉得可佩。

其实在日本，中国古典文学始终是学校教育内容的组成部分之一，即便是在进入了二十一世纪的今天也一如既往，尽管在久居主流地位的西方文化挤压下比重愈见减少，并且日本人实际上是将汉诗汉文视为日本文化的。正像当今大儒加藤周一指出的那样：古汉语（日本人称之为汉文）在东亚文明中所起的作用，恰与欧美文化中拉丁语所扮演的角色相同。古汉语非他，径直就是东方的拉丁语。据说从前在欧美各国如要申请文科博士学位，须得掌握一门 dead language，即文献尚存然而已经无人使用它来说话的语文，如古希腊文梵文拉丁文等，好像也包括我们的古汉语。而据耳食之言，古日语也跻身这死语言之列。倘若此话当真，则只要中学里用功努力，日本人便已具备了有关死语言的双份资格，赴欧美读博当可以大占便宜了。因为在日本的中学里，古日语和古汉语两者都是必修的。

日本高中汉文课本涵盖范围相当广，散文韵文皆备，文史哲政并收，上自论语诸子离骚诗经，下至唐宋八大家、十八史略，比我这个中国人在中学时念的古文远要丰富得多了。当然我读高中那会儿正值"文革"末期，古典名篇大体都已经贴满了毒草或糟粕的标签，"革命的"语文课本自然不收。依稀记得初三时曾读过诗经《硕鼠》和《伐檀》两篇，那想来是基于它们讥讽了统治阶级"三岁贯女莫我肯顾"，诅咒"彼君子兮不素餐兮"，因而被捧成"革命大批判"遥远先声的缘故。巧合的是日本高中生也读《硕鼠》篇，而他们课本里选的另一首诗经则是《桃夭》。汉乐府则选的是《上邪》，"我欲与君相知，长命无绝衰"，这种爱情诗在只认阶级爱的"文革"期，也是要遭禁的。至于"山无棱江水为竭，冬雷震震夏雨雪"，译成"文革"语言不就是"海枯石烂不变心"吗？这样的忠诚与热爱，我们红卫兵可是要留着献给伟大领袖的。

汉文课本中分量最重的还是唐诗，入选诗人计达十六位。相比之下，宋诗则仅选王安石苏轼陆游三人，每人一首。入选作品最多的诗人是李白与杜甫，各为四首，其次是孟浩然王维李商隐，每人两首，余者人各一首。

有位实业高中（大致相当于我国的职业高中）国语教师在报章撰文介绍自己教高一学生唐诗的个案。实业高中国语课时本来安排得就少，能够分给汉诗的时间就更是可想而知了。于是这位老师在仔细斟酌后，精选了李白《静夜思》、孟浩然《春晓》、王维《送元二使安西》和杜甫《春望》四首，详细解说，然后领着学生高声朗读，并要求背诵。原来担心早已没有朗读与背诵习惯的高中生们会有抵触，孰料他们人人念得兴高采烈，背诵测验也大获成功。老师感慨万分地写道：时隔千百年后，犹自震撼异国少年的心，杜甫和李白的伟大，委实令人惊叹。

文坛英雄出少年？

"文艺奖"听上去来头似乎很大，其实它只是一家叫作河出书房新社的出版社旗下的文学季刊主办的新人奖，由于该杂志就叫《文艺》而得名。日本的杂志大都只刊登"企划稿"，即编辑部组来的稿子，一般不接受自主投稿，但往往会设立一个公开征稿的新人奖，每年评选一度。在编辑方而言，这便大有处理外来稿件的意思了，可在投稿方看来，新人奖征稿却是唯一的投稿途径。

近年来文艺奖的名声日渐显赫，与它勇于大胆地"买青苗"是分不开的。十九岁便勇夺著名的芥川龙之介奖桂冠、成为轰动一时的新闻人物的绵矢莉莎，便是由文艺奖最先发掘出来的人才。他们早于芥奖一年，在绵矢莉莎还是十八岁的高中生时，就从众多应征者中遴选出了这块美玉，将她轰轰烈烈地送上了文坛。而绵矢也不负众望，尽管获奖作《安装》的稚嫩频遭讥刺，但第二部小说便将满天下的青年小说家人人虎视眈眈的芥奖收进了囊中。文艺奖慧眼识才的伯乐美名从此名闻遐迩。因此绵矢在创造芥奖最年少获奖纪录之前，其实首先打破的是文艺奖得主年少纪录。而文艺奖则因之大受鼓舞，获奖者益发趋向低龄化，两年后的2003年又将该奖颁发给了十七岁的高二学生羽田圭介（《黑冷水》），再破年少纪录，2005年更是相中了一名初二女生三并夏，于是这位年方十四的少女端着一挺《平成机关枪》（其获奖作标题），成了有史以来日本最为年轻的文学奖获奖人，这没准还是个世界纪录呢。一时间文坛话题被"文艺奖"独家占尽。

文艺奖无疑是文学奖得主低龄化的"始作俑者",而支撑着文学创作低龄化现象的,应当说是日本的教育制度。日本的初中高中,均鼓励学生参加各类课外活动,而称作"部"的、名目繁多的课外活动团体中有一个便是"文学部","部员"们热爱文学,课余便研读名著,切磋技法,练习写作,志在成为作家。

尽管中学里汹涌着文学预备军,但十四岁的获奖纪录显然不易打破:孩童去与成人比拼,毕竟不易。然而束手听任河出书房新社独占风光,岂不令人心潮难平?于是出版巨鳄小学馆日前针锋相对地推出了个惊耳骇目的奖项:"十二岁的文学奖"。据称其宗旨是"提高孩子们对文学的关心",不过已有识者指出其真意在于借眼下这股"文学奖得主低龄化"的东风,抢先发掘"作家幼苗"。而主办方也直言不讳:如若获奖者有意,拟指派专任编辑长期培养。应征者规定为不满十二岁的小学生,作品字数两千以上,体裁不限,举凡推理、科幻,以及恋爱小说(倘在我国大概不会提倡,且作者的人生理解与阅历也颇可疑),皆可应征云。

林京子笔下的复旦大学

　　日本学者、前东京大学教授丸山升氏曾写过一本叫作《上海物语》的著作，专述日本文人与上海这座城市的不解之缘。书中谈及女小说家林京子追忆其少时体验的短篇作品《老太婆的弄堂》（以下简称《老太婆》）时，称作品中一位从事地下抗日活动、最后不幸遭日本宪兵队逮捕（后因证据不足获释）的上海青年"晨"是"复旦大学的学生"。不期然在外国学者的专著中读到了暌违多年的母校大名，只怕无论谁人都会由不得心头一颤眼前一亮，更何况这位"晨"学长还是位勇于舍身报国、值得后人崇敬的抗日英雄呢。于是我忙不迭地从网上书店购得收录有该作的短篇集《米歇尔的口红》，急不可耐地要确认一下庐山真面目。

　　坦白地说，我对林京子女士其实一直是敬而远之的。理由颇为明快：做学生时曾读过女士的一两篇小玩意儿，当时觉得作为小说而言其文字似嫌太散漫松弛——固然并非小说便不可文字松弛散漫，只是其时的我还太年轻，尚欠缺赏玩此种风格的悠然——自此遂与林女士无缘，而此度再作冯妇，必欲一睹《老太婆》风姿为快，则完全是因为狭隘的 school spirit 在作祟了。

　　然而反反复复搜读了好几遍，我却始终未能在《老太婆》中发现那我所企盼的"复旦"二字：林女士仅仅说"晨"是个大学生，根本不曾言明他就读的是哪家大学。看来"复旦"这所大学在日本人，至少是丸山先生的脑海中留下了极其深刻的印象，遂令虽智者千虑亦难免一失，以至于提及上海的大学，则舍复旦其谁乎，想当然地便将"晨"烙上了复旦生的印记。于是乎今年二月在新宿站西口小田急HARUKO顶楼一间专食金泽料理的餐馆里，我的朋友、北京话之纯正恐怕有胜于我的西山优子女士及其夫君、丸山先生的高足、现役东京大学教授尾崎文昭氏为我而设的饯别筵上，我便将这一"大发现"在两位面前作了披露，心中颇有些沾沾自喜，满以为逮着了大家的马脚，为学术事业做了一个不大不小的贡献。

然而归后，我不知何故竟感到了一丝心怯：毕竟丸山先生是位前辈大家，活儿难道真会做得粗糙如许吗？只怕是我这后生须得更为慎重些为妥。于是不无忐忑地查阅起其他作品来。《米歇尔的口红》共收有七个短篇，均系描绘抗战期间生活于上海虹口地区的日本人家的私小说——与其说是小说，恐怕更近于回忆录。果不其然，当读到第五篇《耕地》时，便看到赫然地写着这么一段文字：

> 我虽然不曾去过那山门也似的复旦大学，然而此处却是我们一家所住的弄堂中的居所的房东儿子晨念书的大学。是上海的名牌大学，当时似乎成了抗日学生运动的根据地。

这段说词是针对一帧旧照片而发的。照片的标题就叫作《冲进复旦大学》，据女士的描述，它是这样一幅"写真"：

> 将枪端在胁下的数名士兵，正欲冲进大学校园内。枪刺前端系着一面写满了字迹的日章旗（即我们中国人俗称为膏药旗的日本国旗。在这旗子上由众人写满祝福的词句赠送给出征士兵，乃是日本人的雅好。炜注）的士兵，冲在前头。他身后是亮着出鞘的军刀的军官。军官大概是在发出冲锋的命令吧，力聚后背。士兵们的脚部图像很虚，充满着紧迫感。与之相对照，脚下夏草的投影却非常鲜明，甚至连叶尖都清晰可见。似乎是一个无风的、炎热的日子。看着看着，便与身着蓝色中装的晨和

朋友们谈笑着穿过这同一座门的身影，重叠了起来。

这是"昭和十五年"即1940年由"支那派遣军报道部"监修的"写真帖"《征中支》中反映"上海事变"的一幅。"中支"当指华中，而此处似将华东也算将了进去。而"征"嘛，自然就是征讨征伐的意思喽，在我中华看来，自然是颠倒华夷，大大地失敬的。而将侵略行径粉饰为"征"，也是他们袭用已久一以贯之的老谱了，此前就还有过"征韩""征露"（即征俄）之类的叫法。据"支那派遣军报道部长、陆军大佐马渊逸雄"所撰的序，出版此书的目的十分明确：

值此圣战四年之际，迎来意义深远之纪元二千六百年……写真帖《征中支》……其目的所指，不止于简明地记录中支作战经过之大要，更在于将全体国民努力之伟大心灵与身姿，通过艺术而流传于后世。

显然，这位大佐阁下是坚信"皇军"终将赢得"圣战"，征服中华乃至亚洲的，并指望借助艺术能将其伟业永远传达给子孙后代，流芳万古呢。不过，大约是为了稳妥起见吧，他们同时也不忘双管齐下，祭出金钱的伟力，连上两道保险：该写真帖明码标价老头票四圆四十钱，然而实情却是免费白送"各家庭一册"，以期广布天下。由于发放手续欠缜密，林女士家里甚至得了两册，也未见有人前来索还。看来欲求青史留名，光靠"艺术"依然是不够牢靠的，还须得劳驾孔方兄披挂上阵方才能让大佐阁下们略感心安。

林京子1930年生于长崎，翌年便随父亲举家移居上海，住入密勒路（今峨眉路）281弄12号，直至1945年2月，读到上海居留团立上海第一高等女学校二年级时迁回长崎，在上海生活了十有五载，度过了完整的青春时代。回国后未满三月，即被动员去三菱兵工厂帮忙制造军火，8月9日，正在兵工厂干活时，遭到了原子弹袭击，这座兵工厂距离爆炸中心仅有1.4公里。15岁的少女侥幸得以死里逃生，但却终生饱受后遗症的折磨。因此，她的作品多以描写原子弹受害者的痛苦人生为主，表现出对战争的批判。不过我还是喜欢她描绘少时上海生活的作品群。林京子获得过芥川奖、川端奖、谷崎奖等重要奖项，而1978年当政府欲将艺术选奖新人奖颁授予她时，她却断然拒绝，理由是"原子弹受害者不能接受国家的奖"，坚决不与理应为战争后果负责的国家和解。

而在集中另一篇《米歇尔的口红》里，林京子女士也再次明确地写道"晨是复旦大学的学生"。果然还是我自己太过轻率性急了，得赶紧电告尾崎氏郑重订正，并且还要拜托他在丸山先生灵前为我的无礼道歉则个才是。

2007年3月16日于杉达大学安得堂

堀田善卫所见到的抗战胜利时的上海

如同绝大多数日本作家一样，堀田善卫（1918—1998）在我国恐怕应当被划归鲜为人知的一类。而其实，他早年曾经被目为"第二次战后派"的代表人物之一，在日本当之无愧地跻身于著名作家之列。并且此君不失为一个有良心的、正直的日本人，同我们上海也有着不解之缘。抗战末期的1945年，这位在故国求职无门的27岁的文学青年却在日军铁蹄蹂躏下的上海谋得了一份文字工作，于3月24日来到上海，战后又被国民党宣传部所留用，前后在这座城市一共生活了一年零九个月。正是在上海，他迎来了其祖国日本的战败降伏，目睹了中国人民万众欢腾、欢庆抗战胜利的激动人心的时刻。

作为普通的历史常识，一般国人大概一致以为我们中国人是在1945年8月15日那一天迎来抗日战争的胜利的，然而根据堀田氏在其回忆录《于上海》中的记载，上海人民其实早在1945年8月11日这天清晨，就已经开始庆祝抗战胜利了！比正式的抗战胜利纪念日要早上4天之多。堀田氏如此记录了自己的所见所闻——窃以为转述无法再现原本文体风格的原汁原味，还是逐句移译较佳：

那一天，我一无所知地步出了家门。街头零零星星地可以散见青天白日满地红旗。我心想：真是咄咄怪事，今天莫非竟是什么旗日吗？然而那旗帜上却又少了南京政府（此系指傀儡汪精卫伪政权。炜按）的旗子上在正式场合必须悬挂的、写有"反共建国"字样的布条儿。

然而我尽管注意到了这一点，亦即是说，我尽管注意到了那旗帜意味着重庆国民政府，却尚未曾领会到其更进一步的意味。

我偶然举目向街道两旁建筑的墙壁上望去，却见那上面密密麻麻地贴满了标语。其中有着如下一些文句：

八年埋头苦干 一朝扬眉吐气／庆祝抗战胜利 拥护最高领袖／还我河山 河山重光／实现全国统一 完成建国大业／一切奸逆分子扑杀之欢迎我军收复上海／国父含笑见众于九泉 实施宪政提高工人的地位／先烈精神不死 造成一等强国／自力更生 庆祝胜利／提高民众意识 安定劳工生活（堀田氏略通中文，以上标语均系原文照引，非引者所译。炜按）

如今思想起来，可谓是愚不可及：我是看到了这些文句之后，方才悚然一惊。知道是仗打败了。

即是说，八月十日夜半，同盟通讯社（此乃设立于1936年的日本半官方通讯社，拥有日本政府赋予的通讯垄断特权。日本战败后解散。炜按）的海外广播播放了日本承诺接受波茨坦公告，监听到这一广播的莫斯科广播电台，则动员了其海外广播的全部电波，播送了这条消息。而收听到这条消息的上海地下抗日组织便立即采取行动，将这些标语张贴了出来。此时，我对这个国家和这座城市的底蕴之深不可测，感觉到了恐惧。而且，这些标语大部分是早已（此着重号为原文已有，非引者所加。炜按）印刷完毕了的，我对地下组织的这种准备之周到，深感愕然不已。（筑摩丛书157，『上海にて』，pp.93—95）

恐怕不独堀田氏一人，大约当时在沪的各色日本人士，面对中国民众坚韧不拔却深含不发的爱国热情的偶露峥嵘，以及地火般地隐蔽却猛烈且组织严谨的抗日活动，都会掩饰不了震撼和惊愕吧。而他们之所以感到震撼与惊愕，更是因为当面对中国人最后最好的一笑时（是法国人说的：il rit assez qui rit le dernier），他们由于没有接受过必要的训练而惶恐失措。

而对于惶恐失措、狼狈不安的在沪日本人，上海人在他们的聚居地，还张贴了这样的标语：

茫然惭既往 默坐慎将来

谆谆告诫他们此时此际所应当采取的、理智的做法。其中既有对侵略者们过往的批判，又体现出了对其人民来日的关怀。对于笑得过早过久以至于面部肌肉僵硬定格难以适应其他表情因而尴尬不已的日本人来说，从这敦促其反省历史、慎思将来的忠告里，他们应当说是可以感受到曾经深受其害的中国人民不计旧恶、设身处地为败在手下的旧敌着想的宽厚与善良，却丝毫无有胜利者的傲慢。而刚刚摆脱了战祸折磨的国人便能够表现出如此之胸襟，直令今天作为其后人的我们，为自己的先人感到由衷的骄傲。

在庆贺抗战胜利的标语中，还明显可见国共两党的分歧和彼此间的互相牵制。堀田氏的解读颇有意思，不妨再度引用则个：

上面所列的标语中，最后一条恐怕是出自中国共产党抑或其系统的手笔吧。在收到日本接受波茨坦公告这一消息后，立即于第二天便贴出了"提高民众意识，安定劳工生活"这样与庆祝胜利基本无关的标语，其政治意识之中确有令人瞠目之处。（同上，p.95）

文学青年堀田善卫是个有心人，也许我们应该感谢他为历史记录下了这些珍贵的史料。作为一介有良心的知识人，他在该书中表达了对侵略战争的自省与对昭和天皇的批判，也记录了自己目睹的、臂缠"公务"袖章的日本兵无耻且凶残地光天化日之下在淮海路上公然侮辱身穿洁白婚纱的中国新娘的罪恶场面——手无缚鸡之力的文学青年堀田居然勇敢地扑向日本兵,要救助那新娘——而不为同胞讳,但这,且让与另一篇文章去讨论吧。

(谨以此文纪念抗日战争胜利 62 周年)

2007 年 7 月 10 日于衫达园安得堂

大江健三郎店长

在时下的日本，大江健三郎氏毋庸置疑，堪称是一面正义的旗帜。尤其是在差不多整个社会（包括知识阶级在内）明显地表现出右倾化迹象的今日，大江氏作为自由思想家的存在更其显得难能可贵。因此每当媒体传达大江氏一举一动，自然而然地，都会引起众人的关注，更何况此度的报道颇具珍稀价值呢：它说的是这位诺贝尔文学奖得主慨然允诺，当起了一家书店的店长！

荣幸地请来了这位文化名人屈驾出任店长的，是位于东京屈指可数的闹市之一池袋的窘酷堂书店（Junkudo）。获知这一珍闻后，翌日笔者便匆匆赶去池袋探望虚实。原来这是家很大的书店，竟占据了整整八层楼，而且池袋本店只是其遍布日本的众多分店之一。大江书店设在七楼，是一个约十五平方米的角落，入口立着一尊等身大的"店长"相片，笑迓顾客。店内除却大江氏自己的各类作品外，主要陈列着大江氏挑选的小说和评论等，时贯古今，境跨东西，数逾1700册，由大江本人分门别类，依"同时代人""我的师傅们""巨匠们"等名目分架排列，展示了文学大师博览群书的读书家真面目。读者由这些书目仿佛可以具体地看到小说家大江健三郎是如何一步步地登攀前行，最终"站到了巨人的肩膀上"去的。

虽然号称"店长"，其实大江氏无须每日出勤上班，除了选定书目外，他唯一的工作就是每月来店为读者作一次演讲。第一次演讲吸引了大批读者，主要是青年。大学生们似乎尤其对这位著名作家的阅读经历感兴趣，将大江氏推荐的书籍买走了不少，让关怀文学的人们坚定了对未来的希望。

窘酷堂这一请名家出任"店长"、让读者"了解成为著者作品之背景的书籍，增加阅读乐趣"的企划，始于2003年，半年轮流，除了任由"店长"选定书目外，还举办"脱口秀"。至今已有六位作家担任过"店长"，包括名诗人谷川俊太郎、小说家椎名诚和解剖学家养老孟司，后者的《傻瓜的围墙》一书，曾经是轰动一时的畅销书。

窘酷堂的成功，引来了众多的跟随效仿者。纪伊国屋书店的新宿本店也在人文图书卖场开设了"人文屋"，每月轮流邀请学者东浩纪和评论家斋藤美奈子等人做顾问，将书目选定权委托给他们，月月更新商品。书店称，"在人文科学书籍的读者日渐减少的今日，希望能够为读者提供一册在手的契机"，大有挽狂澜于既倒的气概。听来顿生悲壮感和侠义心、不自量力地欲为这样胸怀道义的经营者高声叫好并期盼这种不光注重利润更加自珍文化传承重任的书店能在残酷的市场竞争中生存下去并且脱颖而出的，恐怕不止笔者一人而已吧。

敝帚篇

《日人访华游记丛书》序言

曾经有一位不可一世的罗马人恺撒（Julius Caesar）留下过这么一句豪言壮语：我来到，我看见，我征服。（Venio, video, vinco.）"来"也罢，"看"也罢，都不打紧，然而来和看的目的倘不是援助、投资或观光游览，而是征服，则以今天后殖民后冷战时代的眼光视之，自然不免会感到帝国主义的血腥。事实上，那个时代的罗马人大抵都是帝国主义者，置帝国的利益于万物之上，嗜爱征服别人。也许唯因如此，恺撒的这句话才会被奉为金言，备受推崇广为流传，以至于时至今日居然仍未湮灭。甚至在早已打入我国市场多年的万宝路（Marlboro）香烟盒的标志中，居然也赫然印着这句话，只是写作完成时：Veni, vidi, vici. 即"我来了，我看了，我征服了"——原来恺撒这话的原版反而更加意味深长呢。然而这位罗马统帅在忙着厮杀征服之余，倒也没忘记有效利用晚间就寝之前的时间，写下了一部《高卢战记》（Commentarii de bello Gallico）。而这部书，从某种意义上说，恐怕不妨视为一种游记。若依今人的价值观，也许应将恺撒的名言改说成"我来，我看，我写（vigilavi）"。改 vinco 作 vigilo，仅仅一字之易，便将话者由威风凛凛的三军统帅降格为普普通通的一介游客，尽管失去了许多英雄气概，却也平添了一缕和平与温馨，岂不可爱？而名高千古的《高卢战记》也大可更名为《高卢游记》（Commentarii de itinere Gallico）了——此乃戏言。不过事实上，征服这一行当固然英雄无比，但鲜见能够维持得恒久。君不见，昔日曾为罗马军团所征服的土地上，如今崛起了一个个强大富足的国家，倒是称霸一时的罗马帝国却早已灰飞烟灭了。反观搦管弄文，尽管显得孱弱，却似乎远较策马横刀杀气腾腾的征服更受到永恒的青睐：连今天我们认识恺撒其人，难道不也是仰赖写在纸烟盒上的一句"名言"，以及一部《高卢战记》吗？亦即是说，对于生活于现代的我们而言，恺撒建立在南征北战杀人如麻之上的盖世英名，已经毫无（当时所曾具有过的）意义；如若说今天恺撒对我们还有一点影响的话，那这种影响只是通过他作为副业而遗留下来的著述（écriture）来实现的。

闲话休提。游记的历史便是这般古老——尽管我们不敢也不必武断地强辩《高卢游记》，不不，《高卢战记》便是游记的起点。曲园居士俞樾在为东国文士竹添进一郎（井井居士）《栈云峡雨日记》所撰的序文中说："文章家排日纪行，始于东汉马第伯《封禅仪记》，然止记登岱一事耳。至唐李习之《南行记》、宋欧阳永叔《于役记》，则山程水驿，次第而书，遂成文家一体。"其主张中国的游记始于东汉，成于唐宋。然而游记的步入最盛期，则无疑是在人类迈入了科学技术神速进步的现代文明社会之后。交通手段的发达，使得从前被目为难于登天的畏途变成了坦途，人们的活动范围扩大，异域间的往来费时减少，为游记的繁盛预备了物质基础。至少在日本是如此的，而日本人的访华游记则更是如此。众所周知，日本与中国的交往，日本人的来华留学、经商，乃至做官，原是古已有之的事情。然而访华游记以惊人的数量大举问世，却是在1868年的明治维新以后。仅仅是东京的东洋文库一家，其所收集的明治以降日本刊行的访华游记，就多达四百余种，而这据说不过是"九牛之一毛"。至于这期间日本人究竟写下了多少这类书籍，其总数迄今仍无确切统计。访华游记的作者群，除却文人学者之外，还包括了教师、学生、商人、宗教家、出版人、社会活动家，以及军人、政客，芸芸纷纷，鱼龙混杂。有的是匆匆过客，蜻蜓点水走马观花；有的则是"此间乐，不思蜀"，长期体验长期观察。既有寻幽探胜，寄情水光山色；也有访朋拜友，评骘人事、政治。沉湎于怀古幽情，凭吊古迹、追思古人者有之；留意于民风世情，将视点照准当代社会变迁者亦有之。诸体咸备,蔚为壮观。

　　游记可以说是一个发现过程的记录。"来"和"看",是游记的原料积累,而"写",则是游记的生产行为。作者从他自己所熟悉的日常之中走出,来到一个于他而言是非日常的空间,在这里,他看到了许多人、许多物、许多事,有的似曾相识,有的令他惊异,所有这一切都会引起他的感慨与思索。而他之所以会在面对种种所见所闻时作出不同的反应,乃是因为他心中有一个参照系(frame of reference)存在着。映入眼帘的一切,全都投射在他心中的参照系上,他据此作出价值的判断,或喜或嗔,或欣然接纳,或嗤之以鼻。这个参照系,是他长期生活于斯、成长于斯的那个环境、那个文化、那个传统在他不知不觉之中赋予了他的,而他往往甚至不曾意识到这一参照系的存在,却无时无刻不在运用它。换句话说,向游记——其实不独游记——期冀客观,不啻缘木求鱼。但凡被记录下来的,都是选择的结果。而选择这一行为,正是一种主观活动。哪怕写的是风景,是一座建筑,是一草一木,那都是经过了作者的双眼甄别,经过了他心中的参照系过滤的;而他的双眼本是教育的产物,那个参照系则可以说是一个民族文化传统的凝缩。

　　因此,我们移译介绍日本人所写的访华游记,就具备了双重的意义。首先,阅读这些游记,有助于我们了解那个时代的中国与中国人,或者说作者眼中所见的那个时代的中国和中国人。这对于我们中国人认识自己、理解自己,应当是有百利而无一弊的——即使面对的是哈哈镜,我们也可以从变了形的身影中,看到遭了扭曲的优点,增进对自己的信心;或发现被夸张了的缺点,了解自己阿喀琉斯之踵(Achilles' heel)的所在,从而思谋自强自卫的方策。引用一句曾经十分流行、几乎人人耳熟能详的名言,那便是:"忘记了过去便意味着背叛。"历史是无法抹消的,因为它并不因为我们无视它便不存在。而今天与明天其实也无非是历史的进行时与将来时。

　　其次,通过阅读这些游记,我们还可以反过来认识那个时代的日本和日本人。因为如前所述，观察者（旅人、作者）的目光总会从被观察、被描述的对象身上反射回来，将他自己投影在阅读的地平线上；作者自身，他的民族身份（identity），无可避免地要折射在他的游记里。而从社会历史的见地去看，这些游记可以说从普通庶民的个人层面上，反映出那个时代中日两国，以及周边有关各国之间的关系，有助于我们正确地、具体地认识和理解那一段历史。

然而如果仅仅是一味强调这样一种实用性的认识功能，则势必将游记萎缩成为单纯的历史资料。而其实，不言而喻，游记更应该是文学。虽然说学而时习之不亦乐乎，但我们的目的并不在于翻译教科书。出于这样的考虑，在卷帙繁多的游记文字中，我们将焦点聚集在了以著述为职业的文人们的作品上。此次移译的几部作品，其作者有小说家，有诗人，还有学者与报人，都是当世的巨擘俊逸，不唯才情过人，更兼见识出众，其思想、言说，都具有相当的代表性与影响力。而他们的文字，或隽永或犀利，很有可读性。

《禹域鸿爪记》的作者内藤虎次郎，号湖南，1866年生于日本东北部秋田县的一个武士家庭，1934年去世。此人少时便有神童之誉，十五岁时，曾被选为学校代表，以汉文作了一篇"奉迎文"，欢迎当时的日皇明治，文辞华美，令满座震惊，被誉为"名文"。但因家境败落，学业难以为继，只得就读于免除学费的秋田师范学校，由于成绩优秀，按规定应学四年的课程，他仅用了两年便全部读完。毕业后，尽义务做了两年小学教员，还毕学费的债，便"雄飞"到了东京，做过记者，当过政界人物的秘书，1897年赴其时已沦为日本殖民地的台湾，任《台湾日报》主笔。后又在当时的媒体巨子《万朝报》和《朝日新闻》供职。1907年成为京都帝国大学讲师，但因学历低，受到文部省官僚的排斥（据说当时的风气是，倘非大学毕业的学士，纵是孔老夫子也无资格去做大学教授），两年之后方被任命为教授。由于他和狩野喜直等几代学者的努力，京都大学终于成为日本汉学研究的圣地，在国际汉学界中也享有很高的声誉。湖南生前曾多次来华访游,而《禹域鸿爪记》乃首次访华归国后写就,1900年由东京博文馆出版。

内藤湖南于1899年9月5日从神户登舟,经芝罘入境,旋又买舟北上,在大沽登岸,游天津、北京后,折返天津取海路南下,在上海上陆后游览了杭州、苏州,再从上海溯江而上,游历了武汉、南京之后再度返回上海,泛海东归,于11月29日返抵神户,前后历时近三个月。在北京,他登览长城,在杭州,他泛舟西湖,在苏州则探访了虎丘、寒山寺,走的是典型的、日本人所喜爱的旅游路线。但除了游山玩水,他还在天津、上海等地分别拜会了严复、王修植、蒋国亮、文廷式、张元济等名流,谈天说地议论时局,表现出对中国现状的关心。

而《满韩处处》的著者夏目漱石,毋庸赘言,乃是日本近现代文学史上的巨匠文豪,在海内外读书界也无疑是个 big name,当属于日本作家中最为响亮的名字之一。此人是东京人,1867年生,本名金之助,号漱石山人。幼时曾被送给别人做养子。1893年东京帝国大学英文科毕业后,先后在松山中学(松山是正冈子规和河东碧梧桐的故乡)、熊本的第五高等学校[1]任教,1900年中选为文部省官费留学生,拜命前往英国留学,1903年归国。漱石曾这样回忆其留学生涯:"在伦敦的两年,乃最不愉快之两年。余置身于英国绅士群间,好似一只以狼群为伍的丧家之犬,经营着惨淡的生活。"(《文学论》序)伦敦的体验,令他痛切地感受到东西文化间的巨大差异,品尝到了落后民族的屈辱滋味,也催生了他对日本那种一味追随西欧的、所谓"文明开化"的批判精神。回国后,他在东京大学当了几年专任讲师,讲授英语和英国文学,1905年发表长篇讽刺小说《我是猫》,从此开始了其创作生涯,至1916年病逝为止,一共创作了12部长篇小说和一些短篇小说、随笔及评论,其中似乎大多已被译为中文。

1909年9月2日至10月17日,夏目漱石应大学时的同班同学、时

---

[1] 其时日本的学制为小学六年、中学五年、高等学校三年、大学四年,计十八年。

任负责日本在中国东北地区殖民地经济运营的国策公司、南满铁道株式会社总裁的中村是公之邀,作为其贵宾,从大连入境,经釜山返日,周游了我国东北和一年后即遭日本彻底吞并的朝鲜半岛。回到东京后,便以《满韩处处》为题,在东京与大阪两地的《朝日新闻》上同时连载旅行记(自10月21日至12月30日)。然而该文只写到抚顺为止,便告中绝。原因之一是,连载期间,发生了韩国爱国独立志士安重根在哈尔滨车站刺杀伊藤博文的事件,日本国内的军国主义氛围陡然高涨,《朝日新闻》也在连载《满韩处处》的同时,花了近一个月的时间,连载了一篇题为《恐怖的朝鲜》的长篇时事报道。漱石那轻松闲适的漫游与交友的记录,显然大大地不合时宜,难以继续写下去。而《满韩处处》中,也不无"怜悯"中国人和朝鲜人,"为自己生而为日本人感到幸福"之类的言论,与作者本人在伦敦时所体验的屈辱形成绝妙对照。而对于日本在中国东北及朝鲜半岛的侵略行径,漱石也不曾表现出明确的省知与反感——其实,这种议论自身也许并无太大意义,而且容易流于不公平地滥用后人相对于前人的特权。何况此前漱石也曾发表过批判民族偏见、忧虑日本欺侮弱小民族、大搞民族扩张政策的言说。

夏目漱石自不待言,而内藤湖南也毕竟是个著名的汉学家,其所从事的工作与我国大有瓜葛,故他的名字,国人可能间或还有所耳闻。至于河东碧梧桐这个名字,除非是相当的博识家,大概鲜有人知道他是何方阿谁。其实此人在日本,倒也是个铮铮佼佼的人物。他是著名的俳人,即以写俳句为职业者。俳句虽然因其短小易诵,颇类词中的小令,而于近年在我国大有走红的势头,甚至出现了一批国人模仿其格式(三顿十七字,即五、七、五)以汉语填句,称作汉俳,好像还出了集子,但国人对于日本俳人的名字,恐怕还较为陌生。

河东秉五郎,俳号碧梧桐,1873年生于四国岛上的松山市,1937年去世。此人是明治期俳句革命运动的领袖、夏目漱石的挚友、大名鼎鼎的正冈子规的两大高足之一,子规殁后,其继承其衣钵,担任当时颇具影响的大报《日本》俳句副刊选者（类似特聘编辑），成为所谓新俳句运动的中心人物。《中国游》一书，由大阪屋号书店于1919年在东京出版，记录的是其前一年访华时的见闻与感受。碧梧桐于1918年4月至7月间来华旅行，漫游了大江南北，足迹所至，南抵香港，北达北京。不过本书不知何故只记载了其前半即华南、江南的行程，并没有后半程的记录。从中我们可以读到作者在香港、广州、上海、杭州、宁波、苏州、镇江、南京等地的体验、观察和印象。作者在序文中称，来到中国，令他大有与思念多年的"伯父"久别重逢的感觉。在宁波，参拜天童寺的途中，作者思及往昔曾来此寺留学修行的雪舟等古人，自己与他们相比，已由落后民族上升为先进民族，大有扬眉吐气的自豪感。这段议论，对于我们理解当时日本人的心态，颇有助益。而在广州，作者前往大总统府拜谒孙中山的一段记录，读之印象也颇为深刻。

德富苏峰，本名猪一郎，熊本县人，1863年生，1957年去世。和当时众多的日本知识分子一样，早年归信基督教，后（1880年）又弃教。此人22岁时，便写作并出版了《第十九世纪日本之青年及其教育》，翌年又出版了《将来之日本》，发行上大获成功，风靡一世。挟此余势，苏峰移师东京，于1887年24岁时，创设民友社，发行《国民之友》杂志，1890年又创刊《国民新闻》，摆开论阵，鼓吹激进的平民主义，议论泼辣，笔力劲健，被目为舆论界的重镇，吸引了大批优秀的进步青年，包括早熟的青年诗人北村透谷，和后来成为著名小说家的国木田独步。苏峰本人也不客气地以明治青年导师自任，而其时他自己尚未届而立之年。但在中日甲午战后，苏峰突然变节，转而鼓吹国家主义，并踏入仕途。1898年《国民之友》废刊，苏峰作为思想领袖的使命遂告终焉，摇身变为天皇制国家体制的理论代言人，从意识形态的角度为军国主义效力，为此，1945年日本战败后，还曾被盟军最高司令部追究过战争责任。

1917年9月15日至12月9日，苏峰携助手两名第二次漫游中国。两名助手中一位专门负责绘制游历地图，另一位则专门负责摄影——由此可见名角苏峰不同于他的派头与气势。苏峰每日将行程记录下来,在自己主持的《国民新闻》上逐日揭载,后汇集为一册,由民友社1918年在东京出版,题名为《中国漫游记》。苏峰的旅程自北京始,北至哈尔滨、长春,南达汉口、苏杭,遍及三十多座城市。书中除了游览名胜古迹的观感,也有对风俗、政情的观察,而最为有趣的,恐怕还是对那些与之有过一面之缘的要人名士的记录。苏峰不愧为名记者,在各地分别拜会了众多风云一时的名流,包括当时的大总统冯国璋、总理段祺瑞、奉天督军张作霖及多位督军、省长,以及前清遗臣肃亲王、在野名士梁启超等等,还有许许多多如今已被淡忘、当年却叱咤风云的角色,并一一留下记录,今日读来,令人别有一番感慨。

与河东碧梧桐、德富苏峰二人相比,谷崎润一郎、佐藤春夫和芥川龙之介三人皆以小说名世,并各自有作品被译成中文介绍到中国来,因而在国人中的知名度似乎要高一些。

谷崎润一郎,1886年生,东京人,1965年去世。少时家境贫寒,几至辍学,但因才华过人,周围的亲朋怜惜有加,解囊资助,方得以考入东京帝国大学,但终因滞纳学费,三年级时被勒令退学。谷崎曾两度来华。第一次是在1918年11月,谷崎经由朝鲜半岛进入中国,由北向南,历时约两个月,游历了江南一带,回国后写下《苏州纪行》,表现出对中华文明的倾倒和对中国社会现实的关切。1926年1月至2月间,谷崎再度来华,这次他只游览了上海一地,结识了内山完造,并经内山介绍,结交了郭沫若、田汉、欧阳予倩等一批作家和影剧界人士,与他们进行了多次交流,归国后写了《上海交友记》等文。值得一提的是,在《苏州纪行》中,对在中国人面前骄横傲慢的日本同胞,谷崎毫不犹豫地表示了不悦和批判,与同时代的一些作家相比,可说是难能可贵。而《上海交友记》也记录了郭沫若、田汉慷慨陈词,控诉西洋列强鱼肉中国,倾吐身为中国青年的忧虑与苦闷的场面,并对之表示了同情。

除了这些游记,中国之行还带给了谷崎以创作灵感,结晶于《西湖月》《秦淮夜》《鹤泪》等一批小说之中。始终以罗曼蒂克的、充满温馨善意的目光审视中国、这是谷崎润一郎有别于他人的特征。

与绝大多数日本游客不同，佐藤春夫1920年6月下旬来华时，他的目的地不是京津、苏杭等观光热点，而是日本游客相对而言较少涉足的厦门。佐藤春夫是由高雄乘船来到厦门的，由一位在厦门长大、在台湾工作、会说日文的郑姓青年导游，游历了厦门、鼓浪屿、集美、漳州等地。在佐藤的笔下，厦门客店里的经历宛似侦探小说，鹭江的晚霞美不胜收，而饮酒、赏乐的夜生活也被描绘得引人入胜。一曲《开天冠》所引发的对中国传统音乐独辟蹊径的议论与阐释，则充分展示了作者诗人的一面。漳州之行的所见所闻，对陈炯明在漳州所作所为的介绍，虽然难免道听途说、管窥蠡测之虞，但仍有助于读者了解往往为近代史主流研究所忽视的一段史实。这些见闻均记录在《南方纪行》一书中，1922年由新潮社出版于东京。

佐藤春夫1892年出生于和歌山县，庆应大学中途退学。中学毕业后曾入盟由与谢野铁干、与谢野晶子夫妇领导的著名的"新诗社"，直接受到两位大诗人的熏陶。早年学写诗，后来则主要创作小说，但终生不曾放下诗歌创作的笔，《殉情诗集》是一时洛阳纸贵的名篇。他与谷崎润一郎本是朋友，过从甚密，但一来二往之间，却苦恋上了谷崎夫人千代子。1930年8月，谷崎、千代子、佐藤三人联名致函各位友人，宣布千代子与谷崎离异、同相思了多年的佐藤结婚，这便是轰动一时的"谷崎让妻"事件。《南方纪行》中所收的《朱雨亭其人及其他》一文中所谓"与有夫之妇、且是朋友之妻的女人堕入情网"，说的便是此事。敢于做出这种当时被视为"不道德"的行为，可见三位当事人的不为传统道德观念所束缚的勇气。佐藤基本上不失为一个独立思考的自由知识分子，也很热爱中华文化，他还曾出版过一部很有影响的译诗集《车尘集》，译的全是中国古典诗歌。他也是鲁迅的小说《故乡》的第一位日文译者。但在战争期间，佐藤春夫还是表现出在作为文学家之前他首先是个"日本人"。他甚至写过类似"劝降书"的文章,劝告中国人放弃"先进文明同化后进文明"历史会重演的幻想,说这次不同于以往,日本人乃是带来先进文明的征服者云云。为自己涂抹下了洗刷不掉的人生污点,而这也是那一时代大多数日本人难以逃脱的宿命。

周公恐惧流言日,王莽谦恭未篡时。想到这一点,不禁在感慨认知、评价历史人物困难的同时,也感到历史人物在处于强大外力压迫下人生营为的不易,甚至会觉得像芥川龙之介那样以非自然的方式中断生命,从避免了要与自己祖国发动的侵略战争进行合作、从而逃脱了要面对后人道德断罪的尴尬这一角度来看,竟不失为一种至福。

芥川龙之介,号澄江堂主人、我鬼、夜来花庵主等,1892年生于东京,1927年服过量安眠药自杀。此人素有短篇圣手之誉,俳句也写得臻于化境。早在东京帝国大学英文系就读时,就以短篇小说《鼻》获得文坛盟主夏目漱石的激赏,一生留下了大量珠玉之作。芥川于1921年作为《大阪每日新闻》(《每日新闻》的前身)社的海外视察员来华访问,由海路自上海入境,周游江南一带后,溯江而上,遍访芜湖、九江、武汉、长沙,再驱车北上,游历京津一带,最后经由朝鲜半岛回国。一部《中国游记》(改造社1925年出版于东京),记录了这次历时四个月的漫游中的见闻与感受,处处表露出作者的博学和睿智,以及对现实的敏锐洞察。最引人注目的,还是芥川对当时英美帝国主义在中国飞扬跋扈的揭露,而这在同时代的游记中,是少有具体言及的。

村松梢风可以说是以上海为卖点(selling point),赖写上海而赢得文名,并因写上海而为后世所记忆的作家。尽管他也写过不少小说,但其最著名的作品,恐怕还是以《魔都》为代表的一批描写上海各色人等的生活形态的游记。村松1889年生于静冈县,1961年去世。本名义一,梢风是他的号。1923年他第一次来上海旅行,即被上海的魅力所吸引,从此几乎每年都要造访中国,发表了许多以中国大陆为舞台的散文和小说。他称光怪陆离、妖艳多姿的二十年代的上海为"魔都",并以此为题于1924年出版了第一部关于上海的著作，以充满好奇的目光观察赌徒、娼妇们的生态，强调东西文化大熔炉上海的异国情调。梢风描绘的上海形象影响、吸引了好几代日本人，他所杜撰的"魔都"一词，在日本遂成为旧时代上海的代称。梢风还出版过《新中国访问记》(1929)、《热河风景》(1933)、《中国风物记》(1941)等多部访华游记。

在这些出自日本人之手的游记作品中，我们会读到一个有趣的现象，即作者们在众口一词地对中国的传统文明、文化遗产表现出莫大的倾倒与敬佩的同时，又几乎无一例外地对中国的社会现实投以批判的眼光，甚至露骨地表露出厌恶，言辞有的还会相当尖刻。这类厌恶与尖刻的深层，固然不无挤入列强之列、做上了"一等国"的日本人日益膨胀的民族优越感，以及产生于这种优越感的对邻人的不逊与轻侮——而这其实正是我们的历史学家们每每爱说的"一小撮军国主义分子""狼子野心"能够得逞的群众基础。罗马帝国里倘使只有恺撒等"一小撮人"是帝国主义分子的话，则那个庞大的罗马帝国恐怕根本就不可能在历史上出现。但平心而论，当时的中国鬼蜮横行，腐败成灾，饿殍遍野，民不聊生，差不多已经到了穷途末日，原是有目共睹的事实，不论这双目是生于华胄的脸上，还是长在夷狄的额下，也不论其眸子是黑色的还是蓝色的，抑或是别的什么颜色。记得从前读郁达夫先生的游记，其中也有这样的文字："江南的风景，处处可爱；江南的人事，事事堪哀。""江南原说是鱼米之乡，但可怜的老百姓们，也一并的作了那些武装的同志们的鱼米了。""这十余年中间，军阀对他们的征收剥夺，掳掠奸淫，从头细算起来，哪里还算得明白？""逝者如斯，将来者且更不堪设想，你们且看政府中什么局长什么局长的任命，一般物价同潮也似的怒升，和印花税地税杂税等名目的增设等，就也可以知道其大概了。"这篇题为《感伤的行旅》，作于1928年底，即芥川来游的八年之后，梢风访沪的五年之后。"这十余年中间"，可知达夫先生所意识的中国现实，应与碧梧桐、芥川等人所目睹的现实相交叠。而深谙国情的达夫先生在发完牢骚之后，也没忘记自我解嘲两句："啊啊，圣明天子的朝廷大事，你这贱民哪有左右容喙的权利！"然而解嘲归解嘲，面对这样黑暗污秽、腐朽透顶的现实，作为身受其害的当事人，我们中国人自然无法视若无睹，甚至琢磨着要用革命这一最激烈的手段去改变它——芥川龙之介来华的1921年，正是中国共产党在上海宣告诞生的那一年——莫非我们反倒真的要求外国人"且细赏赏车窗外面的迷人秋景吧，人家瓦上的浓霜去管它作甚？"(《感伤的行旅》)甚至还要人家来为这黑暗的现实跌足叫好方才心满意足吗？这样的心态岂不荒谬可笑？

最后还有一点需要在此略加说明。我们的译本中所用的"中国"一词，原文中几乎无一例外统统写的是"支那"。我们认为，中文里从来不曾有过"支那"一词，因为它不是中文，故此需要翻译。日本用"支那"作为正式名称称呼中国，当始于1911年辛亥革命成功、中华民国建立之后。在此之前则称中国为"清""清国"。至于非正式地称中国人为"支那人"，则要更早一些。由于日本同中国一样，也使用汉字，所以中国的国号可以直接以汉字名通称，如"唐、宋、元、明"。何以到了"中华民国"时，日本一改以往直接使用汉字原名的习惯做法，别出心裁地要另外替中国取名"支那"(甚至在外交文书中，当时的日本政府也称中国为"大支那共和国"，而不用中国自己的汉字国号)呢？这恐怕是因为此时自以为国力已足够强大的日本，无法容忍中国继续妄自尊大，自命为世界中心之国。而"支那"一词，乃是模拟西文的译音。如英文的China，法文的Chine，德文的China，意大利文的Cina，西班牙文的China之类，据说原是中国古称"秦"的讹音。盖国与国的交往一如人与人的交往，尊重对方应是礼尚往来的前提。而以对方自己为自己所取的名字呼称对方，则是最起码的礼貌。倘若对方自名"张三"，而我们偏偏不称他"张三"，而是蛮横地硬呼之为"李四"，甚至"王八"，那么显然是有意污辱对方，毫无友好交往的诚意。当时的日本官方，无疑是缺乏与中国友好往来的诚意的。至于连普通的日本百姓也人人称中国为"支那"，则只能说明"广大的日本人民"在这一点上也不假思索地响应了政府的政策。当然，应当庆幸这一切都已经成了历史。但不可不注意的是，时至今日，在日本仍然有那么"一小撮人"，犹自坚持以"支那"称呼中国。而日语中东中国海（East China Sea）、南中国海（South China Sea）的正式名称仍然为"东支那海"和"南支那海"，只是不再使用"支那"这两个汉字，改以片假名代替而已。但愿能有更多的国人正确地认知这一事实。

  作为译者，我们希望我们的译作能够为我们中国人正确地认识自己提供一点线索，同时也希望，它们能够为真正的理性的中日友好做出微薄的贡献，但我们最希望的，还在于能够为诸位读者在劬劳之余，带来阅读的乐趣。

1998 年 10 月于呷奔国暗疏乡

芥川龙之介《中国游记》译后记

《中国游记》，芥川龙之介著，1925年11月3日由改造社出版于东京，正文共265页。全篇由《上海游记》《江南游记》《长江游记》《北京日记抄》《杂信一束》五部分构成。其中《上海游记》系归国后立即动手写作，连载于《大阪每日新闻》（1921年8月至9月）。大约三个月后，《江南游记》开始在《大阪每日新闻》上连载（1922年1月至2月），这两篇游记占了全书约九成的分量。《长江游记》则在时隔三年之后执笔，发表于杂志《女性》1924年9月号，但未得完成。《北京日记抄》最初刊载于1925年6月号《改造》杂志。而《杂信一束》则是初次公开发表。

在日本作家中，芥川龙之介相对而言，是海内外读书界较为熟悉的名字。他的不少作品都被译成了中文，介绍给我国读者。芥川生于1892年，其成长期恰与日本教育制度的变革期相重叠，可以说是尚重视汉学修养的教育制度所培育的最后一代知识分子。因此芥川的中国古典文学的功底相当深厚，这在《中国游记》中也随处有所表现。他还能作汉诗。并且也曾取材于《聊斋志异》《剪灯新话》等中国古典文学作品，写过十个短篇小说。而且他的西文水平也颇高，毕业于东京大学英文系，来华时在北京会见过胡适，连留美多年的胡适也在日记中称赞芥川英文说得流利。芥川此外还能阅读德文和法文。

1918年芥川辞去教职，成为大阪每日新闻社社友，翌年3月成为正式社员，无须出勤，但按月领取薪水130元，稿费另付。条件是可以随意在任何杂志上发表作品，但报纸只能以《大阪每日新闻》为唯一的发表媒介。芥川从此开始了职业作家的生涯。1921年初，芥川龙之介受大阪每日新闻社派遣，以海外视察员身份访华。访问中国，是芥川的多年夙愿，早在第一高等学校读书时，他就在致友人的信中表露过这一心愿。3月19日，芥川离开东京，预定取道九州的门司港登舟，泛海来华。其实他数日前偶染风寒，直至18日仍未痊愈，但芥川访华心切，抱病出征。结果在车中感冒复发，高热不退，无奈只得在大阪下车，疗养了一个星期后，再度登程，28日在门司（今北九州市）搭乘筑后轮，30日午后抵达上海，开始了长达120余日的漫游。但在上海旋又旧病复发，4月1日被诊断为干性肋膜炎，当即住进日本医师开设的里见病院，蛰居了三周，直至21日方病愈出院。出师不利、病魔缠身，对芥川的情绪自然会有所影响，加之他尽管熟悉汉籍，对中国的现实却不甚了了，而期望值越高，面对现实的落差时，失望势必也就越大。了解这些情况，对于阅读、理解《中国游记》，大概会有帮助。

芥川是个著名的美文家。一部《中国游记》便充分表现了他刻意求工、别出机杼、不肯落前人窠臼的风格。在这部游记中、芥川力避平铺直叙的呆滞、俗套，运用了对话（《上海游记·十二》《江南游记·十九》《江南游记·二十》）、书信（《上海游记·十四》《江南游记·十二》）、戏剧（《上海游记·二十》）、手记（《上海游记·十八》《江南游记·二十》）等多种体裁、跌宕多姿，变幻有致，读来颇觉新颖。而在文体上，《北京日记抄》的全文，以及《上海游记》《江南游记》的部分章节，则又有意采用拟古文体写成，即基本上是文言文的形式，词汇上却间或使用一些现代语汇，与整体的口语文体形成奇妙的反差，酿出一种独特的韵味。为了再现原著的风格，译者在移译时，也做了一些努力，试图表现芥川语言与体裁的变化；对拟古体的部分，也尝试用文言译出。然毕竟功力不逮，每每弄巧成拙、不尽人意，还请大方不吝赐教。

《老师的提包》译后记

《老师的提包》，不妨说是一部饮酒小说。

关于饮酒，地理上不论海之内外洋之东西，时间上则不问前朝后世古往今来，似乎始终不乏对其妙用不吝赞词者。且不提"李白一斗诗千篇""古来圣贤皆寂寞，唯有饮者留其名"之类无人不晓的名句，更早，先贤陶渊明就每每"衔觞赋诗，以乐其志"。而在东国日本的奈良时代，也出了一个著名歌人，叫作大伴旅人，曾写过一十三首《赞酒歌》，盛赞"酒の名を聖と負ほせし古への大き聖の言のよろしさ"，大意约为"古来大圣贤，呼酒名圣人。圣贤不我欺，妙哉此言真"。英文里也有句谚语，歌颂 Wine is a whetstone to wit，看准了葡萄酒是磨砺智慧的砥石。这一看法，便十分近似断言美酒是催生太白千古名篇的催化剂的杜工部了。而十八世纪的法国人 Philibert-Joseph Le Roux 也声称"Au fond des pots sont les bons mots"（留在酒瓶底处的，才是绝妙好辞）。此话也许不妨译作"瓶底有佳句"？至于意大利人，则似乎更加注重酒的实用功能，认定 Boun vino fa buon sangue（好酒造好血）。大概是强调喝酒有益于健康的意思吧，仿佛是拗着劲儿要跟现代医学常识唱反调，不知道是否有充足的科学根据为其撑腰。

巾帼小说家川上弘美氏，笔者虽无缘亲睹芳容，然端详其照片，似乎体态娴雅面容端庄，称作美女作家亦当之无愧，然而这位才媛竟然也是一位无与伦比的爱酒家，善饮异常，不让须眉。现年四十六岁的她，出身于东京的杉并区,故自称是"生于东京长于东京",然而其实幼年时(好像是四岁至六岁间)曾随父母在美国生活过数年。考入国立的御茶水女子大学后,学的是生物学专业,毕业之后做过四年中学生物教师。据其本人称,那四年期间便跟一位女同事一道,晚上经常光顾小酒馆,"委实喝了不少酒"。这样的生活似乎一直延续至今,甚至在结婚以后也是如此。白天工作,晚上下班后便去小酒馆喝上几杯——这生活形态简直与她自己笔下的人物月子一模一样,只不过现在的她白天不再外出上班了,而是大体蛰居家中爬格子。酒,也许真的给了她小说的灵感,亦未可知,虽然未曾见到她就此撰文自白。

作为饮酒小说,《老师的提包》的男女主人公老师和月子,两人之间的关系,是靠酒为媒介维系和确立的。而小说的主要舞台,也基本上设定为"阿悟的小酒馆"——阿悟是酒馆主人的名字。月子与老师的邂逅,便发生在这家车站近前的小酒馆里;两人之间的风风雨雨恩恩怨怨,你进我退虚虚实实地使心眼耍心计(好像主要是老师在使在耍),直至最后曲曲折折地终成好事,都与这家酒店不无瓜葛。小说开篇,写的便是月子和老师在这家酒馆喝酒而重逢,甚至到了终篇的最末几行,还要言及"水煮豆腐"的制法,而这正是月子平生最喜爱的佐酒菜,真所谓始于酒而终于酒,一部饮酒小说,于是便堪称有始有终了——对此,日文表达在习惯上,喜欢说成"有终之美"。

月子和老师饮酒,都是在晚间进行的。女主人公月子白日里在公司工作,晚上下班以后,乘坐电车(按:此电车乃是电气火车,并非北京上海街头行驶的"无轨电车")回家,下车后走进站前阿悟的酒馆小酌,在那里与老师合流,于是一天的真正故事便从此时开始,而这时其实已是黑夜降临之后了。因此,《老师的提包》实质上是一部专门讲述夜晚故事的小说,在这里,白天被完全省去弃如敝屣。但凡与白日有关的,统统都无关紧要:读者通读一遍小说之后,对于月子所供职的公司,月子所从事的工作,以及其他一切细节,依然一无所知。小说不曾提供与之相关的任何信息。至于老师，则是一个退了休的年金生活者，白天没有、也无须去工作。在两个人的世界里，白天毫无意义。月子也罢老师也罢，其整个的人生、其人生的全部意义，都集中在夜晚，体现在夜晚。

然而在现代社会里，人们在白日里的营生，譬如在公司上班抑或是去学校念书，其实是对社会做贡献，也是被收编进入组织、社会和国家的体制之中去，不然就是为了这种编制而接受训练和进行准备的行为，具有鲜明的"公"的性格。与之相对，夜晚坐在阿悟的酒馆里饮酒之类，则是在尽了社会义务之后，人们暂时从"公"的约束之下退回相对自然的自我之中，回归"个人"的私生活状态。如是，"白天"对"夜晚"的构图，就直截了当地等同于"公"对"私"，"社会"对"个人"的构图。而在这层意义上，"夜晚"小说《老师的提包》，则无疑又可视为纯系从"私"的层面表现人和人生的小说。

白天的尽社会义务，其实便是从事生产活动，而在人类目下所处的按劳取酬这一进化阶段，理所当然是要获取报酬的。月子因为这种生产活动而领取工资，并且靠着这份工资来支撑着夜晚的饮酒。换言之，白日里的生产行为在此可以定义为为夜晚消费行为筹谋经费的活动，白天是支撑夜晚的经济基础。至于就职于什么公司从事何种职业均无所谓，重要的只是获取夜晚消费的资金而已。设若白天拥有某种意义的话，那么它的意义恐怕便仅在于此了。于是，"白天"对"夜晚"的构图，又与"生产"对"消费"的构图两相重合，而《老师的提包》一味地纯粹凸显消费活动，几乎不曾有片言只语具体地提及"生产"，则显然又可以呼之为消费小说了。

而相对于月子和小岛孝，老师一生的全部生产活动业已宣告终了——退休非他，它意味着彻底退出"公"而回归"私"的状态。亦即是说，在老师而言，他的"白天"已告终结，一日的二十四个小时实质上全部都等同于"夜晚"。因此，如果从这个角度出发去看待月子的选择的话，那么她的舍弃小岛孝而倾斜于老师，不妨说径直象征着"夜晚"战胜了"白天"，意味着消费取生产而代之，标志着否定"公"的体制束缚而注重个人"私"的侧面这一价值取向,似乎颇符合后现代社会的特征。

同样爱酒,小岛孝与老师的喜好却显然相去甚远。老师偏爱的是坐在日本式的"居酒屋"内,就着"金枪鱼纳豆""水煮豆腐"之类纯正日本风味的菜肴,品味烫得热乎乎的日本清酒;而小岛孝则喜欢在轻轻流淌着"正宗爵士乐"的"酒吧前田"里,一面喝着葡萄酒或是兑了苏打的波本威士忌,一面品尝"奶酪蛋包饭"和"熏制牡蛎"。一句话,年老的老师代表的是传统的日本饮食文化,而年轻的小岛孝则体现了强势文化背景之下欧美口味的东渐。然而面对认定"无懈可击"的"酒吧前田"绝非自己安居之处的月子,洋酒洋菜西洋口味便注定只能甘受败北的运命了,于是,在争夺月子的恋爱角斗上小岛孝的败在老师的手下,便同时也意味着"洋食"的臣服于"和食"——尽管月子身外的几乎整个日本社会,似乎都在麦当劳美式快餐、帕斯塔意式面食、宝珠丽法国新酒的强劲攻势前望风披靡。但在实际生活里,人类的适应能力却不可低估:月子自己就由觉得碳酸水难以下咽,进化到了主动在冰箱里储备多瓶威尔金森碳酸水,表现出容受幅度的柔韧与宽广。更何况只要味美,珍馐佳肴理应是多多益善才对,又何必多此一举,非得无谓地在食物和烹调术上设置文化壁垒,硬去追究酒肴的国籍问题不可呢?

白日放歌须纵酒。然而月子们白日里肩负着社会使命,断然不可纵酒,故而白日里她们是清醒的;纵酒只限于夜晚。如果说白日象征清醒,而夜晚则标志醉意的话,那么专写夜晚与饮酒的《老师的提包》,自然而然地就化作了一部通篇飘溢着微醺的奇特的小说。偏爱夜晚偏爱微醺的作者也就似乎难逃但愿长醉不愿醒的嫌疑了。然而偏爱醉意并不等于容易酩酊大醉。如前所述,川上弘美本是个不让须眉的酒豪。另一位美女作家江国香织也是个脂粉红妆的高阳酒徒,但在酒量上却坦言甘拜后尘。她惊叹从未见到川上弘美醉过,羡慕她"体内有着藏酒专用的内脏","将酒类犹如图书室的藏书一般,静静地整齐地收藏于内"。亦即在飞觞献斝众人皆醉的夜晚,川上弘美也总是能够保持着白日的清醒。

川上弘美大器晚成，三十六岁才开始写小说，而初一出手便不同凡响——处女作《神》一举夺得首届帕斯卡短篇文学新人奖，时在1994年。此后便渐渐地暴露出获奖专业户的原形来了：她曾得过芥川奖、紫式部文学奖、伊藤整文学奖、女流文学奖、谷崎润一郎奖等等，将日本的重要文学大奖几乎来了个悉数"通吃"，此外还得过不少其他小的奖项，包括最初的那个"帕斯卡"。而摘取谷崎润一郎奖桂冠的，就是这本《老师的提包》。因为畅销，不久前文艺春秋社还不失时机地推出了文库本（便携袖珍版）。而这个中文本则是根据平凡社2001年6月的初版本翻译的。

　　川上弘美的叙述语言飘忽轻灵，我们在译文上也为尝试再现她的这种风格尽了努力。小说中引用的芭蕉的俳句及伊良子清白的诗作，原文均系文言文，译文也试着以古诗的表达方式与之对应。然而囿于能力，对于努力的结果却殊无自信。罪我知我，还仰读者诸贤惠赐高教。

2004年11月4日于呷奔国暗疏乡

《阴阳师·飞天卷》译序

念高二的女儿拿了几块衣料回来,要她妈妈给做演出穿的服装。她们学校吹奏乐部举行定期公演,大伙商定了都穿电影《阴阳师》里的衣裳登台演奏,而分给她的角色便是安倍晴明。在日本,梦枕貘的小说《阴阳师》便是如此家喻户晓,连高中生们也都知道借用书中登场人物的形象来吸引观众,提高演出效果。

然而看到"阴阳师"三字,我国读者们却也许会联想起装神弄鬼的风水先生,甚至巫婆神汉的形象。但其实在梦枕貘小说所描绘的日本平安时代(794—1192),阴阳师毋宁是地位崇高受人尊敬的存在。他们是政府官吏,用现在的叫法就是国家公务员,在一定程度上左右了宫廷的日常生活,甚至对于国家大事的决策也拥有某种影响力。

阴阳道乃是一种关于天文历数、卜筮卜地的方术,起源于中国的阴阳五行说。传入日本后,在朝野上下广泛受到欢迎,对当时日本人的世界观产生了极大的影响。大宝元年(701)制定实行的大宝律令中还专门做出相关规定,在政府机构中设置阴阳寮,隶属中务省辖制,主管天文、气象、历、时刻、占卜等事项,其长官称阴阳头,下设阴阳博士、历博士、天文博士、刻漏博士等,阴阳师则是供职于阴阳寮的吏员。平安时代中期以后,阴阳寮主要由贺茂和安倍两大家族分掌支配,小说的主人公安倍晴明便是阴阳家中的一位出类拔萃的人物。

小说的故事虽然是虚构的,但两位主角,安倍晴明和源博雅,都是史上确有其人的真实人物。安倍晴明（921—1005）本是活跃于平安时代中期的阴阳家，著有《占事略决》一书。关于他的神通，历史上曾留下了许多传说，将他描绘得神乎其神，说他善于使用"识神"，先知先觉。识神又称式神或职神，略称式，据说本是精灵一类的东西，听命于阴阳师，变幻自如神通广大。至于识神的灵通，读者诸贤可以在小说正文中读到，在此恕不赘言。由于安倍晴明名声显赫，后世竟有人假冒他的名字大写伪书，其中一本兵书《簠簋内传金乌玉兔集》，更是流传颇广。另一位主角源博雅（918—980），通称博雅三位，其实是一位皇孙，乃父克明亲王是醍醐天皇的儿子。因为血统高贵而仕途一帆风顺，官阶晋升至从三位，以皇太后权大夫（皇太后宫殿的副总管）致仕。此人是位音乐家，精通管弦之道，琵琶、筝、笛、筚篥，无不称雄一世。博雅还长于作曲，他写的曲子，至今仍是日本宫内省雅乐部的保留曲目之一。这一点读者诸贤亦可在小说中读到有关记述。

　　这部小说，是《阴阳师》系列作品集的第二部，收入晴明和博雅大显身手的故事共八篇，每篇故事之间并无情节上的关联，各自独立成篇，由安倍晴明和源博雅这两位主人公串联起来，形成一条美丽的项链。

　　作者梦枕貘，日本国神奈川县人，生于1951年，1973年毕业于东海大学日本文学系。自1977年发表第一篇短篇小说以来，创作了大量的冒险、侦探、幻想作品，最有人气的便是《阴阳师》《狩猎魔兽》《饿狼传》三大系列小说，而其中又尤以《阴阳师》系列作品影响最大。如果大胆地用一句话去概括梦枕貘文学的特色——当然这不过是姑妄言之而已，倘以为这种概括真的能够将一位作家一言蔽之，那不啻痴人说梦——那便是"百鬼夜行"：虚构魑魅魍魉魔幻异界的故事，是梦枕貘最偏爱的拿手好戏。此公在某种意义上与当年的缪塞（Alfred de Musset）恐怕倒真堪称是难兄难弟，缪塞曾让笔下的人物公然宣告"一切现实，在余而言，无非虚构"（Tout le réel pour moi n'est qu'une fiction），而梦枕貘氏则似乎整日沉湎徘徊于对异类界的虚构之中，乐此而不疲。其最近引人注目的长篇新作《沙门空海之大唐鬼宴》写的是空海和尚在唐的异遇，写得也是群魔乱舞百怪纷呈。这种风格，在我国虽然古已有之，但在现代作家中却鲜见其类，而在日本，倒是可以找到一拨同好者，比如刚刚摘取了上半年直木奖桂冠的京极夏彦氏，便是最近的一例。

谨序。

2004 年 10 月 10 日星期日于呷奔国暗疏乡

《阴阳师·凤凰卷》译序

《阴阳师·凤凰卷》是梦枕貘的系列小说《阴阳师》的第四部，共收入七个短篇小说，都是安倍晴明和他的搭档源博雅大显神通排难解纷，与精怪灵异周旋的故事。在梦枕貘氏的笔下，源博雅是老好人一个，任谁有求于他，他都不仅不忍拒绝，而且竭诚尽力相助，然而他虽然刚正不阿勇于扶危救困，却有点木头木脑，热心有余而能力有限，便每每只得请好友晴明出手援助。而安倍晴明则睿智超群，全知全能，任何复杂艰巨的难局，只要他一出场，便立刻逢凶化吉迎刃而解，让人觉得此人与其说是一介阴阳师，不如干脆说是上帝的化身，完美无缺到了极致。然而因为太过完美，相比之下似乎略有些木头木脑的博雅反而显得可爱些。

梦枕氏如此塑造晴明形象，大约与历史上的晴明传说不无关系。据传，晴明的父亲安倍保名乃是阿倍野（今大阪市阿倍野区）人氏，某日见一白狐遭猎人围追，命在垂危，遂善心大发，将白狐救了下来。白狐便化作一位美女，自称名叫葛乃叶，嫁与保名为妻，生下一子，取名安倍童子，这便是晴明的幼名。晴明既是狐母所生，自然法力超群。据说他幼时便具备了别人望尘莫及的非凡能力：第一，他能看见别人看不见的鬼怪幽灵；第二，他能听得懂鸟语；第三，他还去过海底龙宫。这样一位晴明长大成人做了阴阳师，理所当然地便成了其中出类拔萃的角色。

作者梦枕貘，1951年生于日本国神奈川县小田原市，1973年毕业于东海大学日本文学系。1977年于《奇想天外》杂志上发表处女作《青蛙之死》，从此开始了其创作生涯。1989年以《吞食上弦月的狮子》勇夺日本SF大奖，1998年又以《众神的山岭》摘取了柴田炼三郎奖。梦枕氏著述等身，拥有大量忠实的读者，这些"贩"（fans）们还组织了一个"贩俱乐部"，叫作"貘团"（按：这是一种文字游戏，日语"貘团"与"爆弹"即炸弹同音），甚至得到了作家本人的承认。此外另有一批"爱读者"们自发组织了一个"貘醉俱乐部"（按：这也是文字游戏，日文"貘醉"与"爆醉"即酩酊大醉同音），开设网页，刊载各类有关梦枕氏的消息和论评，虽然尚未得到梦枕氏的直接认可，然而其忠实与热情，却令人刮目相看。一句话，流行小说家梦枕貘，其人气之高，其形象炒作之专业，完全无异于当红的歌星影星。他的小说《阴阳师》系列，售数业已突破四百万部，与其炒作手法的成功以及忠诚的"贩"们的存在，应当不无关系。而这些，对于有朝一日也可能成为真正的"职业作家"，即不领取一分钱工资、全凭版税和稿费收入生活的我国作家们来说，大概也不无借鉴意义。

《阴阳师》所描绘的，是一个灵异精怪出没的超自然的世界。而灵异精怪，其实是古人认识自然的一种世界观。弥尔顿就曾在其《失乐园》（*Paradise Lost*）中描画出这样一幅景象：

Millions of spiritual Creatures walk the earth

Unseen, both when we wake, and when we sleep

无数的灵异精怪阔步在这个俗世之上

我们却看不见，不管醒着还是在睡乡

我们是看不见那个超自然的世界的，然而小说家梦枕貘氏却好像不但看得见，而且还乐于用他手中的笔，将他看见的超自然的异界以文字的形式再现给我们观赏。这样一种行为大概就是 entertainment 吧。看看

"貘团"和"貘醉俱乐部"贩们的反应,似乎他们对这entertainment十分满足。不知道梦枕貘氏这位entertainer能否也让我国读者们享受满足。

谨序。

2004年10月11日星期一于呷奔国暗疏乡

《阴阳师》导读

一

"阴阳"一词，英文径称 Yin and Yang，法文也直呼 Yin et Yang，一目了然，这乃是直接引进的中文发音和拼音书写方式。看来在西方语言里，似乎原来并没有这个词汇，而这一事实非他，其实正意味着在西方人的思想中，是不存在"阴阳"这一概念本身的。著名的 COD（《牛津简明英语词典》）对 Yin 和 Yang 的解释为：the passive female principle and the active male principle of universe in Chinese philosophy，即中国哲学中宇宙的消极雌性法则与积极雄性法则；而法文对阴阳一词的释义也大同小异：l'élément négatif et l'élément positif，亦即负元素与正元素。可知他们对阴阳的理解，基本上还停留在中国古代哲学思辨的层面。相比之下，日本人对于阴阳的理解显然更为符合至今依然顽固地渗透于东亚庶民日常生活深层的实态。不唯如此，阴阳思想其实已经成为日本人自己世俗文化的一个部分。

中国古代的阴阳五行说，据说是由一位名叫段杨尔的百济人于公元513年传到日本去的，很快便为日本朝廷全面接受，成为统治阶级的主流思想，并逐渐形成了具有土著特色的阴阳道。到了公元701年（亦即日本的大宝元年），当时的文武天皇颁布了大宝律令，首次在中务省（效仿唐朝的中书省而设）属辖下开设"阴阳寮"，其长官称"阴阳头"，下设阴阳、历法、天文、刻漏诸博士，负责教授学生；并设置阴阳师多名，掌管天文、气象、历法、时辰诸事，根据阴阳五行的理论为国家朝廷的凶吉主持占卜。不难想象阴阳道在当时的社会政治生活中占据了何等重要的地位。而阴阳师们身份为政府官员，相当于今天所说的国家公务员，而且是高级别的。

阴阳五行说认为世间万物都是由阴和阳，亦即正负两种因子，所构成的，而物质则无非是水火木金土五种元素的不同形态流变而已。这些学说姑且不问其正确与否，其所探讨的对象显然原本属于自然哲学或自然科学的范畴，而历法、天文以及时辰计算，无疑更应算作自然科学。亦即是说，阴阳师们如若分门归类的话，其实是应当被划入科学家队列中去的。当然，在当时的实际生活中，阴阳师主要被朝廷征来运用其天文和历法的知识占卜算命，或是施术念咒来除祸消灾，因此其作为术士法师的一面，却每每更具有影响力和魅惑力，并且因此而形成了他们自己个人的 charisma。安倍晴明便是这样一个 charismatic 的阴阳师。

二

安倍晴明是一个历史上真实存在的人物。据说他生于 921 年，曾做过天文博士等官，1001 年叙从四位，后又升任大膳大夫、左京权大夫等官职，逝于 1005 年。他自幼师从阴阳头贺茂忠行及其子贺茂保宪，修习阴阳道。据《今昔物语集》记载，晴明幼时尝与忠行同行夜道，警觉地察知有一群妖魔迎面走来，便及时向忠行告警，救了乃师一命。忠行因此看出了晴明超人出众的异能，遂将自己的全部学识和法术倾囊相授。而保宪则将天文道传与了晴明，将历法传给了自己的儿子光荣。从此，原本由贺茂家族垄断的阴阳道便一分为二，安倍家族（因晴明卜居京都土御门巷，其后人亦世居于此，江户时代遂被德川幕府改称为土御门家族）执掌天文，贺茂家族则执掌历法。

到了江户时代，土御门家族终于控制了阴阳道的全部实权，还发展出来一种叫作"土御门神道"的迹近宗教的流派。这"土御门神道"的思想甚至对于后来日本各种神道的产生都有着极大的影响。而本为阴阳道正宗的贺茂家族却从室町时代（1336—1573）开始便日薄西山气息奄奄，及至进入江户时代（1603—1867）之后，更是连编印"历书"的发行权也被土御门家族夺了去。自此以后，阴阳道遂唯土御门一家独尊，成为他们的一统天下。然而好景不长，明治维新后，阴阳道因为被视为倡言迷信、违背科学而最终惨遭废止，费尽心机从贺茂家族手上抢夺来的历书发行权也被明治政府没收了去，阴阳道从此被维新的扫帚扫出了历史舞台之外。阴阳师们失去了国家公务员的资格和俸禄，只得沦落到民间，靠占卜算命维生。至今仍然颇有市场的九星算命、四柱推命等，都不妨说是阴阳道的遗产。

关于安倍晴明的传说颇多。据说他不仅精于天文历法，而且长于法术，能够任意驱使十二个称作"式神"的鬼神，预测地异天变，维护天下安泰。现今被确认为他的著作的，有《占事略决》一书。其事迹散见于《今昔物语集》《古今著闻集》《宇治拾遗物语》等书中。

三

系列小说《阴阳师》，便是以这样一位安倍晴明为主人公的。小说作者梦枕貘还给他安排了一个搭档，源博雅。这一构造明显是仿效柯南·道尔的《福尔摩斯探案》，而作者本人对此也供认不讳：他在该系列小说的第二部《阴阳师·飞天卷》后记中就曾言及福尔摩斯和华生的旧事。当然晴明和博雅这一对搭档关系是大大日本化了的。小说反复描绘这样一个场面：晴明和博雅在晴明府的外廊上（按：古代日本式的富人住宅周围，起码是南面，总有一圈，至少一面与房间连为一体的木结构环廊，形成室内与室外的缓冲带）或坐或躺，悠然自得地喝酒闲聊，于是一个个迷案便伴随着话题，缓缓地得以展开来去。英国侦探福尔摩斯虽然也时常与华生医生聊天，不过那是坐在屋里的沙发上（那时的伦敦阴湿多雾，恐怕不适合在外面坐地），而且——年代久远已经记不真了，而手头又没有原书可查，只能凭借模糊的记忆瞎写——我不记得读到过他们一边喝着苏格兰威士忌一边海阔天空地神侃的场景，书中好像也很少描写饮食的场面。便是描写，恐怕英国绅士们也不会是吃烤鱼喝清酒的，而是就着曲奇饼大喝加了牛奶或柠檬以及砂糖的红茶吧。

梦枕貘似乎喜欢运用人物之间对话的方式来交代主人公的思维轨迹，而不是通过对人物内心活动的描写去追踪其推理过程。这样，博雅的存在于故事的叙述而言，其重要性自然便不言而喻。而于小说家梦枕貘而言，这样一种叙事结构似乎是他驾轻就熟的套路，近作"沙门空海系列"也继续袭用了这套路数。

梦枕貘的创作属于 entertainment 一路，这路小说追求的是阅读行为自身的愉悦，和语言文字表达自身的美感，而对于所谓人生的要义、思想的深刻、社会的变革之类，则不屑一顾。依照这一路的思维，小说自来与哲学思辨和政治言说有着截然明了的分工；如同小说不能取科学而代之一样，小说也不应越俎代庖，狂妄地自以为可以分担哲学和政治的功用。

梦枕貘神秘地坚持不肯透露自己的真实姓名，这大约是他的一种市场营销战略吧。但对于1951年出生、毕业于东海大学日文系等个人信息倒也并不一味全盘隐瞒，这做法无疑也在其市场营销战略之内。有隐有露，犹抱琵琶半遮面也许才是最为有效的吧。反正，此公在日本是拥有大批忠实读者的。

2004年12月19日于呷奔国暗疏乡

雌　黄　篇

也说汉语西渐

曾有一位小学妹调皮，说了句英文来考笔者："Give you some color to see see."见笔者惘然不解，才哈哈大笑报出答案，曰："给你点颜色看看。"如此中文英译，委实构思精巧绝伦，令人叹为观止。

其实，此种杰作并非始自今日。自打"番鬼"破门而入，中华帝国被迫与洋文打交道以来，国人就层出不穷地创造出许多妙不可言的"国产"洋文，有的固然是为了调侃，更多的则当然是为了实用。这种极具中国特色的洋文被称作屁精英语（Pidgin English），最早出现于广州的贸易商人圈内；上海成为通商口岸后，所谓"洋泾浜英语"（亦即上海版屁精英语）也应运而生。据说清政府曾禁止国人向洋人传授中文，违者斩首。做外贸生意的商人们自然感到不便。Pidgin一词其实是英文business的广东话讹音，这种中英文混合语的产生正是出于交易双方的需要，其最大特色为无视英语文法与句法，硬着头皮将中文和英文的单词糅为一、拼凑成句，难免奇诡怪异者居多，但这居然不影响其实际效用，可见人类对语言的承受能力是何等的柔韧非凡。甚至连英国人也对这听来不知所云的怪诞英语的神妙效用瞠目结舌，何况大英帝国最重实际，见奇货可居，早早便冒出了个猎奇者Hunter先生，写了本 The 'Fan Kwae' at Canton（《番鬼在广东》），收入大量屁精英语，供在华经商的英国商人们参考用。20世纪初，上海Union Church牧师Darwent更是慧眼识宝，看准了旅游者"中文无须懂得只言片语，只消精通Pidgin English便将大获助益"，于是择其常用者，列在其自己编写、堪谓今日多如牛毛的旅游指南滥觞之作的《上海指南》(Shanghai, a Handbook for Travellers and Residents) 篇首。倘使是今人编写的旅游手册，作为旅游会话，一定会教给读者最为简单实用的当地语言；如果以定居者为对象，则似乎更应教他们上海话或北京官话才是。而《上海指南》却大教特教似是而非的屁精英语，大英帝国臣民们的如此神经，在生活于21世纪初的我们看来，实在有点不易理解。

屁精英语既非英语亦非汉语，乃是一种应景救急的人工语言，注定短命。君不见随着教育水平的提高和各种教育手段的普及，今天中国人外语（包括英语）的水准日渐提升，屁精英语早已云散烟消不复为人知了。倒是在英语的本家，却还牢牢地烙着这段历史的印记。最广为人知的便是Long time no see，这句妙言原本出自上海话中最普通的问候"长远勿见"，是典型的"洋泾浜"，而今却已堂而皇之地成了规范致候用语。此外还可以举出两个屁精英语倒过来影响本家、最终升格为正规英语的例子。一是No can do，《上海指南》将它列为屁精英语的第二条，而时至今日，一般的英文词典居然都将它纳为正式词条，登堂入室高居规范表达的宝座。权威的《牛津英文辞典》解作 I am unable to do it。另一个是 What time，《上海指南》同样判作屁精英语，并亲切地教导读者正确表达应为 What o'clock is it? 然而曾几何时，What time is it? 早早便登上了规范英文的大雅之堂，反而是 What o'clock 却早为人遗忘，普通辞典一般都将它拒之门外了——古道热肠的 Darwent 牧师倘在天堂有知大概会大跌眼镜，慨叹人心不古，为无人出面捍卫英文的纯洁而痛心疾首吧。其实英语恐怕可谓当世不纯语言之最，而不纯则是任何一种国际语在劫难逃的宿命。国际语的地位是要以丧失纯洁为代价来换取的。

时过境迁，沧海桑田，鱼龙变幻，万象流转。谁知有朝一日汉语不会雄风再展大举西渐呢？百年之后 give you some color to see see 之类的"国货"也有被收进牛津英文辞典的一天，亦未可知。诸君姑请拭目以待吧，只可惜笔者大约是等不到那一天了。

知识的欺诈

关心学术和理论的朋友一定还记得好几年前发生的一起震撼欧美学界的惊人丑闻：全美最具权威的学术期刊之一、杜克大学发行的 Social Text 的1996年春夏号上刊载了一篇题为"Transgressing the Boundaries: Toward a Transformative Hermeneutics of Quantum Gravity"（《越界：走向量子重力的转换解释学》）的论文。然而该文作者、纽约大学物理学教授索卡尔（Alan Sokal）旋即却在另一家杂志 Lingua Franca（"胡乱咳语"，曾经在地中海沿岸各港口广为通行、以意大利语为基础的混成语。广义亦作"国际共通语"解）1996年5/6月号上撰文大曝内幕，标题就叫"A Physicist Experiments With Cultural Studies"（《一物理学家开涮文化研究》），坦承自己开了个天大的玩笑，那篇论文其实是他戏仿近年来数量激增、大有称霸学界之势的某派风格与论调，东拼西凑"组合"起来的"扒裸敌"（parody，戏仿文），标榜极端相对主义认识论，立意本身便荒谬至极，文章更是充斥着无聊的胡言乱语，先是玩弄似是而非的陈词滥调，大谈"外界独自存在，其诸性质独立于任何个人，乃至全体人类之外"，继之断言"与社会'实存'相比，物理'实存'亦毫不逊色，就其底蕴而言，无非是社会的、语言的构筑物而已"。进而未经必要的逻辑推论，便一跃而跳向结论："曾经被目为定数、具有普遍意义的欧几里得的 π 也罢牛顿的 G 也罢，如今都将在它们所具有的、无可回避的历史语境中被重新定位。并且，虚拟的观测者被决定性地非中心化，与仅仅凭几何学业已无从定义的时空点的所有认识论的联结性都即将被断绝。"如此论法贯穿全篇。

这篇扒裸敌系由对法美两国知识界大牌名家的话语——都是论证数学及自然科学如何具有哲学或社会学意义的言说——的大量引用拼凑而成，这些引文也许无聊透顶毫无意义，但却都是货真价实的"真正老王麻子"。其实索卡尔的贡献正在于预备下了将这些引文黏合为一体的"糨糊"，并光大发扬，以此出色地证明了这"糨糊"亦即构成该扒裸敌的思维逻辑（这逻辑显然为各大名家所普遍认同并运用）自身是何等的漫不经心。被援引者名单包括德勒兹（Gilles Deleuze）、德里达（Jacques Derrida）、加塔利（Félix Guattari）、伊利格瑞（Luce Irigaray）、拉康（Jacques Lacan）、拉图尔（Bruno Latour）、利奥塔尔（Jean-François Lyotard）、赛尔（Michel Serres）和维利里奥（Paul Virilio）等大名鼎鼎的角色。其中德勒兹、德里达、利奥塔尔和赛尔四人被拉蒙特（Michèle Lamont）列入"最为重要的"十大法国哲学家之内。不少美国著名学者也在被援引行列，但他们大都以法国大家们的弟子或阐释者自诩，或者被学界公认为如此。索卡尔的自揭底牌，在传媒和学术出版界卷起了阵阵狂飙。许多人文科学和社会科学研究者纷纷致信索卡尔表示感谢，表达对支配了他们的研究领域的后现代潮流的反感。有位大学生写道，他后悔不已，痛惜自己的血汗学资全浪费在购买皇帝的新衣上了，而这位皇帝却一如寓言里所指出的那般，果真赤裸裸的一丝不挂。

索卡尔兴犹未尽，继而又开始收集这些名家们在其著述中误用自然科学知识的例子，并提供给科学家伙伴们传阅。科学家们的反应是窃笑和困惑，他们不敢相信居然会有人写出如此荒诞不经的东西，更何况作者竟是被目为大师巨匠级的著名知识分子。有人提议，如若将这些引文拿去给并非科学家的普通读者阅读，他们肯定不明白这些文章何以荒谬可笑，所以应该附上浅显易懂的解说。恰好此时索卡尔邂逅了一位志同道合的盟友，比利时鲁汶大学的物理学家布里克蒙（Jean Bricmont）博士。两人遂协同作业，分析各种文本，加以注释与批判，最终完成了这本题为 *Impostures Intellectuelles*（《知识的欺诈》）的著作，1997年10月由法

国 Éditions Odile Jacob, Paris（巴黎奥迪勒·雅各布出版公司）初版发行，法文第二版1999年3月改由Livre de Poche, Paris（巴黎袖珍书社）刊行。翌年7月伦敦Profile Books推出英文版 Intellectual Impostures，同年10月纽约Picador USA又推出美国版，书名也改作 Fashionable Nonsense（《时髦的胡言》）。

该书共分12章，批判的对象包括拉康、克里斯蒂娃（Julia Kristeva）、伊利格瑞、拉图尔、鲍德里亚（Jean Baudrillard，此公也是拉蒙认定的十大"最重要的"法国哲学家之一）、德勒兹、加塔利以及维利里奥等八位声名卓著的法国思想家。著者宣称："我们的目标是，让更多的人注目于在这个领域（指'后现代主义思想'。炜注）中数学和物理学概念被不断滥用这一尚不为人知的事实，进而就后现代论述中屡见不鲜的、与自然科学及自然科学哲学相关的某种混乱的思考展开议论。"在两位著者看来，"大师"们对科学术语的滥用表现在四个方面：一是没完没了地卖弄一知半解的科学理论，最常见的是连术语的真正意义都没弄明白，便勇气十足地大用特用；二是将自然科学的概念随意地运用于人文科学或社会科学，而未经概念的或经验的正当化；三是在毫不相干的语境中大掉书袋，硬生生地塞进专门术语，炫耀仅止于皮相的博学；四是玩弄毫无意义的词语和概念，"倘若过度，则势必会像上引几位著述家那样，陷入真性的专门术语中毒症，同时并发严重的对词语意义的无关心症"。两位著者发挥运用自己的数学及物理学的专业知识，令人信服地证实了拉康将拓扑学与精神分析死搬硬套地拉郎配的荒谬可笑，指出他甚至连无理数和虚数的区别都搞不清，数学知识极其可疑，却毫无根据地公然声称"勃起性器官"与"根号负1"等价、未加任何说明便将数理逻辑等同于精神分析学等做法的虚妄；至于克里斯蒂娃，则开列出她数学理解的谬误，并指出她的致命弱点：尽管她热衷于在其文本中大量使用数学概念，但"从未见她做过任何努力，以揭示各种数学概念与语言学、文艺批评、政治哲学、精神分析学等理应是她的研究领域之间存在着某种妥帖的关系。依照我们的意见，之所以如此，最漂亮的解释是因为并不存在这样一种关系";针对鲍德里亚,则在论证其现代战争系以非欧几里得空间为舞台的著名论断不可理喻、"多重曲折的多维空间(hyperspace à refraction multiple)无论在数学上或是物理学上都不可能出现"之后,严峻地评道:"鲍德里亚的作品中充斥着大量的科学术语,但却无视这些术语的意义,更为严重的是,这些术语明显被用在毫不相干的语境中。无论将其解释为修辞手法与否,这样写,除了理解为故作深奥以掩饰对社会学及历史的平庸见解外,很难认为还有其他效用。"其余大家也大体如是,无人得以全身脱逃。总之,"我们的目的恰恰就在于指出皇帝(还有女皇)是赤身裸体的"。

如此内容的一部书,在所必然地激起了强烈反响。英国《卫报》(*Guardian*)载文以为该书证实了"现代法国哲学是陈腐梦呓的堆砌"。而法国《解放报》(*Libération*)的评论则认为两位著者是为情书纠错的老学究,不识风流。议论百出见仁见智,断定著者患"恐法症"者有之,责骂作者是"宪兵""思想警察""检阅官"者亦有之。克里斯蒂娃则一面只得承认"显然,我不是真正的数学家",一面却又告发该书是美国政府反法经济、外交阴谋的一环,将敌对性批评指斥为政治攻击、文化打压,将个人的行为上纲上线为政府动作。而法兰西学院的哲学教授布弗雷斯(Jacques Bouveresse)却在其近著《类比的奇迹与昏乱:思想中纯文学的滥用》(*Prodiges et vertiges de l'analogie : De l'abus des belles-lettres dans la pansée*,1999)中为索卡尔和布里克蒙针对法国知识阶级某些流行派别高深莫测不知所云的话语所展开的批判作公然的辩护,他论述道:"举证责任不应颠倒。所使用的表达是否被成功地赋予了足可理解的意味,其证明责任首先在于被提出异议的著者一方。读者是没有义务甚至非得揪着自己的头发去发现或发明意味的。"

该书现在已经出版了加泰罗西亚语、荷兰语、德语、意大利语、葡萄牙语(有巴西和葡萄牙两个版本)、西班牙语和日语等不同语种的译本。

说"一个字"

唐诗僧齐己携诗作求教于当时的大诗人郑谷,有《早梅》诗一首,其颔联曰:"前村深雪里,昨夜数枝开。"谷笑谓曰:"数枝非早也,未若一枝佳。"齐己蹙然,不觉叩地膜拜,从而改之,此联遂称名句。这就是著名的"一字师"的故事。

虽仅一字之易,艺术效果却表现出天壤之别。古人早已深明此理,所以才有"炼字"一说。贾岛孟郊一派苦吟诗人,可谓代表了注重铸字炼句的极致。恃才傲物的贾岛"推敲"的故事尽人皆知。《鉴戒录》云:"贾岛……忽一日,于驴背上吟得'鸟栖池边树,僧敲月下门。'初欲著'推'字,或欲著'敲'字,炼之未定。遂于驴背上作'推'字手势,又作'敲'字手势,不觉行半坊,观者讶之。岛似不见。时韩吏部权京尹,意气清严,威振紫陌。经第三对呵唱,岛但手势求已,俄为观者推下驴,拥至尹前,岛方觉悟。顾问欲责之,岛具对:'偶得一联,吟安一字未定,神游诗府,致冲大官,非敢取尤,希垂至鉴。'韩立马良久思之,谓岛曰:'作敲字佳矣。'遂与岛并辔语笑,同入府署,共论诗道,数日不厌,因与岛为布衣之交。"

无独有偶。忘记是在什么书上看来的了,说是福楼拜指导莫泊桑写小说,要他每描摹一个场面,必须找出一个最准确的字来描述它。福氏以为,每个场面都只有唯一一个能够最为准确地描述这一场面的字,而艺术家的使命,便是去寻找这唯一的字。

如是，福氏便将一个字的重要性提高成为衡量艺术真伪的标准。福、莫二氏的后人，达达主义的旗手兼超现实主义的领袖布勒东同样将一个字看得很重，声称"一言皆昌，一言皆亡"（Un mot et tout est sauvé / Un mot et tout est perdu）。于是乎一篇文字的生命，便维系在"一个字"上了。至于是哪一个字，布勒东却不肯明言。也许就是我们祖先所说的"诗眼"，也许是任何一个字。倘是后者，则每一个从事文字排列组合的弄笔者都无法泰然了，因为你手下的每一个字都可能决定昌还是亡。纵是前者，也未必可以高枕无忧，因为哪个才是诗眼，也是缥缈深微"一言难尽"的，好像日本人说的"有如抓云"。其结果是，弄不清孰为诗眼的国人，看来也只能奉行拿来主义，引进布氏真言，认真对待笔下的每一个字。

说到"一个字"，《红楼梦》中的薛宝钗，也曾做过贾宝玉的"一字师"，且并非应人之邀，而是主动请缨。那宝钗见宝玉不识好歹，元妃明明不喜欢"绿玉"二字，却偏偏又用它来形容芭蕉，便告而诫之："岂不是有意和贵人分驰了？"建议改"绿"作"蜡"。喜得宝玉连呼"师傅"。由此可见，一字之易，不独事关"文"的昌与亡，恐怕还是邀宠博欢的手段，影响"人"的昌与亡呢。

众所周知，《红楼梦》高鹗续的后四十回被普遍认为在艺术成就上不及曹雪芹的前八十回。然而高鹗的续作中亦不乏妙笔，其中最得意的一笔应是对黛玉之死的处理。就在宝玉迎娶宝钗的那个时辰，潇湘妃子香消玉殒，魂归离恨天："黛玉直声叫道，'宝玉，宝玉，你好……'说到'好'字，便浑身冷汗，不做声了。（中略）只见黛玉两眼一翻，呜呼！香魂一缕随风散，愁绪三更入梦遥。"

黛玉死前的最后一句话，并未说完。于是多少聪明人群居斗思，各猜"好"字下当是一个什么字。太平闲人张新之评曰："说来说去，吾不敢谓谁是谁非，特起作者于九泉之下，问他'你说什么好'，当答曰'我也不知什么好'。"笔者窃思，不独作者，就是黛玉自己，恐怕也无以作答。列位看官以为此论如何？

结论:"不著一字,尽得风流。"福氏布氏的妙见固然高明,但不去说出那"一个字",有时反倒是出奇制胜的绝招。更何况老实说,要找到那"一个字",事属至难,并非人人皆能。

关于历史教科书问题

Though God cannot alter the past, historians can.

——Samuel Butler

Bien qu'un journal peutoublier la justice, mais Dieu, jamais.

——Anshuxiang Ke

近年来的中日关系，似乎总少不了风风雨雨。从前那种风平浪静的日子，如今看来恰似转瞬即逝的新婚蜜月，曾几何时便成了追忆中可望而不可即的明日黄花。这不，最近围绕着日本"新历史教科书编纂会"的新编初中历史课本审定问题，隔着所谓的"一衣带水"，两个国家又闹得沸沸扬扬起来。

新历史教科书编纂会是一群日本右翼知识人组建的团体。这批人认为目前左右了大多数日本人历史认识的，是一种"自虐史观"，即承认日本在历史上也做过一些罪恶滔天的坏事，借用他们偏爱的表达方式，就是部分日本民众错误地把自己的祖国看成了"恶的权现"（大约相当于中文说的"罪恶的化身"吧。小炜注）。而他们组织该会的目的所在，就是要纠正这种在他们看来是荒谬绝伦的历史观。作为具体的方法，除了一般的著书立说演讲辩论宣扬传播皇统思想皇国史观外，新历史教科书编纂会诸君还编了这本初中历史教材，计划用他们认为是正确的历史观去教育后代，塑造新一辈"日本国民"。

这本历史教材明显地美化了日本发动的侵略战争，因此不可避免地遭到了中国韩国等亚洲战争直接受害国的抗议。对此日本国内的反应颇值得深思。笼统说来，这种反应可以概括为两点：首先，新历史教科书编纂会的招致诸多邻国反感的种种观点，并未——其实不妨说从未——获得普通百姓的普遍共鸣，反而唤起了一些有识之士的警惕；其次，对于邻近各国作为政府行为的抗议呼声，不少日本民众也同样地深不以为然。尤其在后一点上，不少日本的政界人物以及几乎全部舆论传媒，都充分自觉地担当起民意代言人的重任，其中犹以《读卖新闻》的一篇社论中的言说颇具有代表性。

这篇社论的标题叫作《日本是容许思想多样性的国家》。该文首先表示"强烈要求（中韩）两国理解日本的教科书审定制度不同于中韩两国，并非意在制定'国定教科书'"，在日本并不存在"国定教科书"，各家出版社只要通过了文部科学省的审定，都可以自由出版各类教科书，至于采用何种教科书，则由各地方自治体的教育委员会自由决定，这就是"日本社会的审定制度及思想和言论的自由"。接着该文论道，在中国，"只存在国家和党认可的一种历史观，而且对这唯一的历史观进行批判的言论自由也是不被允许的"，因而中国除却"国定"之外，不存在别的教科书；而"因为不符合中国的'国定历史观'，便要求将特定的某一日本教科书判为不合格，无疑是对思想、信条、言论、出版自由等日本国宪法的基本价值观的干涉"。

对于《读卖新闻》社论执笔者表现出的捍卫思想信条言论出版自由的决绝态度，暗疏乡客愿意表示由衷的敬意和无保留的支持，但同时，暗疏乡客也不能不感觉到日本这个民主社会所隐藏着的危险倾向。毋庸置疑，能否保障思想言论的自由，其实是涉及民主社会能否生存下去的根本问题。我们倘要确保自己的思想言论自由，作为交换条件就得容忍别人的思想言论自由，因为我们如若封杀别人的自由，就得冒着自己的自由可能被别人封杀的危险，和平的民主社会就可能变成腥风血雨的恐怖世界：保障所有人而不是一部分人自由，归根结底是一种妥协的结果。从这一意义出发，无论是"自虐史观"也罢，抑或是"自娱史观"也罢，甚至是"自慰史观"也罢，都应该充分享有存在的自由。

思想不妨是多样的，言论也应当是自由的。然而，就像意大利人说的：La verità è una sola——真理只有一个。在花色繁多的思想言论中，必然有正确的也有错误的。既有自由主义，也有民族主义；既有格瓦拉，也有卡扎菲；既有马克思的《资本论》，也有希特勒的《我的奋斗》。这一点对于刚刚饱受过奥姆真理教的惊恐的"日本国民"来说，当是不难理解的。看看日本媒介近日对塔利班毁坏八缅大佛所表现出的众口一词的义愤填膺，似乎他们也并不太喜欢看到宗教激进主义太过分地享受信条自由。当然，如前所述，为了保障正确的思想言论能够自由存在，人们只能采取妥协态度，容忍错误的思想言论也有其存在的自由——尤其是考虑到认识真理需要有个过程，孰是孰非孰对孰错难以骤下结论——这便是民主社会的现实。但是一个健全的民主社会，其自身在确保各种思想言论享有充分自由的同时，还应当拥有去伪存真的机制，以民主的方式保证真理与正义能够始终占上风，而不让荒谬与邪恶过于横行无阻，甚至主宰一切，否则纳粹德国便是前车之鉴。这是民主制度与生俱来的危机，是任何一个民主国家都应该努力解决的大问题。新历史教科书编纂会诸君如何认识历史，那是他们应当享受的自由，但是当他们试图用自己的思想信条去影响别人的思想，尤其对象是全无免疫力的孩童们稚嫩的脑袋——其毫无抵抗力，恰与塔利班火箭炮口下的八缅大佛相似——时，这显然就不再是一己的思想自由的问题了。只强调思想与言论的自由而丝毫不提思想言论有真理与谬误之分，是相当危险的。认识不到这一点，说明了日本传媒的偏颇；而缺乏对正义与非正义判断机制的理解，则表明了日本民主制度的不健全。这正是日本社会的危机所在。

言论自由并不意味不可以对错误言论和思想进行批判，否则不正是对言论自由的剥夺吗？在这次历史教科书争论中，中韩两国民众和舆论视为问题所在的，似乎是真伪善恶正义非正义，而日本的政界人物与传媒，却一味地将它作为思想与言论自由问题来进行讨论，难免有偷换概念之嫌。

日本是个"以和为贵"的"村社会"，对于生活在这个"村社会"里的人们来说，与维护真理正义反对谬误非正义相比，维持"村社会"的"和"也许更为重要，亦未可知。在此笔者愿意奉送日本朋友一句拉丁格言：Veritas odium parit——真理，或者说真实，制造怨敌，日语译做"真理（或いは真実）は時には敵をも作る"。并不是所有的人都欢迎真理（真实）的，当你拥有真理（真实）时，憎恨真理（真实）的人可能将你视为敌人。但是，倘若因此便舍弃对真理（真实）的追求，"和"恐怕只能是一朵谎花。

十五岁的思想

女儿十五岁,初中毕业了。参加她的毕业典礼时,领到一册纪念影集,女儿三年初中生活的图片记录;还有一册纪念文集,同学们写的,有临别赠言,有未来展望,当然更多的是回想与追忆。文字平实朴素,远不及《新安晚报》的花季雨季俏丽光彩。然而毕业影集文集之类,在为父的看来未免小资分兮,毕竟是那一代人在国内做学生时不曾见过的,物稀为贵,忍不住拿来翻阅一番,于是就有缘读到这么一项很孩子气的设问,仿佛很严肃,又似乎特调侃:如果两天之后地球将爆炸毁灭,而你被告知只有你才能拯救地球,你将怎么办?孩子们的回答形形色色各具妙趣,年方十五的少男少女竟然能将真意戴上各色假面曲折复杂地表达出来,其中还不乏启人深思者,所谓后生可畏。兹摘抄部分,括号中是笔者的感想。

没法子。(真耶非耶?此君倒是冷澈得可以。)

我就当它是句玩笑话。(悠悠万事,无非玩笑。你这话本身当然也是玩笑话喽。)

想个什么办法救它一救吧。(胸有成竹,英雄本色。拯救地球之类,小菜一碟。)

我是不行的。(哪里哪里,何必过谦。)

我放弃。(色即是空,空即是色。有即是无,无即是有。毁灭便是存在。)

总之参加了保卫地球会再说。(团结就是力量。主意大家出嘛。注：日人爱会，动辄组会，是为日本民族特色之一。)

其实犯人就是在下。(怎么着？你会开玩笑，难倒在下就不会吗？)

地球反正总要毁灭的。(悲观论者。像林黛玉。人总是要死的，不如不生下来。)

五十亿年总保得住。(宝玉式的乐观：只要老太太在，好日子天长地久呢。)

反正没救了，痛痛快快地玩吧。(今朝有酒今朝醉，明日愁来明日愁。)

和吕布携手一起拯救地球。(三国演义影响深远。不过，干吗不是诸葛孔明？看来拯救地球，还是要靠斗力不斗智。顺便提一句：我的学生中就曾有几个名叫孔明的，山田孔明，铃木孔明，etc.)

干吗该我去？太麻烦，我不干。反正是徒劳。(六十亿地球人，不必非我不可。我宁愿在家看电视实况转播十五少年或少女大显身手独救地球。)

听天由命也是一趣。假样去救，其实什么也不干。(好个玩世不恭的家伙。)

先看看高中考上没有。如果考上了，再加把劲拼打去。(明显讥讽考试社会日本。高中要是没考上，自己就等于死了，也就等于地球已经毁灭了。)

赠送全世界每人寿司一份(注：免费)。(这可得破大财了。不过，皮之不存毛将焉附，地球都没了，要财何用？然而此君果然大方可赞。)

大吃一顿吉野家牛肉饭。(对牛肉饭当歌，人生几何？听说吉野家已经把牛肉饭卖到上海北京去了。)

把朋友都喊来开开心心地欢度末日(笑)。(哭是死，笑也是死。不如潇洒点。)

搬家。到火星去。(啥？火星也会爆炸？现在还没有嘛。躲过眼前难关再说吧。)

我可不想拯救什么地球,我的目的是统治世界。与其让别人来炸,我先毁了它。(存此野心者,只怕确有人在。连十五岁的孩子都有所察觉,可叹可惊。)

我要到处去制造呆账坏账!(泡沫经济时代各大银行大举投资房地产,以期一攫千金,结果偷鸡不成血本无归,只留下一屁股呆账坏账。日本政府却一再动用"公资金"即百姓的血汗去拯救银行。)

向甜心面包人呼救。我自己化身为面包的甜心拯救地球。(甜心面包人是无人不知的卡通人物,手眼通天专治恶人。日本卡通文化已经越洋跨海,影响我国了。)

爱将拯救世界!(纯情可爱。只是这句口号用作回答则略嫌抽象。)

文集由孩子们自主策划编辑。设问固已奇拔,十五岁们的回答更让人觉得不无俳味与禅味,或曲意搞笑,或冷面滑稽。我总觉得他们是在不露声色地表达对现状,及造成这现状的大人们的不满和批判。相比之下,女儿的回答似乎太认真、太正统了一点,大有我们中国风格,她的回答是:

邀请朋友们一起组织保卫地球阵线,进行斗争。

"俗"的隔膜

我们的古人云开卷有益，此言诚哉不虚。与其无所事事虚掷光阴，毕竟未若一卷在手长诵低吟，哪怕只是随意翻翻，总能增长些见识拓宽点眼界，最不济也能得到点经验教训不是？然而像法国的古人 Des Barreaux 那样将书说成"永不相欺的朋友"（Un livre est un ami qui ne trompe jamais），恐怕就难逃言过其实滥做虚假夸大广告的嫌疑了。法兰西人也许比咱们幸运，在咱这黄土地上，起码这几代中国人就曾饱尝过被书"相欺"的苦涩。"尽信书不如无书"，我们的先贤更是早就把怀疑的必要教给我们了，甚至还不乏宣布"近来始觉古人书，信着全无是处"的过激派先哲。倒是另一位年代稍近的法兰西古人雨果先生把书比喻作"冷静而可靠的友人"（Les livres sont des amis froids et sûrs），或许正儿八经地不失为"冷静而可靠的"论断：纵使被欺骗，倘能从中吸取教训，称那书为友人也无大碍吧。本来友人就是形形色色都有的嘛。

近日刚读了一本书，便幸运地再度经历了长见识、开眼界、受教育、得教训等种种的好处。该书的前言主张"俗是干粮"，在雅与俗的对立图式中抑雅扬俗，文字写得很搞笑，妙趣横生。光是下面这个段子，就让人获益匪浅。那段子说：

去东北的路上，在一家路边饭馆，女同事要点"雅"菜"梅菜扣肉"，伙计一口应承，不多时端上一海碗冒尖的肥肉片子。女同事不悦，用筷子扒拉碗底怒喝"梅菜呢!？"伙计憨答："没菜，全是肉！"

梅菜即霉菜，乃霉干菜之略。舍"霉"取"梅"，显然是因为"霉"字形象欠佳，还易让人想起"倒霉"，江南人叫作"触霉头"，故换作意象优美些的"梅"字。这种做法略似"讨口彩"，原是民间相当"俗"的风习。而"梅菜扣肉"，非他，其实就是"霉干菜烧肉"，何尝是什么"雅"菜！在长江流域，这不过是平民百姓寻常吃的、俗之又俗的家常小菜。从前流通能力贫弱，北方大爷难得有口福吃到这道普通之极的南方乡土菜，产生误会倒也容易理解。可如今时过境迁，流通四通八达无远弗届，"酒无论中西，菜不分南北"，统统都上了填充国人胃肠的食单，居然还会出现这类误俗为雅的笑话，颇令人惊愕。至于那位女同事的过错，当然也并不在于故作雅人，死皮赖脸硬要向"雅"靠拢，至多仅仅是事先未曾细心确认饭馆的菜单罢了。

对于自家母国的菜肴都会存有隔膜，则对来自他国异域的"料理"认识左谬，自然就更在所难免了。此书序言中还有一很形象的比喻："过去出门远行，兴背上半口袋干粮。'肩上有粮，心中不慌'。十天半月，敢走千八里路。你端半盆生鱼片试试？"作为"雅"不及"俗"抵事的例证，浅显而强力。只可惜作者又一次犯了误俗为雅的初级错误。要说那生鱼片，其实原本是终年漂泊海上、镇日风吹浪打日晒雨淋、面黑如焦手粗似锉的渔夫们吃的粗食。他们将刚刚捕获的生鱼，就这么一片片地割下生吃聊以充饥。是雅是俗，他们可来不及深思。那只是旁人强加的价值判断而已。而如此吃法在笔者看来，"雅"何从谈起，反倒径直令人联想起"野蛮、原始、茹毛饮血"之类的字眼来。自然，这无非也是"强加"而已。

隔膜其实是挺可怕的，它招致对事实的误认，未免影响论证的效果。原来蛮好的文章，便这样只因了隔膜，而将说服力搅和得不说减弱了一半也降低了起码两三成，岂不太冤了，您说是也不是？

战争神社

罗斯（Colin Ross，1885—1945）是维也纳人。据说因为第一次世界大战时曾作为奥地利报纸的特派员活跃于前线，发回了不少临场感极强的战地报道，遂一举成名誉满天下。功成名就之后，远赴海外游山玩水的机会自然就接踵而来想推都推不及，此理古今中外皆同，罗斯就周游了亚洲非洲南北美洲，写下了许多旅行记以及有关当地政治经济的评论，出版过《新兴的大陆：南美》（1922）、《照相机镜头中的非洲》（1928）、《美利坚合众国与极地之间》（1930）、《决战的大洋——太平洋两岸》（1942）等皇皇巨著，惜哉笔者均无缘亲见。据说他还从事过电影制作，并有大作问世，然而胶片较之纸质媒介似乎更易湮灭，笔者就更无从得以观赏其作品，甚至连影片大名都不知晓，委实惭愧至极。

公元 1938 年，罗斯的祖国被希特勒纳粹吞并，奥地利作为独立国家当时已经不再存在。其时他没有像《音乐之声》里坚持在自己家中悬挂奥地利国旗的海军上校冯·特拉普那样选择出逃亡命，而是跟嘲笑特拉普上校是"鸵鸟，将脑袋埋进沙堆里，有时是国旗中"（the ostrich buries his head in the sand and sometimes in the flag）的 Herr Zeller 一样，兴高采烈当上了第三帝国的驯顺良民，还志得意满地携妻驾车周游世界，先是美国，继而于 1939 年春天，从旧金山横越太平洋，访问了其时正处于交战状态的日本和中国，以及业已遭日本吞并的朝鲜半岛。警惕之心本来高不可冀的日本政府和军方竟破例给予了这位来自友好国度德意志的名流多方照顾，允许他随意开着悬挂纳粹黑万字旗的爱车梅赛德斯横断日本各地，并慷慨地将短缺紧俏的战略物资、日本为数有限的有车族们每月只能凭票获得几公升配给的汽油，"按需"提供给他。还为其大开方便之门，开具介绍信，要求各占领地区的司令官予以便益，使他得以畅通无阻地游览遭受日军铁蹄蹂躏的中国各地，采访了一些当时权倾一时、如今却被扫进了历史垃圾堆的风云人物，回国后写下了一本题为《新亚洲》的书，1940年出版于莱比锡。

罗斯显然是戴着有色眼镜来审视周遭世界的，而且对日本果然满腔好意。其记述明确地将朝鲜半岛视作日本合法领土的一部分，对傀儡政权伪"满洲国"也极口称誉，并且大言不惭地预言："十年过后，'满洲国'将在经济、政治及意识形态上扮演崭新的角色。"但罗斯到底不失为一个名记者，以其敏锐的直觉，也嗅出了这个傀儡国家的矛盾要害，断言"创建了'满洲国'的日本，也将如同面对北美十三州殖民地时的英国一样，体验相同的苦涩"。然而用不着等到十年之后，仅仅过去五载，伴随着日本帝国的战败投降，伪"满洲国"便土崩瓦解云散烟消，罗斯的预言也只剩下了留供后世读者们在哂笑之余，思考谨言慎行之必要的价值。

然而《新亚洲》中有一章描述东京靖国神社的文字，记述了当时的日本如何将战死国外的侵略军士兵神格化的程序，似颇值得向读者诸贤略加介绍。倘是对日本的侵略行径一贯持批判态度者，大约会有日本右翼要跳出来诽谤其记述的公正，而罗斯是个无可置疑的"友邦人士"，恐怕即便是极右，也无法蹈袭惯用伎俩，血口喷人攻讦他是"诬蔑、编造"了吧。

罗斯恰巧下榻于靖国神社左近的旅舍，于是有机会有始有终地观察到了该神社某一日"大祭"的完整过程。这次大祭主题是祭祀"战死在中国战线的士兵"。众所周知，"靖国神社祭祀着日本国民死去的英雄。（略）在这个神社，人们参拜的众神是倒在战场上的魂灵。他们因为是为了天皇和国家捐躯而被提升到神的位置。（略）并非所有战死于沙场者都可以位列神的行列，享受祭祀的。而是由天照大神的后裔、现人神天皇下赐的国民最高荣誉。所有战死者的血统、态度、经历，以及战死时的状况，都一一上奏，根据这上奏的内容，逐一决定是否配享受荣誉。再由天皇宣告这些士兵已经变成为神。宣告之后，天皇亲自前往参拜靖国神社，并非为往日的臣下祈求冥福，而是向如今业已升格为神的英灵们祷告"。

由此可知，一度名叫东京招魂社的靖国神社乃是专门祭祀阵亡军人的战争神社。直至1949年日本战败投降，它始终由内阁陆军省和海军省直接管辖，是个不折不扣的国家神社。它的脱离国家管辖、成为宗教法人，则是战后的事了，而这如今却又成了政府不便介入干预的借口。

据罗斯的观察，"大祭"程序是这样的：

天皇向已经成为神的战士祷告之后，守卫部队在神殿前分列行进。（略）穿过钢铁制的鸟居横梁下前行的，是步兵大队、骑兵联队，以及履带轰鸣的坦克部队。他们一直行进到供奉神龛的神殿之前，士兵们举枪致敬。然后是整整一天，学生、爱国团体、公务员、同业公会、东京市民成群结队地前来参拜，最后以民众的祝祭告终。大祭花费一整天的时间。

罗斯印象最深的，是前天夜间举行的宣告阵亡者为神的仪式。

缓缓地填满前殿广场的，是悼念死者的人们组成的行列。哀悼死去的儿子的父母。悲痛死去的丈夫的妻子。他们是战死在中国战线的士兵们的亲属。（略）应邀前来的人们穿过鸟居，在铺于地面的大片席子上落座。无声无息一片宁静之中，他们在席子上正襟长跪。纵目望去，众多身着黑色丝质礼服的人正襟长跪的情形，仿佛是布满僵冷熔岩的原野。猛可地，所有的火把及灯光一齐熄灭，神社笼罩在一片漆黑之中，什么都看不见。黑暗之中，音乐声奏响了。（略）和着这乐声，庄重的行列走近将来。队列中央扛着棺木一样的木箱，据说那便是英灵的住居。

这是充满了难以忍耐的紧张的最高瞬间。此时列席者们一个个终于再也忍耐不住了,呼唤英灵的声音、抽泣的声音,以及祈祷的声音响彻四方。

就这样,侵略军士兵们的亡灵经过精心导演的仪式,便被天皇的政府打造成了神,而且是"军神"。

罗斯洞见了中日两个民族的巨大差异,指出:"与中国人不同,日本人自古以来便是非常好战的民族。"并写道:"日本的神社前每每安置有大炮和榴弹。于是有一位英国人曾经讽刺说,安置这些东西是为了让日本国民明白真正应当崇拜的对象是什么。也许在英美和平主义者们看来,在圣堂前安置大炮是亵渎神灵。然而对日本人来说,将大炮安置在专门祭祀成为军神的士兵的场所,恰是理所当然的做法。所以靖国神社境内也安放着各式各样的大炮和炮弹,应有尽有。"

靖国神社真不愧是个战争神社,而且是(此"是"当为过去时)个激励鼓舞侵略战争的神社。听说如今大炮榴弹已经拆除不见了——我因从未去看过,故不得而知,可它似乎仍然是(此"是"乃系现在时)个战争神社,肯定侵略战争的神社。活剥一句唐诗便是:大炮不知何处去,神社依旧颂战争。

鲜花都到哪里去了？

世上咏唱鲜花的歌曲大概会有不少。而令笔者深感难忘的则有两首，且都和战争不无干系。一首是《花儿为什么这样红》，我国电影《冰山上的来客》插曲。另一首是《五月的鲜花》，本是著名的抗战爱国歌曲，但笔者学唱它的时候，它却正被打入冷宫，头戴着反动黑歌的高帽儿。笔者那时正处于渴望读书却无书可读的年代，就像某诗人说的：地上捡起片肮脏的棒冰纸，都要念念上面的字儿。偶然从中学音乐老师那儿偷偷地借来本不知哪年哪月的《歌曲》合订本，宝贝疙瘩似的爱不释手，竟如同读小说一般从头至尾不知反复读了多少遍，结果居然无师自通地解读了简谱，并活学活用，连同书中的一首《五月的鲜花》也一并偷学会了——当然不敢当着别人的面公然唱它。至于《冰山上的来客》，据家母说"文革"前就曾带笔者看过，但笔者脑中，却只残存有"文革"结束后读大学时在礼堂里观赏的记忆。记得一曲《花儿为什么这样红》和梁音那句名驰遐迩的台词"阿米尔，冲！"一起，在一夜之间便红遍了校园。

近来不时取出来听一听的，还有一首吟唱鲜花并也言及战争的歌曲，那就是《鲜花都到哪里去了》。回想起来第一次听到这支歌，是在约15年前。其时笔者负笈来东未久，忍痛从奖学金中抠出五万日币买了台三菱微型音响，在不足六叠的斗室中生平头一次使用 compact disc 欣赏起音乐来。而今那台三菱音响早已为索尼和爱华所取代，但当时购买的第一批 CD 却依然都在。其中有一张便是 Peter, Paul and Mary 的小碟 *Cruel War*，碟中第四首歌题就叫"Where have all the flowers gone"。如同众多其他民歌一样，这是一首分节歌，共有五段歌词，首段是这样的：

鲜花都到哪里去了（Where have all the flowers gone）
时光流逝如烟（Long time passing）
鲜花都到哪里去了（Where have all the flowers gone）
许久时光以前（Long time ago）
鲜花都到哪里去了（Where have all the flowers gone）
少女将它们一一采完（Young girls picked them every one）
哦何时他们才会明白（Oh when will they ever learn）
哦何时他们才会明白（Oh when will they ever learn）

以下四段，句式、结构完全相同，只是将主语由鲜花分别改为少女、丈夫、士兵和墓场，"少女都到哪里去了？都嫁到夫家去了。丈夫都到哪里去了？丈夫都当兵去了。士兵都到哪里去了？都消逝在墓场了。墓场都到哪里去了？墓场都变成鲜花了。"这样就完成了一个残酷的循环。主唱玛丽·特拉弗斯（Mary Travers）以沉郁忧伤而略带甜美的音色，伴着两位吉他兼主唱彼得·亚罗（Peter Yarrow）及保罗·斯图基（Paul Stookey）庄重悠扬而不无压抑的和声，唱出一个哀婉悲切又寓意深刻的故事来。

这首歌的作者是美国创作民歌（folk song）运动的巨匠级大腕皮特·西格（Pete Seeger）。据说西格读了俄国作家肖洛霍夫的名著《静静的顿河》之后深受感动，当即创作了这首歌，歌词便采自书中的乌克兰民谣。时在1956年。但当时对于这支歌深邃的寓意性无人识宝，遂至长期湮没无闻，直至1962年当红大牌乐队金斯顿三重唱（The Kingston Trio）将它唱得红遍天下时，稀里糊涂地甚至尚不知道作者是谁，竟将版权注册为己有。头发梳理得短而整洁、衣着光鲜入时的金斯顿三重唱果然没有白被称作"商业性民歌三重唱"，笔者手头也有他们唱的CD，其音乐处理明显地有别于后来的PPM，节奏轻快，将一首哀伤的歌曲居然唱得颇为轻松惬意，优美固颇优美，但显然只侧重旋律的流畅，而忽视了内容的寓意。

真正正确理解并明确地传达出此歌的寓意的，无疑还是PPM。尤其是20世纪60年代中后期美国陷入侵越战争的泥沼进退维谷时，PPM更站在反对侵略战争运动的前列，他们演唱的《鲜花都到哪里去了》和他们许多别的歌曲一道，成了反战运动的标志。PPM还曾积极参与黑人公民权运动及后来的反核运动，表现出高度的正义感。其影响甚至越洋跨海远及日本：60年代后期至70年代前半期日本学生运动高涨时，东京新宿火车站西口地下广场时时可见头蓄长发怀抱吉他的大学生们，唱着《鲜花都到哪里去了》等PPM的歌，抗议美国发动战争侵略越南。

PPM的版本还对金斯顿三重唱的版本作了两处明显的改动。一处是将第二、三段中的"小伙"（young men）一词改作了"丈夫"（husbands），这样少女们就不再是"去找小伙"（gone for young men），而是"出嫁夫家"（gone for husbands），于是从军出征而最终"消逝在墓场"的也就不再是普通的"小伙"，而是少女们的"丈夫"，因而沉痛悲哀的程度自然大不相同，歌曲的冲击力当然也就不可同日而语了。另一处较大的改动是PPM的版本在唱完五段歌词后，又返回去将首段重唱一遍之后方结束演唱。于是听者眼前再度浮现墓场上鲜花盛开，欢乐的少女又来采花的场景。以此揭示残酷的循环周而复始，而人们（包括"少女"和"他们"）却不知是出于健忘还是无情，对此竟毫无认识。

皮特·西格出生于音乐之家，乃父是位音乐学家，其母则是小提琴教师。他一辈子创作了大量的歌曲，其中包括许多hit songs，较为我们熟悉的还有"If I Had A Hammer""We Shall Overcome"等。西格其人极富正义感，曾经是美共党员，一生以音乐为武器同法西斯及非正义作斗争。在麦卡锡主义猖狂横行的年代，他因曾参与组织一个叫作People's Artists的团体，出版一份名为Sing Out!的杂志，而受到告密者的指控，1955年被众院非美委员会传唤，但富有反抗精神的西格毫不畏惧，援引宪法第五修正案拒绝作证,结果以蔑视国会罪遭起诉。此案虽于1962年遭联邦法院驳回,但西格却被封杀达17年之久,其间不得在各大电视网露面。他不屈不挠,辗转各地的学校及地方电台电视台演唱,每每须在政治迫害狂(witch-hunter)们察觉之前便得转战他地,他却不以为苦反以为乐,自己戏称此举为"文化游击战"(cultural guerilla tactics)。1981年他已年届62岁,还曾在为波兰团结工会举行的义演音乐会上引吭放歌。

西格在民众中却获得了崇高声誉,被誉为"美国的音叉"(America's tuning fork,意即美国音乐的良心。音叉是用来确定标准音的工具),而且人们甚至觉得美国还未必见得配得上他(some doubted whether America deserved him)。对此评语,但凡听过一曲《鲜花都到哪里去了》的人,恐怕大多会点头称是。

2004年

歌手与学运

我的老师榎本英雄先生不仅是日本首屈一指的上海方言研究权威,能说一口流利的上海话,而且热爱音乐,弹得一手好钢琴。在教我们日文写作之余,还教会我们不少优美动听的现代日本歌曲。像那首幽婉惆怅的《风》,第一次让我们领略了与红卫兵同龄的一代日本青年沉郁苦闷的内心世界:谁都是孤独一人踏上旅途／谁都会蓦然回首遥望故土／感到小小的忧郁,回首望去时／那里只剩下风儿在吹拂／谁都将遇上人生挫折／谁都会美梦破灭回眸注目……

第一次知道加藤登纪子的名字,也是在榎本先生的家里。妻来到东京后,先生请我们去府上做客,酒足饭饱尽兴畅谈之后,先生伴着卡拉OK引吭高歌,唱了一曲《一百万枝玫瑰花》。这首歌唱的是个哀婉的故事:贫穷的青年画家爱上了当红电影女星,可是却连表明心迹的机缘都寻觅不到,于是他变卖了全部家产,买来一百万枝鲜红的玫瑰花,填满了女星下榻的宾馆前广场;清晨,女星望见窗下花的海洋时不明就里,竟以为又是哪位自命风流的富翁为了取悦自己而干下的无聊举动;浪漫的穷画家一往情深,赢来的却只是轻蔑的嗤笑……这是加藤根据一首著名拉脱维亚歌曲改编的流行曲,歌词内容作了很大的变动,原作曲者Raimonds Pauls是拉脱维亚最卓越的流行音乐作曲家之一,20世纪90年代初曾出任脱离苏联后的拉脱维亚共和国文化部部长。

1965年,加藤登纪子在第二届日本业余香颂大赛上勇拔头筹,其时她还在日本最高学府东京大学读书。正式登上歌坛后，曾经三度夺得日本最高流行音乐奖"唱片大奖"，尤其擅长演唱"香颂"（chanson，即法国歌曲）。她的音色极具特色，厚重、亮丽的女中音，仿佛蓝色锦缎一般，在清澄的月光下泛着银辉。

加藤就读东大期间，正值"学园斗争"风起云涌的岁月。毋庸讳言，这场学生运动如同法国的"五月革命"、美国的学生反对越战运动一样，显然受到了中国"文化大革命"的影响。而震撼了整个日本的"学园斗争"，便发端于最高学府东京大学。1968年6月东大医学院学生为了抗议封建色彩浓烈的研修医制度、要求大学民主化而占据了安田讲堂，校方遂请求警察机动队出动镇压学生，从而引发了全校学生一致的抗议行动，7月成立了东大"全学（全校意）共斗会议"。就任该组织代表的，是一位名叫山本义隆的大学院（即研究生院）物理学研究生，由于被日本第一位诺贝尔奖得主汤川秀树誉为罕见的"逸才"，周围都认为他是未来的诺奖得主。一位前程似锦的年轻人甘愿放弃成为大科学家的未来，也要挺身而出投身"学园斗争"（他后来果然未能继续研究，而做了一名补习学校教师），这无疑是这场后来发展到反战反美的学生运动魅力的明证。

学生运动波及全国，关西的私立名校同志社大学学生藤本敏夫当选为"全日本学生自治会总联合"委员长，站在最前列领导斗争。当时身为学生同时却已经是成名歌手的加藤对他一见钟情，并在藤本被捕入狱后与这位著名政治犯在狱中结婚，其鲜明坚定的政治态度震惊了日本社会。这场婚姻一直持续到2002年藤本去世，两人生有两个孩子。

喜欢宫崎骏动画片的读者一定会记得，《飞天红猪侠》中的两支插曲便是加藤登纪子唱的。而剧中女主角吉娜女士，也是由她配的音。

说"称谓"

称谓也是"名"。黎锦熙《国语词典》释曰:"对人或物所加之名称。"倘用口语去叫这个名称,那就是"称呼",《国语词典》解释为"对人口头之称谓"。我们中国人似乎自古就看重这个"名"字。早在两千数百年前,孔圣人丘——"圣人"便是一种称谓——赋闲索居,以闭门授徒赚取束脩养家活口时,与弟子子路间有过一段类似"苟富贵当如何如何"式的对话。子路问乃师,如果夫子持衡拥璇执掌朝政的话,"子将奚先",即首先要做的是什么? 圣人的回答竟是:"必也正名乎?"并道:"名不正,则言不顺;言不顺,则事不成。"可见孔圣人是将"名"视为办好事情的前提的。"名"的重要性不言而喻。

关于"名",不愧是独具慧眼的德里达(Jacques Derrida)在其《场》("Khōra")一文中,也表述过一番真知灼见:"'名'的造访,径直宣示着'名'以外的东西。"(When a name comes, it immediately means more than the name. 引自斯坦福大学出版社的英译德氏文集 On the Name, 未见原文,惭愧惭愧。)随着名的造访而来的"名以外的东西"有些什么呢? 我们首先可以想象的便是"名"所隐含的价值判断机制。名,不仅指示一件事或物,同时还表示对这件事物的价值所作的判断。譬如"国王"之名,不仅指称那个头戴王冠、身居王位的人,同时也表明了他的身价。王太尉衍一生耻于言钱,呼之为"阿堵物"(按: 此系晋时俗语,犹谓"那玩意儿"),充分显示了对金钱的鄙视与为人的清高。读者诸君明察秋毫,自然心领神会:

这种清高是要以"大大的有钱"为基础的，不然穷愁如小炜者，徒持见贤思齐之心，无奈迫于生计，纵然亟愿向夷甫先生学习，却也不得不将那钱字哪一天不念叨个几十遍来着。

而作为"名"，称谓恐怕是最赤裸裸地表露出价值判断机能的东西了，颇难逃脱趋炎附势的"势利眼"之讥。在中国，数千年一以贯之，始终是官僚统治一切，官为至尊，民如草芥，治理一方的"七品芝麻官"居然就是"为民父母"。官尊民卑的现象到了官吏改称公务员、据说成了人民公仆的今日，似乎仍有大可改进的余地。这一点毋庸多言，凡我国人，皆有体会。于是在国人常用的称谓上自然也不会不有所表现。由于官尊，便在称谓里加一官字，以示敬意。尊称有钱有势的男子为官人，《水浒传》中柴大官人西门大官人，其实并无官职在身。写书的称读者为看官，店小二称来客为客官，道士和尚称施主为信官，甚而至于连放猪放羊的也称猪倌羊倌，大约都想沾上点"官"气，于是"官"来"官"往，皆大欢喜。

及至鸦片战争后，国人众心向西，价值判断标准犹如日本冬天典型的气象模式：西高东低。狗眼狗鼻子的称谓，岂会不顺时应势大赶潮流？于是乎街头巷尾充斥着"蜜司、密司脱"，和着国粹"老爷太太先生小姐"，竟也奏出和谐的中西合璧的交响来。国共内战结束，解放军同志们进了城掌了权，于是他们彼此之间的称谓便在一夜之间普及神州，你也"同志"我也"同志"。旧时代的称谓被弃若敝屣，国人皆以为它们被永远地"扫进了历史的垃圾堆"。到了"史无前例"的"文化大革命"，工人阶级领导一切，成了中国社会表面上政治地位最高的一群之后，他们间的相互称呼"师傅"遂变成最时髦的称谓，张三也"师傅"李四也"师傅"，无人不是"师傅"了。最令小炜惊愕的是，在"我国产业工人最集中的城市"上海，人们甚至连警察、解放军士兵都称作"师傅"。"文革"终焉，"师傅"们也偃旗息鼓，从他们领导了一时的政府机构教育单位撤回车间重操旧业，而被批判斗争了二十来年的"臭老九"们，却因为"尊重知识"的国策而受到抬举，于是"师傅"风光不再，"老师"大行其道。一时间，阿猫阿狗都变成了"老师"。从前官本位,教授讲师按官比,"相当于处级科级";如今乾坤颠倒啦,处长科长们根本不教书,也从未教过书,却好像杀上了威虎山一般,大家都弄个教授副教授干干。打开电视机,只见唱歌的跳舞的说相声的演独脚戏的,人人都以"老师"相呼,直把个亚圣孟夫子的谆谆告诫"人之患在好为人师"早忘到爪哇国去了。

物换星移,转眼到了市场经济的时代。曾几何时,老师又成了穷酸饿醋的别名,明星们也不再互称"老师",而是开起了公司,改以"老板"相称了。据说在上海南京路上,倘有人高呼一声"老板",满街的红男绿女都会扭过头来,以为喊的是自己;又说倘使恶作剧,闭眼胡乱扔个石子,定会砸破一位"老板"的脑袋。"先生小姐"又从"历史的垃圾堆"里卷土重来了。小炜有位好友,其近亲现做外资公司代理,按旧称呼叫买办,自然是上海的 new rich 一族,家中使着女佣,这位女佣竟然管这家的刚刚加入少先队的"小主人"唤作"少爷"!而主人一家居然也敢于坦然接受这阶级性甚强的称呼!呜呼,莫非果如西谚所云"L'histoire se répète"(历史重复它自己。或译:历史循环周而复始)吗?事不关小炜,姑且由它去。然而称谓倒也堪称是时代忠实的镜子。信乎?

金屋藏娇

妻和我经常光顾、女儿也颇觉中意的这家意大利餐馆，名叫"阿娇"，自从与它比邻的"银座法兰西屋"毫无先兆地悄然退场后，它更是自然而然地成了我们一家外食的首选，而它所置身其中的高岛屋百货店，也顺理成章地被我们呼作了"金屋"。语词的力量当真不容小觑：自从如此自作主张地"赐名"之后，每次前去就餐时，居然会无端地恣意揣测起刘彻驾临长门宫时会是何种心境来。其实"阿娇"的原名是意大利文 agio，意为"安逸"，店名中似乎织入了店家待客以诚的盛情和祈愿来客宾至如归的善意。

前日用餐后付款时，只见收银机旁放着一堆免费发放的小册子，便顺手拿了一册，打算在回家的电车上随便翻翻，借以打发时间。果然是开卷有益，一看才知道，"阿娇"其实是一家连锁店，其经营者原来是一家规模颇大的餐饮集团，而那家不告而辞的"银座法兰西屋"竟然也是该集团麾下的另一家连号店！他们此外还经营着多家日餐、中餐馆，这本小册子则是他们的宣传杂志，担负着沟通顾客、联络员工、交流情感的多重任务。既刊登有新"社员"介绍，也报告集团旗下各店的新动向，而且还有集体生日派对的记录，原来他们每个月都为生于当月的"社员"集体举行庆祝派对！套用在我国曾经流行多年的套语就是：这家企业集团"仿佛一个大家庭似的"。这恐怕就是所谓的"人性化经营"的实例吧。而最让我大吃一惊的，是该杂志的卷首随笔居然与餐饮、经营之类毫无干系，它谈论的竟是在我国无人不晓、在日本也众口相传的一首唐诗：王维的《送元二使安西》。该文作者现任某禅宗佛寺的住持,显然是一位得道高僧了。这位高僧对该诗的解说并无什么出新过人之处,不妨说是各类入门书中屡见不鲜的老生常谈;但他十分推崇唐诗,并主张读者应当不管三七二十一,捧着唐诗放开喉咙高声朗诵,意思不甚了了也无关紧要,读诗百遍其意自见,很有些"读字当头,意也就在其中了"的味道,大反衍生于"细读"主张的现代批评理论之道而行,深得我意。而且这样的主张于向普通读者普及唐诗,显然是有利无害的。要知道,高僧面对的读者全系日本人,很难冀望他们人人都懂汉文;而高僧所倡导的做法,非他,其实就是要读者们将唐诗当作母国文学去读。当然,高僧本人固然如此,许多日本人恐怕原本就并未过分地在意唐诗的国籍。

对于外国的语言文字文学文化,日本人自古以来就有拿来主义的传统。尤其是对待外语,包容并纳来者不拒,几乎到了"贪得无厌"的程度。与之相比,恐怕其他任何国家会显得保守。比如说我现在任教的大学,在日本恐怕连二流的末等都算不上,可是居然能够开出古希腊语和古拉丁语的课程,供有兴趣的学生选修。而我在国内时供职的大学,却是每每欲与北大隔汀抗衡南北分据的名校,然而供学生选修的课目单上,压根就找不到这关系到西方学术文化研究之根底的古典语言课程。只怕北大也相去不远吧。然而这,其实是个相当重要的问题,它不只涉及一门语言课的有无,而无疑表明了高等学府对待学术研究的基本姿态。其他大学且不必说,代表我国学术研究水准的顶级名校,如果开不出这样的课来,理应是一件深为可耻的事情。

在"阿娇",跑堂的向厨师传达顾客的订单以及厨师招呼跑堂的送菜给客人时,都在句尾加上一句"败了罚我来",初时我未听懂何意,仔细一想,方才明白那原是一句意大利文:per favore,拜托,劳驾。拿来主义已然普及到了跑堂的,如此彻底,思之令人生畏。

2006 年 11 月 7 日于呷奔国安疏乡

"文武两道"

日前读报，见报道说在东京的外国留学生们自主举办交流联欢大会，畅饮欢叙之余，还表演余兴节目，介绍祖国的文化。引起笔者兴趣的，正是这留学生们对本国文化的介绍。来自我们中国的留学生表演的是二胡演奏，而日本学生表演的却是"弓道"，即日本式的传统射箭，韩国学生的表演更令笔者惊愕，竟然是跆拳道！看来笔者原来对"文化"未免失于偏狭了，大有革新的必要：笔者原先是将射箭，尤其是跆拳道之类视为"武化"，而绝非文化的。

大约是始自孔圣人的影响吧："君子无所争。必也射乎！揖让而升，下而饮，其争也君子。"射，虽系周代取士的六艺之中唯一的武道，但如此的程式化，恐怕已然失去了实战武艺的功能，因此称之为文化仿佛倒也并无不可。而日本人的弓道，就其程式化的做法而言，似乎的确颇近于圣人所欣赏的"射"。然而在我们中国，这远在孔夫子时代便已经被君子们"文"化了的射，也早已湮灭失传了。至于跆拳道，那更是任怎么看也只能算作"格斗技"的，纯粹归属于武功的范畴，来自我们中国的留学生，大概无论如何也不会在介绍"文化"时想到去演练这拼拼杀杀的劳什子吧。平心而论，我们这个文化大国，原就有重文轻武的传统。

初到东京时，笔者客居的留学生宿舍里，住着一位来自德国波恩大学的交换留学生，名叫苏丹，原籍阿富汗，父母是苏联侵略阿富汗时逃亡德国的难民。此人是个语言天才，单是能够用以写诗的语文，就有德文、法文、英文、波斯文和阿富汗文，当然还能说一口流利的日语。然而他来日本留学的最大乐趣，却是修习空手道！每天课余都坚持去大学道场训练。而在日本的各级学校里，当然包括大学，除了各类体育俱乐部外，普遍都还设有柔道、空手道、剑道、弓道等传统武术俱乐部，吸引学生在修文的同时，也不忘致力于习武，他们称之为"文武两道"，大致相当于我们中国所说的"文武双全"。不过，每日下午走过成群的青年学生在吼声震天地劈拳踢脚的校内广场，或是扭斗摔打之声不绝于耳的柔道道场前时，笔者都难禁异样之感：这样一种对于"格斗技"的热衷，起码是笔者个人在国内母校不曾目睹过的。其实这类格斗技作为体育，不唯可以健体强身，而且还是便利实用的防身术，必要时保家卫国也能派上用场，更能增强青年学子的意志力与斗争心，一举数得，也许不妨借鉴则个，适时导入我们的大中小学。更何况不独学子个人受益，倘若代代坚持的话，于提升整个社会的活力亦应是有利无弊的吧。

　　不无艳羡地遥望韩国足球在世界杯上代表亚洲单枪匹马孤军奋战，转而思及我们的足球选手只能关起门在家里来称大王时，笔者不禁要毫无来由地瞎猜乱想：莫非是韩国人从小就在学校里大练跆拳道的缘故吗？